艾 特 玛 托 夫 代 表 作

白轮船

Белый
пароход

[吉尔吉斯斯坦] 艾特玛托夫 / 著

力冈 粟周熊 高昶 / 译

人民文学出版社

© Айтматов Э. Ч. ,2016

图书在版编目(CIP)数据

白轮船/(吉尔)艾特玛托夫著;力冈,粟周熊,高昶译.—北京:人民文学出版社,2020
(艾特玛托夫代表作)
ISBN 978-7-02-014339-9

Ⅰ.①白… Ⅱ.①艾…②力…③粟…④高… Ⅲ.①中篇小说—小说集—吉尔吉斯—现代 Ⅳ.①I364.45

中国版本图书馆 CIP 数据核字(2018)第 120697 号

责任编辑	刘 彦　李丹丹
装帧设计	黄云香
责任印制	王重艺

出版发行	人民文学出版社
社　　址	北京市朝内大街 166 号
邮政编码	100705
网　　址	http://www.rw-cn.com
印　　刷	三河市鑫金马印装有限公司
经　　销	全国新华书店等
字　　数	183 千字
开　　本	850 毫米×1168 毫米　1/32
印　　张	9.125　插页 3
印　　数	1—6000
版　　次	1999 年 5 月北京第 1 版
印　　次	2020 年 7 月第 1 次印刷
书　　号	978-7-02-014339-9
定　　价	36.00 元

如有印装质量问题,请与本社图书销售中心调换。电话:010-65233595

目　次

前言 …………………………………………… *1*

白轮船 ………………………………………… *1*
早来的鹤 …………………………………… *157*

前　言

在当今世界文坛上,钦吉斯·艾特玛托夫堪称是吉尔吉斯民族的"文学泰斗"。二十世纪五十年代初开始发表作品,一九五八年因中篇小说《查密莉雅》一举成名。他著作等身,而且绝大部分作品出版后都被改编成了歌剧或芭蕾舞,搬上了舞台。迄今为止,他的作品已被译成一百多种语言在世界各国流传。在我国,他的全部小说几乎全都出版了中译本,人民文学出版社出版有三卷本的《艾特玛托夫小说集》。因此,对于中国读者来说,关于艾特玛托夫,特别是关于他的早期创作,几乎是无须多作赘述的。

本书向读者介绍的是他七十年代发表的作品中较有影响的两部中篇:《白轮船》和《早来的鹤》。已经熟悉艾特玛托夫早期创作的读者从这两部作品中不难发现,它们无论在题材上,艺术格调上,还是在表现手法上,较前都有了明显的变化,体现着作者艺术创作上的一种新的探索倾向。国内外一些评论家常把艾特玛托夫的创作划为两个阶段:认为他前期是以写实为主,后期则是以假定和虚拟手法为特点,形成了今天的"艾特玛托夫风格"。而成为这一转折标志的就是他发表于一九七○年的这部《白轮船》。

艾特玛托夫七十年代的创作,在很大程度上也反映着当时苏联整个文学发展的一个重要趋向。那就是更注重探索时代在人们精神世界中引起的变化。作家更多以批判的、冷静审视的目光去反思历史和观察现实,注意力更多地集中在思考某些隐含在司空见惯的生活现象中的人生悲剧。在创作观念、表现手法等方面都力求创新,出现了许多诸如通过动物的活动、少年儿童美好的幻想和憧憬来寄托人类的理想和追求,以此揭示深邃的人生哲理的作品。像我国读者比较熟悉的特罗耶波利斯基的《白比姆黑耳朵》(1971,获一九七五年苏联国家奖)、阿斯塔菲耶夫的《鱼王》(1976,获一九七八年苏联国家奖)等。因此,通过《白轮船》《早来的鹤》,我们也可领略到七八十年代前苏联文学发展的某些特征。

"艾特玛托夫风格"受人称道的特点之一,是其细腻真切的心理刻画,优美动人的景物描写及洋溢在整个作品中的那种浓郁的民族风情、清新的生活气息和这一切相映成趣而形成的特有的艺术魅力。作者大量借用古老的民间传说、神话故事以及奇异的梦境、幻想,把这一切巧妙地编织在一起,造成一种真真假假、虚虚实实、扑朔迷离的情景,从而赋予作品以更深的哲理蕴藉。

艾特玛托夫在回顾自己创作思想的发展时曾谈道:"如果说在童年时代我看到的是生活中光明的、富有诗意的一面,那么现在(指卫国战争时期)的生活则呈现出一种严峻的、痛苦的、英雄主义的色彩。"

小说《早来的鹤》反映的就是苏联卫国战争期间发生在吉尔吉斯农村少年儿童生活中的这样一段严峻、痛苦而又充满英雄主义的故事。吉尔吉斯农村流传着一句古老的谚语:"鹤来早,年景好。"故事就是从这句农谚的寓意上展开的。严酷战争的现实把农村劳动和生活的重担过早地压在了孩子们稚嫩的肩膀上。年仅十五岁的苏尔坦穆拉特受托带领他的几位同学承担起了驭马扶犁、抢耕抢种的重活。他们满怀激情地仰望着田野上空早来的鹤群,不畏严寒,不怕地冻,满怀信心地为争取全年的最好收成顽强地、夜以继日地拼搏着。勇敢勤劳但却天真善良的孩子们敢战天,敢斗地,但却意想不到遭到野狼和比野狼更阴险狠毒的恶人——盗马贼们的突然袭击。小苏尔坦乘马追赶盗马贼帮时,他心爱的骏马恰勃达尔不幸被盗马贼开枪击中,倒在了血泊中,饿狼闻到血腥更凶恶地向他逼来……故事到此结束。小苏尔坦在腹背受敌中挣扎着,生死未卜。小说给读者留下了一个颇耐寻味的结尾。

与《早来的鹤》相比,"艾特玛托夫风格"的特点在《白轮船》中体现得更加鲜明。小说一开始,主人公就告诉我们:"他有两个故事。一个是他自己的,别人谁也不知道。另一个是爷爷讲的。"他自己的故事是从他丰富的想象中幻化出来的。爷爷讲的是吉尔吉斯民间世代相传的长角鹿妈妈拯救和保存了布吉族的故事。两个故事通过小主人公的两件爱物——一个书包、一副望远镜串连在一起,从现实到童话,从童话到现实,丝丝入扣,浑然一体。

故事从莫蒙爷爷给小孩买书包说起。小孩得到书包,喜不自禁地奔走相告,引出了三个院子里的各色人物,展示了他们各自的性格和相互关系。从望远镜里出现的白轮船引出了小孩心中的童话——向往着变成人鱼,向美丽的白轮船游去。他在神奇的童话世界中遨游着,直到梦境消失,光天化日之下看到神圣的长角鹿血淋淋的尸体和人们用鹿肉做成的宴席。长角鹿妈妈的童话破灭了。小男孩只剩了"谁也不知道"的他心中的童话,他怀着与不知去向的父亲会见的虚幻理想,跳入冰冷的河水,脱身于混浊的尘世,永远地游走了。

这两篇小说主要都不是以情节取胜,而重在揭示人物的精神世界,以主人公的崇高情感激动人心。在《白轮船》里,作者甚至没去告诉我们小主人公叫什么名字,但他留给我们的是一个天真、纯洁、希望和信仰的化身,使我们感到,仿佛"孩子"本身就是个最恰切的名字,还有什么更能体现这一切纯真而又美好的内涵呢?

艾特玛托夫后期作品中对人性美的追求更多的是表现为对人性恶的憎恨。《白轮船》和《早来的鹤》一样,都是以邪恶压倒正义,残暴战胜善良的悲剧性结局而激起人们对恶的憎恨。现实生活中像奥罗兹库尔、盗马贼这种利欲熏心、贪得无厌,或倚权仗势、称王称霸、为所欲为,或贪赃枉法、巧取豪夺的恶人是并不罕见的。两篇小说都留下了一个发人深思的结尾,正如作者所说,如果给故事一个光明的收尾,"那将意味着对邪恶的大赦"。在《白轮船》的故事最后,作者只用一句话点明了小主人公身上最可宝贵的品质:"你摒弃了你那孩子的心不能容忍的东西。"

在现实生活善与恶的冲突中,有一种人的作用是容易被忽略的,那就是像《白轮船》中莫蒙爷爷这种人。他既善良又软弱,既勤劳又无能,看来谦恭随和,实则逆来顺受,在助人为乐的背后,掩藏着一副奴性。在道德抉择的关键时刻,他可以屈从于恶人的压力,不惜昧着良心毁掉自己心目中最神圣的东西。作者以遒劲的笔力塑造的这样一个既复杂而又富有典型意义的艺术形象,是会留给我们许多回味的。正像作者说的:"如果人们无论在什么样的因素的压力下。都不做违心的事,不向邪恶低头,那就再好不过了。"

读者从这两部小说中自会品味出许多哲理,得到许多有益启示的。

程　文

一九九八年十一月

白 轮 船

——故事外的故事

一

他有两个故事。一个是他自己的,别人谁也不知道。另一个是爷爷讲的。到后来一个都没有留下来。我们说的就是这回事。

这一年他满七周岁,虚岁八岁了。

故事的开头是买了一个书包。一个黑色人造革书包。提手下面有明晃晃的金属拉链。有装小东西的小夹袋。总而言之,是一个很不平常的平平常常的书包。也许,种种事情就是这个书包惹出来的。

这个书包是爷爷在外来的流动售货车上买的。流动售货车经常带着山区牧民所需的货物到处跑,有时也到圣塔什河谷他们的护林所这里来转转。

从护林所这里往上去,峡谷里、山坡上,全是国家保护的山林。这个护林所总共才三户人家。可是流动售货车还是时不时地来光顾一下这些看山林的人。

他是三户人家中唯一的男孩,总是他首先发现流动售货车的到来。

"来啦!"他喊着朝各家的门口或窗口跑去,"卖东西的汽车来啦!"

这条行车路,从伊塞克湖畔通到这里,一路上经过的全是峡谷、河岸,一路上净是石头和坑洼。汽车走这样的路是很不简单的。流动售货车来到卡拉乌尔山前,就要从谷底慢慢往山上爬,然后再顺着又陡又光的斜坡往下走很久,才能来到护林人的家门前。卡拉乌尔山就在旁边。夏天,小男孩差不多每天都要跑到山上去,用望远镜眺望伊塞克湖。站在山上望去,路上的一切——步行的、骑马的,更不用说汽车啦——全都看得清清楚楚,就像在手心里似的。

这一次,是在一个炎热的夏日,孩子正在自家的水池里玩水,看到汽车一路灰尘滚滚地顺着斜坡开了过来。水池就在河边浅水处,水底是沙砾。这是爷爷用石头垒成的。如果没有这个水池,说不定这孩子早就不在人世了。正如奶奶说的,河水可能早就冲干净了他的骨头,一下子冲到伊塞克湖里,跟鱼鳖虾蟹做伴去了。而且谁也不会去找他,谁也不会哭他的,因为谁也犯不着钻到水里去,因为没有多少人心疼他。暂时还没有出这种事。要是出了这种事,说不定奶奶真的不肯扑上去救他。如果他是她亲生的外孙,那当然不同啦,可是,他呢,奶奶说,他是外人。不论怎么养活他,不论把他拉扯多大,外人总归是外人。外人呢……要是他不想当外人呢? 为什么偏偏他该算外人? 也许,外人不是他,而是奶奶自己呢?

不过,这一点以后再讲,爷爷修水池的事也以后再讲……

且说他当时看到了流动售货车,车子正在下坡,车后拖着一团团灰尘。他高兴极了,就好像知道准会给他买一个书包似的。他立即从水里蹦出来,很快将裤子套到细细的腿上,身上还水淋淋的,浑身发青(因为河水很凉),便顺着小道朝家里跑去,他要抢先报告流动售货车到来的消息。

这孩子飞快地跑着,蹦过一丛丛的树棵子,遇到大石头,要是蹦不过去,就绕过去。不论高高的草丛面前,不论石头旁边,他都片刻不肯停留,虽然他知道,它们都是很不简单的,它们会见怪,甚至会伸出腿来绊你一跤。"卖东西的汽车来了。我等一会儿就来。"他一边跑,一边朝"睡骆驼"(这是他给一块驼背的、下身埋在土里的赭色花岗岩取的名字)喊道。平时他不在他的"骆驼"的背上拍几下,是不会轻易过去的。他总是拿出主人的姿态拍拍它,就像爷爷拍他那短尾巴骟马那样,随随便便,大模大样,边走边拍,还要说一声:"你在这里等一会儿,我去办点事情就来。"他有一块"马鞍"石,这是一块半白半黑的花斑石,当中有一道凹腰,可以像骑马一样骑在上面。还有一块"狼"石——很像一只粗脖子、大脑门、毛色褐中带白的狼。他常常朝它匍匐前进,朝它瞄准。但是,他最喜欢的石头还是"坦克",这是一块紧靠河水、巍然屹立在被河水冲得壁陡的岸上的巨石。看架势,这"坦克"就要从岸上冲下去,向前行进,河水就要沸腾起来,溅起白色的浪花。因为在电影里坦克就是这样行进的:从岸上冲到水里,前进……这孩子很少看电影,因此,看过的东西他记得很牢。爷爷有时带他到山后附近的国营农场种畜场去看电影。因此岸边就出现了时刻要冲过河去的"坦克"。还有其他一些石头,如"坏家伙",或者"好人",甚至"机灵鬼"或者"笨蛋"。

在花草中间也有"可爱的""可恶的""勇敢的""胆小的",各种各样的都有。比如说,带刺的田蓟就是主要的敌人。他一天要跟田蓟厮杀几十次。但这场战争总是结束不了,田蓟还是在生长,而且越来越多。可是,你瞧瞧野牵牛花,虽然也是遍地生长,它们却是顶聪明、顶快乐的花儿。早晨它们最会迎接太阳。别的花草什么也不懂:什么早晨,什么晚上,全都一样。可是牵牛花,阳光一照,就睁开眼睛,笑了。先是一只眼睛,然后又是一只,然后所有的花卷儿一个接一个都张了开来。白色的,淡蓝色的,淡紫色的,各种颜色的……如果坐到它们旁边,别吱声,就会觉得它们仿佛睡醒后在悄声细语。连蚂蚁也知道这一点。早晨,蚂蚁总爱在牵牛花上跑,在阳光下眯着眼睛,听听花儿在说些什么。也许,说的是昨夜的梦?

白天,一般是在中午,他喜欢钻到枝条细密的色拉尔珍草丛里去。色拉尔珍草很高,没有花,却非常香,一蓬一蓬的,密密实实地聚在一起,不许别的草靠近。色拉尔珍草是很可靠的伙伴。特别是如果有什么委屈,想哭一场而又不愿让别人看到,最好就躲到色拉尔珍草丛里去。色拉尔珍草发出的香气,就像松树林里的气味。色拉尔珍草丛里又热又静。而主要的是,色拉尔珍草不把天空遮住。尽可以仰面躺着,眺望天空。开头泪眼模糊,几乎什么都分辨不出。随后云彩飘过来,在顶上变幻出你想看的一切。云彩知道,你不很开心,你想远走高飞,叫谁也找不到你,叫大家都唉声叹气:唉,这孩子不见了,现在咱们到哪里去找他啊?……为了不出这种事,为了叫你永远不要走掉,为了让你静静地躺着欣赏云彩,你想要什么,云彩就变什么。一样的云彩可以变幻出千奇百怪的东西。只要你会欣赏云彩的巧工就行。

色拉尔珍草丛里非常安静,而且它们不把天空遮住。散发着热烘烘的松树气味的色拉尔珍草就是这样的……

他还知道许许多多关于草的事情。他对那些长在河滩草地上的银光闪闪的羽茅草就有点瞧不起。这些羽茅草真是奇怪!一点主见都没有。它们那柔软、光滑的细叶儿没有风就不能过日子。就等着风来:风往哪边吹,它们就往哪边倒。而且一齐弯过去,那样整齐,就像听到命令似的。可是如果下起雨,或者大雷雨来了,羽茅草就不知往哪里躲藏了。慌慌张张,跌跌撞撞,拼命向地面上贴。要是有腿的话,大概会逃得无影无踪的……可是它们这一切全是装的。等雷雨一过,这些没有骨气的羽茅草又在风中摇曳了,风往哪边吹,它们就往哪边倒……

这孩子没有伙伴,天天生活在他周围这些自然景物的怀抱里,只有流动售货车能使他忘掉一切,拼命地跑上前去迎接。没说的,流动售货车可不是石头和草呀什么的。流动售货车上什么东西没有啊!

当他跑到家时,流动售货车已经快要从房后绕到院子里来了。护林所的几座房子都面对着河,房前的场地就成了直达河边的缓缓的斜坡,而在河对面,陡立的河岸一上去,便是漫山的森林,所以,来护林所的路只有一条,那就是从房后绕过来。如果不是这孩子及时赶到的话,谁也不会知道流动售货车已经到了。

这时男子汉都不在家,他们一早就出门了。女人们正在忙家务。他尖声叫了起来,朝各家门口跑去:

"卖东西的汽车到啦!已经到啦!"

女人们忙活起来,连忙去找藏好的钱,争先恐后地跑了出来。连奶奶都夸奖起他来:

"咱们这里就数他眼尖!"

这孩子感到十分得意,就好像流动售货车是他亲自带来的。他简直高兴极了,因为是他给她们送来这个好消息,因为他可以和她们一起朝房后跑,一起在带篷货车的车门口挤来挤去。但是,一来到这里,妇女们马上就把他忘了。她们顾不得他了。各种各色的货物都有,眼睛一下子就看花了。妇女总共有三个:奶奶、别盖伊姨妈(是他妈妈的姐姐,也是这护林所的头头儿护林员奥罗兹库尔的老婆)和抱着小女孩的年轻媳妇古莉查玛(她是辅助工谢大赫玛特的老婆)。总共就三个女的。但是她们却你争我抢,将货物翻来倒去,乱哄哄的,使得售货员不得不要求她们按次序来,不要一齐乱嚷嚷。

不过,他的话对妇女们不起什么作用。她们先是一把搂过来,然后开始挑选,然后又把选过的东西一样一样还回去。她们把一些东西挑出来,比试比试,讨论讨论,翻来覆去拿不定主意,一个问题问上几十遍。有的东西她们不喜欢,有的太贵了,有的颜色又不合适……孩子站在旁边,觉得没有味道。他期望出现一点奇迹的那种心情消失了,他看到流动售货车下山时那股高兴劲儿没有了。流动售货车突然变成了堆满各种破烂儿的普通汽车。售货员皱起眉头：看不出这些娘们儿会买什么东西。他干什么要翻山越岭老远赶到这里来呢？

果然不出所料。娘们儿开始往后退了，她们的热火劲儿冷下来了，甚至好像累了。不知为什么她们又说起自己不买的理由，不知是互相解释，还是说给售货员听的。奶奶首先抱怨说没有钱。没有现钱，就不能买现货。别盖伊姨妈不经男人允许，是不敢买大件东西的。别盖伊姨妈是世界上最不幸的女人，因为她没有小孩；就因为她不生小孩，奥罗兹库尔喝了酒常常打她；所以爷爷也非常难受，因为别盖伊姨妈是爷爷的亲生女儿呀。这一回，别盖伊姨妈买了一两样小东西和两瓶伏特加。明明是白糟蹋钱，自讨苦吃。奶奶忍不住了：

"你干吗要自找倒霉？"奶奶不想叫售货员听到，低声责备她。

"我自己知道。"别盖伊姨妈毫不客气地回嘴说。

"真蠢！"奶奶小声说。她的声音更低些，但是带一种幸灾乐祸的意味。要不是售货员在场，她早就大骂别盖伊姨妈了。天啊，她们可别吵起来！……

幸亏年轻媳妇古莉查玛打了岔。她向售货员解释起来，说她的谢大赫玛特很快要到城里去，进城是要花钱的，所以她不能大手大脚的了。

她们就这样在售货车旁挤了一场，如售货员说的，买了"一个子儿"的东西，就各自回家去了。哼，这算什么生意！售货员朝走开的娘们儿背后啐了一口唾沫，就动手收拾被翻乱的货物,准备开车走了。这时,他注意到了小男孩。

"你干什么,大耳朵?"他问道。这孩子有两只招风耳朵、细细的脖子和大大的圆脑袋。"想买东西吗?那就快一点,要不,我就收摊了。有钱吗?"

售货员只不过因为无事可干,随便问一声,但孩子却恭恭敬敬地回答说:

"不买东西,叔叔,我没有钱。"他还摇了摇头。

"依我看,你有钱,"售货员装做不相信,拉长声音说,"你们这里都是大财主嘛,装穷罢咧。你那口袋里是什么,不是钱吗?"

"不是的,叔叔。"他还是很诚恳、很严肃地回答,并且把一个破口袋翻了过来(另一个口袋已经缝死了)。

"这么说,你的钱都漏掉啦。快到你跑过的地方找找去。准能找到。"

他们沉默了一会儿。

"你是谁家的?"售货员又问道,"莫蒙老汉家里的,是不是?"

孩子点了点头。

"是他的外孙吧?"

"是的。"孩子又点了点头。

"你妈妈在哪里?"

孩子一声不响。他不愿提这件事。

"你妈妈呀,一点音信都没有。你也不知道,是吗?"

"我不知道。"

"你爸爸呢?也不知道吗?"

孩子不做声。

"你啥也不知道,伙计,你这是怎么回事呀?"售货员用责备的口吻逗他说。"好吧,既然不知道,那就算了。拿着!"他抓过一把糖果,"吃去吧。"

孩子不好意思起来。

"拿着,拿着。别耽误时间。我该走了。"

孩子将糖装进口袋,便准备跟在汽车后面跑,送一送流动售货车。他唤来了那条懒得要命的长毛狗巴尔捷克。奥罗兹库尔一直说要打死这条狗的,他说:养这样的狗有什么用?可是爷爷一直央求他等一等,说:得养一条护羊犬,然后再把巴尔捷克带出去甩掉。巴尔捷克啥事也不管,吃饱了就睡,饿了就钉着人讨吃的,不分自家人和外人,只要给吃的就行。巴尔捷克就是这样一条狗。不过有时候闲得无聊,也跟在汽车后面跑跑。当然,跑得不远。刚刚放开步子,接着就突然转回头,吓得跑回家。真是条不争气的狗!不过,带着狗跑还是比不带狗强一百倍。不论是什么样的狗,总是一条狗……

孩子背着售货员悄悄地扔给巴尔捷克一块糖。"你小心点儿!"他对狗警告说,"咱们得跑很久呢。"巴尔捷克叫了两声,摇摇尾巴,表示还想吃。可是他不敢再给它了。人家会不高兴的。人家给一大把糖,可不是喂狗的。

恰好这时候爷爷来了。老人家是到养蜂场去了。在养蜂场里是看不到家门口的事的。好在爷爷回来得及时,流动售货车还没有走呢。真巧啊。要不然,外孙就不会有书包了。今天这孩子真走运。

那些过分精明的人给莫蒙老汉取了个外号叫"快腿莫蒙"。方圆左近的人都认识他,他也认识所有的人。莫蒙所以得到这样的外号,就因为他一向对任何人,即使只有一面之识的人,都十分热忱,他乐意随时为别人做事,为别人效劳。不过,谁也不看重他的热忱,就好比一旦开始无偿地散发黄金,黄金就不可贵了。人们对待莫蒙,也不像对待一般他这种年纪的人那样尊敬。跟他相处很随便。不论为哪一位德高望重的布古族长者举行盛大的丧宴(莫蒙是布古族人,他觉得这很荣耀,从不放过参加同族人丧宴的机会),都派他宰牲口,迎接贵宾,扶贵宾下马,献茶,要不然就是劈柴,挑水。在盛大的丧宴上,四面八方来的宾客那样多,操劳的事能少得了吗?不论交给莫蒙什么事情,他都干得又快又利落,主要是他不像别人那样偷懒耍滑。村里那些负责操办丧宴接待大批客人的年轻媳妇,看到莫蒙干得那样麻利,总要说:

"要不是快腿莫蒙,我们真招架不住!"

带了外孙远道而来的这位老人家,常常给烧茶炊的人做下手。别人处在他这种地位会觉得这是屈辱,会受不了的。莫蒙却毫不在乎。

快腿老莫蒙殷勤地为客人效劳,谁也不觉得稀奇。他叫了一辈子快腿莫蒙,本来就因为这一点嘛。怪只怪他自己是快腿莫蒙。要是旁人表示稀奇,说:你这么大年纪,为什么要给娘们儿当跑腿的,难道这村里的小伙子都死光了吗?莫蒙就回答说:"死者是我的兄弟(他把所有的布古人都当作自己的兄弟。其实,死者同其他客人的关系更为密切)。给他办丧宴,我不来干,谁来干呢?只有这样,我们才叫一家人,打从我们的老祖宗长角鹿妈妈起,我们布古人就是一家人了。圣母长角鹿传给我们的是友爱,要我们一举一动、一思一念都要做到这一点……"

快腿莫蒙确实就是这样的人!

老老少少都跟他"你、我"相称,可以拿他开玩笑,因为老头子是个没有脾气的人;可以拿他不当回事儿,因为老头子是个从不计较的人。难怪俗话说,不会使人尊敬自己,就要受人欺。他就不会。

他一生会做许多事情。会做木匠活儿,会做马具,会堆草垛。年轻时他在农庄里干活儿,草垛堆得顶漂亮,到冬天都叫人舍不得拆掉:雨水落到草垛上,就像落到鹅身上一样,哗哗地往下流;大雪落到上面,就像盖起了两面坡的屋顶。战争时期他当过工程兵,在马格尼托城为工厂砌过墙,被大家称誉为斯塔汉诺夫式人物。复员后,在护林所搭起房子,管起了森林。虽然他名义上是个辅助工,可是管理森林的就是他,他的女婿奥罗兹库尔则大部分时间出外交游。除非有时上司突然来到,奥罗兹库尔才亲自领着上司到森林里转转,陪着打点野味,这时他才成了当家人。莫蒙还照料牲口,还养蜂。莫蒙从早到晚都在干活儿,忙忙碌碌地过了一辈子,可就是没有学会使人尊敬自己。

再说,莫蒙的外表也一点没有长者的威仪。既不气派,又没架子,更不威风。他是个老好人,而且叫人一眼就可以看出他身上这个不起眼的人类特征。古往今来现实都在教训这样的人:"别做好人,快做恶人!给你一鞭子,再来一鞭子！快做恶人！"可是，不幸得很，他始终是一个屡教不改的好人。他的脸总是笑眯眯的，笑得皱纹上起皱纹，眼睛好像总是在问："你要什么？你要我给你做点什么事吗？你要怎样，只管对我讲，我马上就办。"

他那鼻子软软的、扁扁的，好像根本没有鼻梁骨。而且他的个头儿不高，是个麻利的小老头儿，像个半大孩子。

胡子吗，胡子也不像样。真是好笑。光光的下巴上三五根红毛，这就算是胡子了。

你有时可以看到：忽然有一位仪表不凡的长者骑马在路上走过，那胡须就像一抱小麦，他身穿肥大的皮袄，那宽宽的羊羔皮领子翻在外面，头戴名贵的皮帽，骑的是高头大马，连马鞍也是镀了银的，——俨然一副圣人和先知气派，对这种人鞠几个躬也够荣幸的，这种人到处受人尊敬！而莫蒙却生就的只是一个快腿莫蒙。也许，他唯一的优点，就是不怕在别人眼前失去自己的尊严。（他坐也不讲究，笑也不讲究，说话、回答都不讲究，这也不讲究，那也不讲究……）就这种意义而论，莫蒙自己也意想不到，他是一个少有的幸运儿。很多人的死，与其说是由于疾病，毋宁说是由于朝思暮想、处心积虑、时时刻刻要抬高自己的身价。（谁又不希望充当一个聪明、漂亮、叫人看得起，同时又是八面威风、一贯正确、举足轻重的人呢？……）

莫蒙却不是这样的人。他是个怪人，人们也就拿对待怪人的办法对待他。

只有一件事可以使莫蒙生气，那就是：在为某人筹办丧宴的时候，如果忘记了请他去参加亲属会议……在这种情况下,他往往气得不得了,而且十分难过,但这不是因为没有拿他当回事儿,——在这种会议上他反正起不了什么作用,不过到到场罢了,——而是因为破坏了古风。

莫蒙有自己的不幸和伤心事,他往往因此十分苦恼,夜里常常哭。这一点外人几乎一无所知。家里人是知道的。

莫蒙一看到站在流动售货车旁边的外孙,就看出这孩子有不称心的事。但售货员毕竟是远道而来的人,老人家还是先跟他打招呼。他赶快翻身下马,两只手一齐向售货员伸了过去。

"大掌柜,恭喜发财!"他半开玩笑半认真地说,"你的商队平安到达啦?生意兴隆吧?"莫蒙满面春风地摇撼着售货员的手,"咱们多日没见啦!欢迎欢迎!"

售货员听了他的话,看着他那寒碜的衣着(还是那双绽开了缝的油布靴,还是老奶奶做的那条粗麻布裤、那件破褂子,还是那顶由于雨淋日晒变成褐色的破毡帽),不禁淡淡地一笑,回答说:

"商队倒是平安无事。不过,这可不好,商队到你们这里来,你们却躲到森林、山谷里去了。而且还要叫娘们儿守住每一个子儿,就像守住命一样。这里哪怕货物堆成山,却没有人舍得花钱。"

"别见怪,好同志,"莫蒙不好意思地道歉说,"我们要是知道你来,决不会跑开的。至于没有钱,那这是没有办法的事。到秋天等我们卖掉土豆……"

"随你讲吧!"售货员打断他的话,"我反正了解你们这些臭财主。你们住在山里,土地、干草要多少有多少。周围都是森林,三天也跑不遍。你不是还养牲口、养蜂吗?可是要花钱就舍不得了。你就买床绸被面吧,缝纫机也还有一架……"

"真的,没有这么多钱。"莫蒙解释说。

"我才不信哩。你心疼钱,老头子,你一股劲儿地攒钱。攒钱干什么呢?"

"真的没有。我可以向长角鹿妈妈发誓!"

"好吧,那就买段绒布,做条新裤子吧。"

"要是有钱,我一定买,我向长角鹿妈妈发誓……"

"唉,真拿你没办法!"售货员甩了一下手说,"白跑一趟了。奥罗兹库尔在哪里?"

"一大早就出去了,好像是到阿克塞去了。找牧羊人有事。"

"就是说,是做客去了。"售货员会意地、直截了当地说。

出现了很尴尬的冷场。

"你千万别见怪,好同志,"莫蒙又开口说,"到秋天,真主保佑,等我们卖掉土豆……"

"到秋天还远着哩。"

"这么着,那就请原谅了。要是肯赏光的话,就到我家里喝杯茶吧。"

"我可不是来喝茶的。"售货员谢绝了。

他正要关车门,当下又望了一眼站在老汉旁边、抓住狗耳朵、已准备好跟汽车跑的孩子,说:

"那就买个书包也好。看样子,这孩子该上学了吧?

几岁啦?"

莫蒙脑子里马上出现一个念头:他是得向苦苦劝购的售货员多少买点东西,而且外孙也确实需要一个书包,今年秋天他是该上学了。

"噢,这话对。"莫蒙连忙掏钱,"我还没有想到哩。可不是,已经七周岁,虚岁八岁了。来,过来。"他朝外孙喊。

老人家在几个口袋里翻了一阵子,掏出一张收藏好的五卢布钞票。

看样子,这张票子他已经揣了很久,已经被压实了。

"拿去吧,大耳朵。"售货员一面眨眼睛逗弄小男孩,一面将书包递给了他,"这一下就好好学习吧。学不好文化,就得一辈子跟爷爷待在山沟里。"

"学得好的。我家这孩子很伶俐。"莫蒙一面数找回的零钱,一面回答说。

然后他朝很不自然地拿着书包的外孙望了一眼,一把将他搂到怀里。

"这可是一件宝贝。到秋天就可以去上学了。"他轻声说。爷爷一只僵硬的大手温柔地捂在外孙的头上。

孩子也感觉到,喉咙眼儿好像突然被什么东西堵住了,他深切地感觉到爷爷太瘦了,他闻到了爷爷衣服上那种熟悉的气味。那是一种干草气味和干活的人的汗味。这个忠实、可靠、可亲的人,也许是世界上唯一心疼这孩子的人,他就是这样一个憨厚、有些古怪的老头子,那些精明人就是把他叫做"快腿莫蒙"的……那又有什么呢? 不管他怎么样,自己有个爷爷,总是好的。

这孩子自己都没有料到,他会高兴成那样。以前他想都没有想过要去上学。以前他只看到过上学的孩子们,那是在山后伊塞克湖畔的一些村镇里,他跟爷爷去参加德高望重的布古族老人的丧宴时看到的。从这一刻起,孩子就离不开书包了。他马上就欢天喜地地跑去找护林所的所有居民,向他们夸耀一番。先给奶奶看:瞧,爷爷买的!然后给别盖伊姨妈看。姨妈看到书包也十分高兴,而且还夸奖了他几句。

别盖伊姨妈难得有心情好的时候。她经常愁眉不展,心情十分烦躁,总是不理睬自己的外甥。她顾不了他。她有她的不幸。奶奶说:她要是有孩子的话,那她会大不一样的。就连她的男人奥罗兹库尔也会大不一样。要是那样的话,爷爷也会大不一样,不会像现在这样。虽然他有两个女儿——大女儿就是别盖伊姨妈,小女儿就是这孩子的妈妈,——可是,他照样不好过。没有孩子不好,要是孩子没有孩子,那就更糟。奶奶是这样说的。他真不懂……

他给别盖伊姨妈看过之后,又拿去给年轻媳妇古莉查玛和她的小女儿看。然后又跑往割草的地方去找谢大赫玛特。他又一次从赭色的"骆驼"石旁边跑过,又是没工夫拍拍它的驼峰,又擦过"马鞍"石、"狼"石和"坦克"石,随后就一直顺着岸边醋柳丛中的一条小道朝前跑,然后又顺着割净了草的长长的一条空地朝草地跑去,终于跑到了谢大赫玛特跟前。

谢大赫玛特今天一个人在这里。爷爷早就割完了自己分到的一片,也顺手割完了奥罗兹库尔分到的一片。而且他们已经把干草运回家了:奶奶和别盖伊姨妈拢堆,爷爷装车,他也帮爷爷将干草往大车跟前拖。他们在牛栏旁边堆了两个草垛。爷爷将垛顶封得十分严实,多大的雨也淋不进去。两个草垛光溜溜的,就像用梳子梳过似的。每年都是这样。奥罗兹库尔从来不割草,全推给丈人干,就因为他好歹是个头头儿。他常说:"只要我高兴,马上就能把你们辞掉。"他这是对爷爷和谢大赫玛特说的,而且是醉后说的。他是不可能辞掉爷爷的。辞掉爷爷,谁来干活呢?没有爷爷,那怎么行呢?森林里的活儿很多,特别是秋天,事情多得很。爷爷说:"森林不像羊群,森林是不会跑散的。但是,照管森林并不省事些。因为一旦起火或者山洪暴发,树不会自己跑开,不会挪地方,长在哪里,就毁在哪里。可是,一个管林子的人,就是要不让树木受损失。"至于谢大赫玛特,奥罗兹库尔是不会辞他的,因为他非常驯顺。他百事不问,从不顶嘴。不过,他虽然是个又驯顺又壮实的小伙子,却懒得要命,喜欢睡大觉。所以他才成了看林子的。爷爷说:"这样的壮小伙子,到国营农场开汽车、驾拖拉机耕地才是。"可是谢大赫玛特连自己菜园里的土豆都懒得管,菜园里到处长满了滨藜。古莉查玛只好抱着孩子去侍弄菜园。

谢大赫玛特一直拖着不肯割草。前天爷爷说他了。爷爷说:"去年冬天,我不是心疼你,我是心疼牲口。所以我匀给你干草。你要是现在还指望着我老头子的干草,就干脆说吧,那我就来替你割。"这话管用了,谢大赫玛特今天一早就挥动了镰刀。

谢大赫玛特听到背后飞跑的脚步声，便转过身来，用衬衫袖子擦了擦脸。

"你干什么？有人找我，是不是？"

"不是的。我有一个书包了。瞧。爷爷买的。我要去上学了。"

"就为这个跑来的？"谢大赫玛特哈哈大笑起来。"你爷爷脑袋里有一条糊涂虫。"他将一个手指在鬓角上转了两圈，"你也是个小迷糊！好吧，让我看看是个什么样的书包。"他拉了几下拉链，把书包翻看一遍，便轻蔑地笑着摇了摇头，把书包还给了孩子。"别忙，"他叫道，"你究竟上哪个学校？你的学校在哪里？"

"什么哪个学校？种畜场的学校呗。"

"就是说，要到杰列赛去上学？"谢大赫玛特吃惊地问，"到那里得翻一座山，少说有五公里。"

"爷爷说，他骑马接送我。"

"天天来回接送？老头子真是想迷了心窍……他自己上学倒是正当年。他可以和你坐同桌，上完课一起回家！"谢大赫玛特笑得前仰后合。他想象着莫蒙爷爷和外孙同坐一桌的情景，觉得好笑极了。

孩子一声不吭，他窘住了。

"我这是说着玩儿的！"谢大赫玛特解释说。

谢大赫玛特轻轻地弹了一下孩子的鼻子，把爷爷那制帽的帽檐一下子拉到他眼睛上。莫蒙一向不戴林业人员的制帽，他不好意思戴。（"我算得什么官儿？除了我的吉尔吉斯毡帽，别的什么帽子我都不戴。"）莫蒙夏天戴的是旧式的毡帽——一顶用褪了色的黑缎子缘边的白色尖顶帽,这是一种过了时的骑士帽;冬天戴的也是旧式的羊皮帽。林业工人的绿制帽他就给外孙戴了。

谢大赫玛特听到新闻后采取了这种嘲笑的态度,这使孩子很不高兴。他皱着眉头将帽檐向上面推了推,当谢大赫玛特想再一次弹他的鼻子时,他将头一扭,顶嘴道:

"别没有完!"

"嘿,你火气还不小哩!"谢大赫玛特笑了笑,"你别不高兴。你的书包好极了!"又拍了拍他的肩膀,"现在你滚吧。我还要割草呢……"

谢大赫玛特朝手心里吐了一口唾沫,握起镰刀又割了起来。

孩子朝家里跑去。又是经过那条小道,又是擦过那些石头。暂时还是没工夫跟石头玩。书包可是一件了不起的东西。

孩子喜欢自言自语。不过,这一次他不是自己跟自己说话了,他对书包说起话来:"你别信他的话,我爷爷才不是那样呢。爷爷不会耍滑,所以大家爱笑话他。就因为他不会耍滑嘛。他会送咱们去上学的。你还不知道学校在哪里吧?不怎么远。我等会儿指给你看看。咱们到卡拉乌尔山上用望远镜就可以看到。我还要指给你看看我的白轮船。不过,咱们先得到棚子里去。我的望远镜就藏在那里。我本当是照看牛犊的,可是我每次都要跑去看看白轮船。咱们家的牛犊已经老大了——它要是挣起来,你扯都扯不住,——可是它还老是恋着母牛吃奶呢。那条母牛就是它妈妈,妈妈是不心疼奶的。你懂吗?当妈妈的从来就没有什么舍不得给孩子的。古莉查玛就是这样说的,因为她有个女孩……一会儿就要挤牛奶了,随后咱们就赶牛犊去吃草。它吃它的草,咱们就爬到卡拉乌尔山上去,到山上就可以看到白轮船了。我跟望远镜也常常这样说话。现在,我、你、望远镜——咱们三个在一块儿了……"

他这样朝家里走着。他很喜欢跟书包讲话。他打算再讲下去,想讲讲他自己,因为书包还不了解他呢。可是他的思路给冲乱了。旁边传来了马蹄声。有一个人骑着一匹灰马从树林里钻了出来。这是奥罗兹库尔。他也回家来了。他这匹个人专用、不许别人骑坐的灰马阿拉巴什鞍辔齐全,有勒胸皮带、铜马镫,还有叮当直响的银坠儿。

奥罗兹库尔的帽子歪戴在后脑勺上,那红红的、奔拉着短发的前额完全露了出来。他热得昏昏沉沉,就在马上睡了起来。仿效区首长服装式样缝制得不怎么地道的绒布制服褂从上到下全敞开着,白衬衣从腰带底下挣了出来,一副酒足饭饱的样子。他刚刚做客回来,马奶酒喝足了,肉也吃饱了。

附近一带的牧羊人和牧马人每当夏季进山放牧时,常常将奥罗兹库尔请去吃酒。他有许多老相识。但请他吃酒是有打算的。奥罗兹库尔是个用得着的人,特别是那些要盖房子的人离不了他。有些人要盖房子,但是自己天天待在山里,扔不下牲畜,离不开,到哪里去弄建筑材料呢?尤其是到哪里去弄木料呢?可是,只要能讨得奥罗兹库尔喜欢,好说,你就可以从保护林里挑几根上等原木弄走。要不然,你就得永远赶着牲畜在山里游荡,你的房子一辈子也盖不起来……

醉得浑身无力、一副了不起的样子的奥罗兹库尔大模大样地用熟皮皮靴的尖儿踩住马镫,在马鞍上打着盹儿,骑马过来了。

当孩子摇着书包,迎着他跑来的时候,他猛地一惊,差点儿从马上跌下来。

"奥罗兹库尔姨父,我有书包了!我要去上学了。你瞧我的书包!"

"哼,该死的!"奥罗兹库尔惊得勒住马,骂了一声。

他用睡得红红的、肿胀的醉眼朝孩子望了望:

"你干什么?从哪里来?"

"我回家去。我有一个书包,我拿给谢大赫玛特看的。"孩子泄了气,小声说。

"好啦,玩去吧。"奥罗兹库尔嘟哝着说。说完,又摇摇晃晃地骑着马往前走。

他哪里有闲心思去管这浑蛋的书包?哪里有心思去理睬这个被父母遗弃的孩子、老婆的外甥?他自己就够倒霉的了。老天爷连一个亲儿子、一滴亲骨血都不肯给他,可是给起别人来却没完没了,大方得很……

奥罗兹库尔鼻子一酸,抽抽搭搭地哭了起来。他又难过,又痛恨。难过的是,这一辈子留不下后代;恨的是老婆不生孩子。是她,该死的婆娘,多少年怀不上孩子……

"我要好好收拾你!"奥罗兹库尔攥紧沉甸甸的拳头,心里发狠说。他低声抽搭着,尽量不哭出声来。他自己知道,他一回到家就要揍她。奥罗兹库尔每次喝了酒都是这样的。这个牛一样的汉子一难过起来,一恨起来,就要疯狂地发作。

孩子跟在后面顺着小路走着。他觉得奇怪:前面的奥罗兹库尔忽然不见了。原来奥罗兹库尔拐到了河边,下了马,扔下缰绳,径直地穿过高高的草丛朝水边走去。他用两只手捂着脸,缩着头,摇摇晃晃、踉踉跄跄地走着。到了水边,蹲了下来。他一捧一捧地掬起河里的水往自己脸上浇。

"看样子,他是热得头痛了。"孩子看到奥罗兹库尔用水浇自己的脸,便这样想。他不知道奥罗兹库尔刚才哭过,而且差点儿要失声痛哭。他哭,因为跑来迎接他的不是他的儿子;他哭,还因为他缺少一种要紧的东西,不然的话,至少会对这个摇着书包跑来的孩子说几句有人情味的话的。

二

在卡拉乌尔山顶上可以眺望四面八方的景物。孩子趴在地上,调节着望远镜的焦距。这是一架远程的军用望远镜。是爷爷因为多年护林有功得到的奖品。老头子不喜欢摆弄望远镜,他说:"我的眼睛不比望远镜差。"可是外孙却爱上了这玩意儿。

他这一次上山,带了望远镜,还带了书包。

开头出现在圆孔里的景物跳动着,十分模糊,接着一下子就清楚起来,稳住不动了。这比什么都有趣。孩子屏住呼吸,生怕碰动了对好的焦距。然后他又将视线转向另一点,于是一切又模糊起来。他又转动起目镜。

在这里,什么都能看得到。能看得见那些最高最高的、差点儿就挨着天的雪山顶。它们在所有的山峦后面,俯瞰着所有的山峦和整个的大地。那些比雪山稍低些的山上,森林密布,下层是密密的阔叶树林,上层是黑魆魆的松林。还能看到昆盖伊山向阳的一面。昆盖伊山的山坡上,除了野草,什么都不长。就在湖所在的方向,还有一些更小的山,那简直是一些光秃秃的石头坡。这些石坡脚下就是川地,川地与湖相接。还是这个方向,有田野、果园、村落……田野上的庄稼这里那里已经绿里透黄,收割期渐渐近了。一辆辆小小的汽车像小老鼠一样在路上跑着,后面拖着长长的灰尾巴。在大地最遥远的一隅,在视线尽头处,弯弯的一带沙滩过后,便是湛蓝湛蓝的湖水。那就是伊塞克湖。那里水天相连。再远望,就什么也望不到了。湖面上无风无浪,波光粼粼,无限寥廓。隐隐能看到拍岸的波浪溅起白色的水花。

孩子朝这一方望了很久。"白轮船还没有来呢,"他对书包说,"那就再来看看咱们的学校好啦。"

从这里望去,山后附近的谷地尽在眼底。在望远镜里甚至可以看得清,有一位老奶奶坐在房前窗下,手里正织着毛线。

杰列赛谷地没有树林,只是有些地方还保留着一棵两棵躲过了砍伐的老松树。以前这里曾经是一片森林。如今是一排排盖了石棉瓦的牲口棚,还有一大堆一大堆的饲草和黑糊糊的牲口粪。这里是为奶牛场培育良种幼畜的。就在离牲口棚不远的地方,有一条短短的小街,那就是养畜人居住的村子。这条小街一溜慢坡下来,尽头处有一座不像住家的小房子。那就是一所四年制学校。高年级的孩子们都到国营农场上寄宿学校去了。在这所学校学习的全是小家伙。

这孩子过去喉咙疼,爷爷曾经带他到那个村子找过医生。这会儿他用望远镜全神贯注地望着那所小小的学校,望着那褐色瓦屋顶、那孤零零的歪斜的烟囱,望着胶合板木牌上手写的"小学"这个词儿。他不识字,但他猜得出上面就是这样写的。用望远镜什么都能看得见,连最小的、小得不可思议的东西都能看得清。石灰墙上刻画的字迹、窗玻璃上加衬的玻璃、凉台上凹凸不平的木板——全都历历在目。他想象着,他就要带书包到那里去,就要踏进现在正挂着一把大锁的那个门了。门里面又是什么呢?

看过了学校,孩子又将望远镜对准湖面。但湖面上还是老样子。白轮船还没有出现。孩子转过身,背对着湖坐了下来,将望远镜搁在一旁,朝山下望去。就在山脚下面,在长形谷地里,一条汹涌奔腾的山河泛着银光,从一片一片的石滩中间穿过。河的一边有一条路,这条路跟河一起蜿蜒前进,又跟河一起消失在峡谷转弯处。河对岸则是悬崖和森林。圣塔什森林就从这里起,向山上伸去,一直钻到皑皑的白雪底下。爬得最高的是松树。在连绵不断的山脊上,在冰雪怀抱里,岩石丛中,到处生长着松树,一丛一丛的,像黑黑的毛刷。

孩子望着护林所的房子、草棚和牲口棚,觉得好笑极了。从山上看去,这些房舍显得又小又不牢实。护林所过去,河边上,便是他十分熟悉的那些石头了。所有那些石头——"骆驼""狼""马鞍""坦克"——他都是在这卡拉乌尔山上用望远镜第一次发现,随即给它们取了名字的。

孩子顽皮地一笑,站起来朝院子扔了一块石头。石头就落到了山上。孩子在原地坐了下来,又用望远镜观察起护林所。他先是将望远镜倒过来看——房舍跑得老远老远的,变成了小小的玩具盒子。巨石变成了小石子。爷爷在浅水处修的水池更是好笑——水浅得只能没到麻雀的爪子。孩子噗哧一笑,摇了摇头,赶紧掉转望远镜,调好了焦距。放大了许多倍的他那些心爱的石头,好像抵到了镜头上。"骆驼""狼""马鞍""坦克"的样子都很动人:遍身都是纹和棱,两侧都有斑斑点点的铁锈色苔藓;主要的还是,都很像他所想象的东西。"嘿,你这只'狼'好神气!这'坦克'真够威风!……"

几块大石头过去,水浅处,便是爷爷修的水池了。河边这块地方,用望远镜看得很清楚。河水在这里打了个弯儿,从急流处拐到宽阔的沙滩上,翻着腾腾的细浪,重又拐向汹涌的急流。滩上的水有齐膝深。但是水流也很急,可以毫不费力地把他这样大的孩子冲到河中去。为了不叫流水冲走,孩子总是抓住河边的柳棵子(柳棵子就长在河边,有些枝条在地面上,有些枝条在水里摇曳着),再到水里去打扑腾。这算什么游泳?就像一匹马给拴住了。而且还有许多不开心的事,还要挨骂呢!奶奶就数落爷爷:"他要是给冲到河里去,就让他自作自受好啦,我才不管呢。爹娘都不要他了,我犯不着来心疼他。别的事够我操心的了,我可没有工夫管他。"

老头子能对她说什么呢?看来,老婆子讲得也有道理。但是,也怪不得孩子:河就在跟前,差不多就在门口嘛。不管老婆子怎样吓唬,孩子还是照样往水里钻。于是莫蒙就下定决心,要在浅水滩上用石头垒一个水池,让孩子在里面游水,免得出事儿。

为了选的大些的石头不叫流水冲跑,莫蒙老汉翻弄了多少石头啊!他将大石头抱到肚子上,一块一块地搬过去,站在水里,一块挨一块地垒起来,要垒得使河水能从石头缝里畅快地流进来,又能畅快地流出去。这个又可笑又干瘪,只有几根稀稀拉拉小胡子的小老头,穿着湿漉漉的、贴在身上的裤子,整天整天地垒这个水池。到晚上,累得就像瘫了一样,不住地咳嗽,连腰都直不起来。这下子奶奶又来火了:"小的是傻瓜,——他总是小孩子;老的也是傻瓜,又怎么说呢?你拼命瞎折腾什么?给他吃,给他喝,不就够了吗?还要惯他,由着他胡闹。哼,这样下去,不会有好结果的!……"

不管怎么说,浅水滩上的水池修得真不错。现在这孩子游泳不用提心吊胆了。抓住柳条,溜下岸去,就可以朝前游了。而且一定要睁着眼睛游。鱼是睁着眼睛在水里游的,所以他也要睁着眼睛游。他有这样一个奇怪的幻想:想变成鱼。想游得远远的。

这会儿,孩子用望远镜望着水池,想象着他怎样甩掉褂子和裤子,光着身子,打着哆嗦,钻进水里。山河里的水总是凉的,刚进水都喘不过气来,但是过一阵子就习惯了。他想象着,他怎样抓住柳条,脸朝下跳进流水里。头上的水啪的一声合拢起来,河水在肚子底下、背上、腿上刷刷地直窜。在水底下,外面的声音听不见了,耳朵里面还是一个劲儿地哗哗响。他睁着眼睛,拼命去看水下一切能看得到的东西。他将眼睛拼命睁大,都睁疼了,但他得意地自己笑笑,还在水里伸伸舌头。他这是给奶奶看的。要她知道,他才不会淹死呢,他一点也不害怕。然后他放开手里的柳条,河水就冲着他连翻带滚地朝前去,直到他的两只脚抵在水池的石头上。这时才快活疯了哩!他一下子从水里跳起来,爬上岸,重新又朝柳棵子跑去。这样重复许多次。在爷爷修的水池里,哪怕一天游一百次,他也愿意。不变成鱼,决不罢休。无论如何,他一定要变成鱼……

孩子朝河边看着看着,又把镜头转向自家的院子。母鸡、带着小火鸡的老火鸡、靠在木头上的斧头、冒着烟的茶炊以及院心里各种各样的东西都显得非常大,也非常近,好像就在跟前,他不由得伸出手去摸。这时,他看到变得跟大象一样大的褐色牛犊正心安理得地嚼着挂在绳子上的衣服,不禁吓了一跳。那牛犊快活得将眼睛眯成一条缝儿,嘴边流着口水——它觉得大口大口地嚼着奶奶的连衫裙,太有味道了。

"啊,你这浑蛋东西!"孩子拿着望远镜欠起身来,将手直挥。"快滚开!听见吗,给我滚远些!巴尔捷克!巴尔捷克!(在望远镜里看到,狗正悠闲自在地躺在墙脚下。)去咬它,快去咬它!"他绝望中对狗下起命令。

可是狗连耳朵也不肯动一下。它只顾躺着,好像什么事也没有似的。

就在这时,奶奶从房里出来了。她一看到眼前的事,惊得将两手扬得高高地一拍,抓起一把扫帚就朝小牛奔去。小牛跑了,奶奶跟在后面撵。孩子一面将镜头对着她,一面蹲了下来,免得让她看到他在山上。奶奶撵跑了牛犊,便一面骂着,一面朝家里走。她因为生气,因为跑了一阵子,不住地喘着粗气。孩子看她看得十分真切,就像跟她在一起似的,甚至比在一起还要真切。他对她使用了特写镜头,就像在电影里局部地表现一个人的脸时那样。他看到她那气得眯起来的黄眼睛。他看到,她那皱皱巴巴、一道褶一道褶的脸变得通红通红的。就像电影里声音突然不响了一样,奶奶的嘴巴在望远镜里急促而无声地翻动着,露出她那带豁子的几颗残牙。她叫些什么,在远处是听不到的,但是,她的话这孩子却觉得听得十分清楚、十分真切,就像是对着他的耳朵讲的。嘿,她骂起他来才凶哩!他都能背得出来:"哼,等着瞧吧……你总要回来的。看我怎么收拾你!我可不像你爷爷。我说过多少次,要把这个浑蛋望远镜扔掉。又跑到山上去了。快叫那条鬼轮船翻掉吧!快叫火烧掉,快沉掉吧!……"

孩子在山上沉重地叹了一口气。在这样的日子里,在给他买了书包、他已经想着要去上学的时候,还要他去看牛犊呢!……

奶奶还不肯罢休。她一面还在骂着,一面翻来覆去地看她那件被嚼烂了的连衫裙。古莉查玛抱着女儿走到她跟前。奶奶将事情说给她听,越说越冒火。她朝山上直抡拳头。她那干瘦的黑糊糊的拳头气势汹汹地在镜头前面晃动着:"你倒玩得快活!叫那条鬼轮船快翻掉!快叫火烧掉,快沉掉!……"

院子里的茶炊已经烧开了。在望远镜里可以看到,一股股的水汽从盖子底下直往外冒。别盖伊姨妈出来拿茶炊。又惹起事来。奶奶把她那件被嚼烂的连衫裙差点儿捅到别盖伊姨妈的鼻子上。那意思是:喂,瞧瞧你外甥做的好事!

别盖伊姨妈连忙安慰她、劝她。孩子在猜想她说些什么。大概还是过去说的那些话:"妈妈,别生气。他还小嘛,不懂事啊,能要他怎样呢?他一个人在这里,连个伴儿也没有。干吗要骂他,干吗要吓唬一个小孩子呢?"

毫无疑问,奶奶对她的话是这样回答的:"你别来教训我。你自己生一个试试看,到时候你就知道,该要孩子怎样了。他整天待在山上干什么?看看牛犊都没有时间啦?在山上张望什么?张望他那不正经的爹娘?张望那两个生了他就各奔东西的混账家伙?你倒是好,干脆一个也不生……"

甚至在这样远的距离,孩子在望远镜里都能看到,别盖伊姨妈那凹下去的两颊气得煞白,浑身都在哆嗦;他知道姨妈会怎样回敬她,果然,她冲着继母的脸嚷了起来:"你自己又怎样,老妖婆?你生了几个儿子、几个女儿?你算什么东西?"

这一下就不得了啦!奶奶气得嗥嗥直叫。古莉查玛过来拉架、劝解,抱住奶奶,想把她拉回家去,可是她更来劲了,像个疯子一样地满院子乱蹦乱跳。别盖伊姨妈抓起热气腾腾的茶炊,几乎是跑着朝房里走去,一路上茶炊里的开水直往外泼。奶奶有气无力地坐到一根木头上,放声大哭,怨自己命苦。这会儿把孩子忘掉了,这会儿连老天爷和整个人世间都被她骂上了:"我呀!你问我算什么?"奶奶冲着姨妈的背后吼道。"要不是老天爷害我,要不是老天爷收走我的五个娃子,要不是我那独独一个儿子在十八岁上打仗死了,要不是我那再好不过的老头子泰加拉跟着羊群在大风雪里冻死,我会来到这里,跟你们这些看林子的过起来?难道我像你那样不会生孩子吗?要不是我命苦,到老来会跟你爹,跟傻头傻脑的莫蒙过起日子?该死的老天爷,我犯了什么罪,你这样惩治我啊?"

孩子拿开望远镜,伤心地垂下了头。

"现在咱们怎样回家去呢?"他小声对书包说,"这都怪我,怪浑蛋小牛。还要怪你,望远镜。你总是引着我来看白轮船。你也有错儿。"

孩子朝四周望了望。四面都是山,到处是悬崖峭壁、乱石、森林。一道道闪闪发光的小溪,从高处的冰川上无声地落下,只是来到这下面,流水好像才终于学会了说话,为的是到了河里就永远吵个不歇。群山啊,是那样雄伟,那样巍峨。孩子此时此刻感到自己太小、太孤单,感到无依无靠。只有他和山,山,山,到处是高山。

太阳已经西斜,渐渐朝湖的方向落去。已经不怎么热了。向东的山坡上出现了短短的阴影。这会儿太阳就要越落越低,阴影就要朝下,朝山脚爬去了。每天这个时候,伊塞克湖上都要出现白轮船的。

孩子用望远镜尽量朝最远处望去。他屏住了气:是它!他顿时什么都忘了。前方,在伊塞克湖湛蓝湛蓝的边缘上,出现了白轮船。来了!就是它!成排的烟囱。白轮船又长,又威武,又漂亮。行驶起来,就像滑行在琴弦上似的,又直又平稳。孩子赶紧用衣襟擦净了玻璃,又一次调好了焦距。轮船的轮廓更清楚了。现在可以看出,轮船在波浪中微微颠簸着,船尾后面拖着一条明晃晃的、泡沫翻滚的长带。孩子目不转睛地欣赏着白轮船。要是能依他的心愿,他一定央求白轮船开近些,让他看看船上的人。可是白轮船不知道这一点。白轮船慢慢地、十分气派地只管走自己的路,不知从何处而来,不知向何处而去。白轮船在湖上行驶,很长时间都能看得到;孩子也要想很长时间,他想的是他怎样变成鱼,顺着河游去找白轮船……

有一次,那是他第一次在卡拉乌尔山上看到蓝色的伊塞克湖上的白轮船,看到如此美丽的景象,他的心扑通扑通地跳将起来,他一下子就断定,他的爸爸(他的爸爸是伊塞克湖上的水手)就在这条白轮船上。他相信这一点,因为他非常希望是这样的。

他既不记得爸爸,也不记得妈妈。他一次也没有见过他们。他们谁也没有来看过他。但是孩子知道:他的爸爸在伊塞克湖上当水手,他的妈妈同爸爸离婚以后,将儿子留给爷爷,自己到城里去了。一去就再没有回来。她去的那个城市很远,要过许多山,山过去是湖,湖过去还要过许多山。

爷爷有一次到那个城市去卖土豆。去了整整有一个星期。回来后,在吃茶的时候对别盖伊姨妈和奶奶说,他看到了女儿,也就是这孩子的妈妈。她在一个大工厂里做织布工。她有了新家庭,有两个女儿,她将她们送进了幼儿园,一星期只能见一次面。她住的是一座大楼,但是只住了其中很小的一间,小得没有地方转身。在院子里谁也不认识谁,就像在市场上一样。回到自己房里,马上将门一关,——大家都是这样过日子。天天关起门来坐着,像坐牢一样。她的丈夫好像是个司机,在大街上开公共汽车接送行人。早上四点钟就出去,很晚才回家。活儿也不轻。老人家说,女儿老是哭,求他多多担待。他们在等待分配新房子。什么时候能分到,还不知道。但是,一旦分到了,要是丈夫答应的话,她就把儿子接去。她请他老人家暂时再等一等。爷爷劝她不要难过。最要紧的是,要跟丈夫过得和睦,别的事情都好说。至于儿子,更不用挂心。"只要我活着,这孩子我谁也不给;等我死了,自有苍天指引他,一个活人总会找到路走的……"别盖伊姨妈和奶奶一面听爷爷讲,一面不住地叹气,甚至还一起哭过一阵子。

也就是在那一次喝茶的时候,他们也谈到了他的爸爸。爷爷听人家说,他从前的女婿,也就是这孩子的爸爸,好像还是在一条轮船上当水手,好像也有了新家庭,有了孩子,不知是两个,还是三个。就住在码头旁边。好像他已经戒酒了。他的新妻子每次都要带着孩子到码头上迎接他。"这么说,"孩子想,"他们接的就是他的这条船了……"

轮船前进着,渐渐远去。它那长长的白色身躯在蓝色的湖面上悠悠地行进着,烟囱里吐着青烟,并不知道有个孩子变成孩儿鱼正朝它游去。

他希望变成这样的鱼:身上一切全是鱼的——鱼身子、鱼尾巴、鱼翅膀、鱼鳞,——只有头还是自己的,让又大又圆的头长在细细的脖子上,还让头上长两只招风耳朵和带一道道伤痕的鼻子。眼睛也要像原来的。当然,像是像,但不能完全跟现在一样,要眼睛看东西能够跟鱼眼睛一样。这孩子的睫毛就像小牛的睫毛那样长,长长的睫毛不知为什么总是忽闪忽闪的。古莉查玛说:要是她的女儿有这样的睫毛,长大了会是一个多么漂亮的姑娘啊!为什么一定要成为漂亮姑娘或者漂亮小伙子呢?他才不稀罕呢!他觉得漂亮的眼睛毫无用处,他要的是能够在水下看东西的眼睛。

应当是在爷爷修的水池里变。摇身一变,他就是鱼了。然后他一下子从水池里蹦到河里,钻进汹涌的激流,顺流而下。然后就一面游,一面不时地蹦到水面上朝两边看看,因为老在水底下游也没有意思。他顺着湍急的河水往下去,擦过高高的红黏土陡岸,随着激浪,越过石滩,经过山边和林边。他跟自己的石头伙伴们告别:"再见了,'睡骆驼';再见,'狼';再见,'马鞍';再见,'坦克'。"等他游到护林所旁边,他要跳出水面,向爷爷摆摆鱼翅打个招呼:"再见,爷爷,我很快就要回来的。"爷爷看到这样的稀奇事儿简直惊呆了,不知道怎样才好。还有奶奶,还有别盖伊姨妈,还有古莉查玛和她的小女孩,一齐都张大了嘴巴站着。哪里见过这样的怪事:头是人头,身子却是鱼身!他也朝她们摆摆鱼翅:"再见了,我要去伊塞克湖,到白轮船上找我那当水手的爸爸去。"巴尔捷克大概会顺着河岸跑的。狗也从来没见过这种事情。狗要是胆敢跑到水里来跟他,他就喊:"不行,巴尔捷克,不行!你会淹死的!"然后他又继续往前游。他从吊桥的铁索下面钻过,又擦过岸边的河柳丛,然后就顺着水声隆隆的峡谷一路向下,一直进入伊塞克湖。

伊塞克湖像大海一样辽阔。他在伊塞克湖的波浪里游着,过了一浪又是一浪,过了一浪又是一浪,终于来到白轮船跟前。"你好,白轮船,我来了!"他对白轮船说,"天天拿望远镜望你的就是我。"船上的人都感到十分吃惊,一齐跑过来看这件稀奇事儿。这时他对当水手的爸爸说:"爸爸,你好,我是你儿子。我是来找你的。""你算什么儿子?你是半人半鱼!""你快把我拉上船,我就变成人形了。""妙极了!好吧,咱们就来试试看。"

爸爸撒下渔网,从水里将他捞上去,放到甲板上。他一下子就恢复了原形。然后……然后……

然后白轮船继续往前开。他就把自己知道的一切,把自己的全部生活都讲给爸爸听。讲讲他那里的山,讲讲那些石头,讲讲那条河和山林,讲讲爷爷修的水池,他就是在那里学游水的,学着像鱼一样睁着眼睛游……

当然,他要对爸爸讲讲他在莫蒙爷爷家过得怎样。要爸爸别因为人家喊他"快腿莫蒙"就以为他不好。这样的爷爷到哪里都找不到,这可是最好的爷爷。但是他不会耍滑,就因为这样,大家都取笑他。奥罗兹库尔姨父还常常骂他老人家。有时当着很多人的面骂爷爷。爷爷不但不还嘴,而且一切都不放在心上,甚至还替他干森林里的活儿,干家里的活儿。还不光是干活儿呢!每次奥罗兹库尔姨父喝得醉醺醺地骑着马回来,爷爷不但不当面朝他狠狠地吐几口唾沫,反而跑上去迎他,扶他下马,将他搀进屋里,让他躺到床上,给他盖上皮袄,生怕他着凉,生怕他头疼;然后去解下马鞍,将马刷一刷,喂一喂。这都是因为别盖伊姨妈不会生孩子。为什么要这样呢,爸爸?顶好是这样:想生就生,不想生就拉倒。奥罗兹库尔姨父一打起别盖伊姨妈,爷爷才可怜呢。他比自己挨打都难受。别盖伊姨妈一喊叫,爷爷心里就像刀戳一样。可是,他又能怎样呢?他想跑去帮女儿说话,奶奶却不叫他去,她说:"别多管闲事,由他们自己去。干你老头子什么事?又不是你的老婆。你就好好待着吧。""她是我的女儿呀!"奶奶就说:"要不是门挨门地住在一起,要是离得很远,那你又怎么办?每次打架,你都骑着马跑去拉架?要是那样,谁还要你女儿做老婆?"

  我说的奶奶,可不是原来的那个奶奶。爸爸,你大概不认识她。这是另外一个奶奶。我还很小的时候,亲奶奶就死了。后来就来了这个奶奶。我们这里的天气总是叫人摸不透:一会儿晴,一会儿阴,一会儿又是雨又是冰雹。这个奶奶就是这样的,叫人摸不透。有时很和气,有时很凶,有时一点不像个奶奶。一发起脾气,简直要吃人。我和爷爷就不吭声。她说,不管怎样给外人吃,给外人喝,别想得什么好处。爸爸,我可不能算外人。我是一直跟爷爷在一起的。她才是外人呢。她是后来到我们家来的。她倒喊起我外人来了。

冬天，我们那里的雪齐我脖子深。一个一个的雪堆才高哩！要是到森林里去，只有骑着大灰马阿拉巴什才行，大灰马能用胸膛拨开雪堆。我们那里的风也很厉害，叫你站都站不住。湖上起浪的时候，你的轮船东倒西歪的时候，不用问，那就是我们圣塔什的风到湖上发威来了。爷爷说，很久很久以前，敌人的军队前来侵夺这块土地。这时候我们的圣塔什河谷起了大风，刮得敌人坐不住马鞍。敌人都下了马，但是步行也不行。风沙打得他们满脸是血。他们就转过身去避风，风就在背后赶他们，不叫他们立定脚跟，把他们一个不留地全都从伊塞克湖边赶走了。这风就是这样厉害。我们就住在这样的风口里！风就是从我们那里刮起的。整个冬天，河那边的森林叫风吹得喀喀嚓嚓、呼呼啦啦直响，呜呜地直叫。真叫人害怕。

冬天，森林里事情不怎么多。我们那里到了冬天简直就没有人，不像夏天放牧的人来时那样热闹。夏天，我很喜欢那些放牧的人带着羊群或马群在大草甸子上过夜。不错，天一亮他们就要进山去的，但是，跟他们待一会儿还是很有意思的。他们的孩子和女人们都是坐卡车来的。他们还用卡车运来帐篷和各种各样的东西。等他们稍微安顿下来，我就和爷爷去看他们，跟所有的人握手问好。我也跟他们握手。爷爷说，年纪小的人总是要先向人伸手。要是不伸手，那就是不尊敬人。爷爷又说，七个人当中，就可能有一个人是先知。先知就是非常善良、非常聪明的人。谁跟他握过手，谁就会一辈子都有福气。我就说：要是这样的话，那这个先知为什么不说他是先知，让我们大家都去跟他握手呢？爷爷笑了，他说：问题就在于，先知不知道自己是先知，——他是普通人嘛。只有强盗才知道自己是强盗。这话我不完全懂，但我总是向人家问好，虽然我常常觉得有点不好意思。

我跟爷爷到草甸子上去，是不觉得拘束的。

"欢迎你们到祖先夏牧的地方来放牧！牲口和人都平安吗？孩子们都平安吗？"这是爷爷说的。我就光是握握手。大家都认识爷爷，爷爷也认识大家。爷爷很高兴。他要说的话很多，他向外来的人问长问短，自己也讲讲我们这里的事情。我跟孩子们在一起，就不知道说什么好了。但是，过一会儿我们就玩起捉迷藏，又学打仗，玩得非常带劲儿，简直不想走了。要是永远是夏天，要是天天能跟孩子们一块儿在草甸子上玩，那该有多好啊！

我们玩的时候，火堆一直是烧着的。爸爸，你以为，有了火堆，草甸子就完全亮了吧？才不是这样呢！只有火堆旁边是亮的，在一圈亮光以外比原来还黑。我们学打仗，就在这黑地里躲藏和进攻，就跟电影里一样。如果你是指挥员，大家就都听你的。指挥员指挥打仗一定是很有意思的……

过一会儿，月亮出山了。在月亮地里玩起来更有意思，可是爷爷要带我走了。我们回家的路上，走过草甸子，穿过树棵子。一群群的羊静静地躺着。一匹匹的马在旁边吃草。我们走着，听到有人唱起歌来。是一个年轻的牧人，也许是个老牧人了。爷爷要我站住："听听吧。这样的歌是不容易听到的。"我们就站着听起来。爷爷连声说好，随着歌声不住地点头。

爷爷说,古时候有一个可汗捉住了另一个可汗。这个可汗对被捉的那个可汗说:"要么你就活着给我当奴隶;要么我来满足你最迫切的一桩心愿,然后就把你杀死。"那个可汗想了想,回答说:"我不愿活着当奴隶。你还是杀死我好。但是,在杀我之前,到我的祖国随便叫一个牧人来。""你叫一个牧人来干什么?""我要在临死前,听听他唱歌。"爷爷说:有些人为了听一支家乡的歌,命都可以不要。这究竟是一些什么样的人啊,能见到他们就好了。大概,他们住在大城市里吧?

"真好听啊!"爷爷小声说,"天啊,过去的歌真好啊!……"

不知为什么,我心疼起爷爷来,而且我那样喜欢他,真想哭出来……

清早,草甸子上就一个人也不见了。牧人把羊和马赶远了,赶到山里去了,要到山里过一个夏天。随后,另外一些农庄又来了另外一些放牧的人。要是白天,就不停留,只是路过。要是晚上,就停在草甸子上过夜。我就和爷爷去向他们问好。爷爷十分喜欢向人家问好,我也学会了。也许,有那么一天,我会在草甸子上跟真正的先知握到手的……

冬天,奥罗兹库尔姨父和别盖伊姨妈常到城里去找医生。听人说,医生很有本事,给药吃,就能生孩子。但奶奶总是说,最好到圣地去。圣地在山外一处什么地方,那地方田野上是长棉花的。就是说,那是块平坦的地方,平坦得好像不应该有山似的,可是那里就有一座圣山——苏来曼山。如果在山脚下杀一头黑羊来祭真主,进山时一步一鞠躬,边走边祷告,诚心诚意哀求真主,真主就会大发慈悲,给一个小孩。别盖伊姨妈很想到苏来曼山去。可是奥罗兹库尔姨父不大愿意去。太远了。他说:"花钱太多了。到那里去,要坐飞机翻过很多山。去坐飞机之前,还有很多路要走,也要花钱……"

他们一到城里去,我们护林所就更冷清了。只剩下我们和我们的邻居——谢大赫玛特叔叔、他的老婆古莉查玛和他们的小女孩。就我们这几个人。

晚上,事情做完后,爷爷就给我讲故事。我知道,这时候外面是漆黑漆黑、冰冷冰冷的夜。风刮得很凶。连最大的山在这样的夜里也胆小起来,挤成一堆,拼命朝我们的房子、朝窗户里的灯光跟前靠。这叫我又害怕又高兴。我要是一个巨人,我一定要穿上巨人的皮袄,走出房去。我要大声对山说:"山,胆子别那样小!有我在这里。就让风大,就让天黑,就让雪猛,我一点都不怕,你们也不要怕。快站回原地方,别挤成一堆。"然后我就踩着雪,蹚过河,到森林里去。夜晚树木在森林里是感到很害怕的。树木很冷清,没有人跟它们说话。光秃秃的树木冻得瑟瑟发抖,没地方好躲藏。我要到森林里去,拍拍每一棵树的树身子,叫树别这样害怕。大概,那些到春天不发绿的树就是吓死了。然后,我们就砍掉这种枯树当柴烧。

爷爷给我讲故事的时候,我就想着这一切。他往往要讲很长时间。有各种各样的故事。有十分好笑的。有一故事特别好笑。说的是,有一个叫奇巴拉克的像小指头大的小孩子,贪嘴的狼将他吞到肚里,狼就倒了霉。噢,先是骆驼把他吞到肚里的。奇巴拉克在一片树叶底下睡觉,骆驼在旁边转悠,嘴一张,就把他和树叶一起吃到肚里。所以大家都说:骆驼不知道自己吃的是什么。奇巴拉克就呼救,喊了起来。老人们为了救出奇巴拉克,只好杀掉了骆驼。狼的事就更热闹了。狼因为太蠢,也把奇巴拉克吞到肚里。后来就哭也来不及了。是这样的:有一天,狼碰到奇巴拉克,说:"什么小虫儿,在这里碍事绊脚的?我一下子就把你吃掉。"奇巴拉克说:"狼,你别碰我,要不然我会叫你变成狗的。""哈哈哈,"狼大笑起来,"哪里见过狼变狗的?你还犟嘴,我吃了你。"说完就把奇巴拉克一口吞下。吞下后,就忘记了。但是从这一天起,狼就打不成食儿了。只要狼一开始偷偷摸摸地朝羊群跟前靠,奇巴拉克就在它肚子里喊:"喂,放羊的,别睡啦!我大灰狼偷羊来了!"狼不知怎样才好。就咬自己的腰,在地上打滚儿。可是奇巴拉克还是不肯放过它。"放羊的,到这里来,快打我,狠狠地打!"放羊的人拿着木棒赶来,狼就跑。放羊的人撵着,心里稀奇起来:这大灰狼疯啦,自己在跑,自己却又在喊:"快来追我!"大灰狼这时候也就撒开腿跑掉了。跑是跑掉了,可是日子还是不好过。不管到哪里,奇巴拉克都不放过它。到处有人撵它,到处有人笑它。狼饿瘦了,瘦得皮包骨头。牙齿抖得咯咯响,嚎嚎地直叫:"我受的是什么罪呀?为什么我要自找倒霉呀?我真是老糊涂了呀,昏了头呀!"奇巴拉克故意逗它说:"到塔什玛特家里去吧,他家的羊才肥哩!""到巴伊玛特家里去吧,他家的狗是聋的。""到艾尔玛特家里去吧,他们家放羊的全都睡啦。"可是狼一动也不动,呜呜地哭了起来:"我哪里也不去了,还是到随便哪一家去当条狗好些……"

爸爸,这个故事很好笑,是吗?爷爷还有一些别的故事,有叫人听了发愁的,有叫人害怕的,有叫人伤心的。但我最喜欢的是长角鹿妈妈的故事。

爷爷说,伊塞克湖边的人都应该知道这个故事。不知道,就是罪过。爸爸,你也许知道这个故事吧?爷爷说,故事里说到的事全是真的。从前曾有过这样的事。爷爷说,我们都是长角鹿妈妈的孩子。我是,你是,大家都是……

我们就是这样过冬天的。冬天很长很长。要是没有爷爷讲故事,到冬天是很乏味的。

一到春天,我们这里就好了。等天气完全暖和起来,放牧的人又要进山来了。到那时候,我们山里就不冷清了。不过,在河那边,在离我们远些的地方,一个人都没有。那边只有森林和森林中的野物。我们住在护林所,就是为了不让人随便进森林,不让任何人动一根树枝。我们这里也来过有学问的人。那是两个穿长裤的女人、一个小老头儿,还有一个年轻小伙子。那个小伙子是跟他们学习的。他们待了整整一个月。搜集野草、树叶和小枝儿。他们说,像我们圣塔什山林这样的森林,在地球上已经很少了。可以说,差不多没有了。所以,应当爱护森林里的每一棵树。

我觉得,爷爷对每一棵树都心疼极了。他很不喜欢奥罗兹库尔姨父拿松木送人……

三

　　白轮船渐渐远了。轮船的烟囱在望远镜里已经看不清了。轮船很快就要看不见了。现在孩子该给随爸爸轮船航行的故事想出个结尾了。一切都想得很好，就是结尾老是想不出来。他可以毫不费事地想象出他怎样变成鱼，怎样顺着河向湖里游去，怎样遇到白轮船，怎样同爸爸见面。也能想象出他要对爸爸讲的一切。但再往下，事情就难了。因为，如果再往下，就要看到岸了。轮船就要渐渐靠近码头。水手们准备登岸。他们就要各自回家。爸爸也要回家。妻子和两个孩子要在码头上等他。这可怎么办呢？跟爸爸走？爸爸肯带他吗？要是带他，妻子就要问："这是哪一个？从哪里来的？他来干什么？"不行，还是不能跟爸爸走……

　　白轮船越走越远，渐渐变成一个隐隐约约的小白点儿。太阳眼看着就要落到水面上。在望远镜里可以看到，紫红色的湖面正闪着耀眼的光芒。

　　轮船走了，不见了。白轮船的故事到此结束。该回家了。

　　孩子拿起地上的书包，将望远镜夹在腋下，快步下山，曲里拐弯地在山坡上跑着。离家越近，心里越感到慌张。小牛嚼烂了衣服，是要找他算账的。一顿打骂是逃不掉的。为了给自己打气，他对书包说："你别怕。就让把咱们骂一顿好啦。我又不是故意的。我只是没想到小牛会跑走。就算我挨几巴掌,我不在乎。要是把你摔在地上,你也不用害怕。你是摔不碎的,你是书包嘛。不过,要是望远镜落到奶奶手里,那就不好办了。咱们先把望远镜藏到棚子里,然后再回家……"

他就是这样干的。他真怕进家门啊。

家里却是一片寂静,静得叫人提心吊胆。院子里静悄悄的,一个人都没有,好像人都离开了这块地方。原来,别盖伊姨妈又被她男人打了一顿。爷爷又去劝说过大发脾气的女婿,老人家少不了又是哀告,又是恳求,又是拉奥罗兹库尔的拳头。又看到女儿被打得遍体鳞伤、蓬头散发、嚎啕大哭的整个受辱场面;又听到人家当着他这个亲爹的面用最肮脏的话骂他的女儿;听到人家骂她是不生崽子的母狗、是不产驹儿的该死的母驴,还听到各种各样的别的一些下流话。少不了又听到女儿不要命地、发疯似的叫喊,诅咒自己的命运:"老天爷不叫我怀胎,难道是我的错?世上有多少女人就像绵羊那样,生起来没完没了,可是老天爷偏偏就和我过不去。为什么啊?我为什么要过这种日子?你还是打死我吧,你这没良心的东西!来,打吧,打吧!……"

莫蒙老汉十分痛心地坐在角落里,闭着眼睛,还在喘着粗气,两只手搁在膝盖上,不住地哆嗦着。他的脸煞白煞白的。

莫蒙朝外孙望了一眼,什么也没有说,又无精打采地将眼睛合上。奶奶不在家。她到别盖伊姨妈家里去了,去劝他们别吵别闹,帮他们整理东西,收拾打碎的碗碟。奶奶就是这样的:奥罗兹库尔打老婆的时候,奶奶不去过问,也不叫爷爷去管。打过了以后她才去劝,去说宽心话。能这样,就算不错了。

孩子最可怜爷爷。在这样的日子里,老人家每次都好像差点儿要死去似的。他像呆了一样,坐在角落里,不愿意见人。他心里想的是什么,对任何人都不说。在这种时候,莫蒙想的是,他已经老了,他想,他有过一个儿子的,可是儿子打仗死了。现在已经谁也不晓得,谁也不记得他的儿子了。要是儿子还在的话,也许,他的命里不会有这么多的磨难了。莫蒙还想念一直跟他相依为命的他那去世的老伴儿。但最大的不幸还是两个女儿命里没有福。小女儿将外孙丢给了他,自己跑到城里去,如今一家人挤在一个小小的房间里。大女儿就在这里跟着奥罗兹库尔,受尽了折腾。虽然有他老人家在她跟前,虽然他为了女儿什么都忍受着,可是一年又一年,她总是享不到当妈妈的幸福……她跟奥罗兹库尔已经有很多年了。她跟他在一起,实在过够了,可是,她又能往哪里去呢?……他已经老了,说不准哪一天会死掉,到那时候,这个已经够不幸的女儿又会怎样啊?

孩子匆匆忙忙喝了一碗酸牛奶,吃了一块饼子,就靠着窗子悄悄地坐了下来。他没有点灯,不愿惊动爷爷,让他尽管坐着,尽管去想吧。

孩子也在想自己的心事。他不懂,别盖伊姨妈为什么要拿烧酒去讨好丈夫。换来的是一顿拳头,可是,过后她又是一瓶……

唉,别盖伊姨妈呀,别盖伊姨妈!有多少次丈夫把她打得半死,但她总是原谅他。爷爷也总是原谅他。为什么要原谅他呢？不应该原谅这样的人。他是一个很坏，很没有良心的人。这里才不稀罕他呢。没有他，我们照样能过。

他气坏了，他那天真的头脑活灵活现地想象出一幅公正地惩治恶人的画面：他们一齐扑向奥罗兹库尔，将这个又肥又大又肮脏的家伙拖到河边。然后，就来晃他，趁势把他扔到河中心。他便向别盖伊姨妈和爷爷求饶。因为他是不会变成鱼的……

孩子觉得痛快些了。他甚至觉得很好笑，因为他在想象中看到了奥罗兹库尔在河里挣扎的样子，还看到他那绒布帽子在旁边漂着。

但伤心的是，孩子认为公正合理的做法，大人们却不照着去做。他们的一切做法都和这相反。奥罗兹库尔每次喝了酒回到家来，他们还是像没有事儿一样去迎接他。爷爷去牵马，别盖伊姨妈去烧茶炊。大家都像专门恭候他似的。可是他也就更放肆起来。先是唉声叹气，哭了起来，说：真没道理，每个人都有孩子，连那些顶不中用、顶窝囊的人都有孩子，要多少有多少。五个、十个都行。他奥罗兹库尔什么地方比别人差？他什么地方不行？是他的官儿不大？谢天谢地，他总是护林所所长，也算可以啦！难道他是什么流浪汉？就是茨冈人，也要生茨冈娃娃，娃娃成群成群的。难道他是什么小人物，没有人瞧得起他？谁都瞧得起他。他比谁都强。他有高头大马，手里有鞭子，人们见了他都恭恭敬敬的。那么，那些年纪跟他不相上下的人都在给自己的孩子办喜事了，他怎么连个儿子都没有呢？没有儿子，没有后代，他算什么人啊？

别盖伊姨妈也要哭,还要拼命忙活,想方设法讨丈夫喜欢。她拿出藏好的酒,自己也陪他喝两杯。奥罗兹库尔越喝越来劲,过一阵子,就一下子发作起来,将自己的愤恨一齐发泄到老婆身上。但她还是原谅他。爷爷也原谅他。谁也不把奥罗兹库尔捆起来。第二天早晨,他酒醒过来,老婆虽然满身青紫,可是茶已经烧好了。爷爷已经让马吃饱了燕麦,备好了马鞍。奥罗兹库尔喝足了茶,朝马上一坐,——他又是头头儿,又是整个圣塔什森林的当家人了。谁都不会想到,像奥罗兹库尔这样的人,早该扔到河里去了……

天已经黑了。夜晚已经来临。

孩子得到新书包的这一天,就这样结束了。

睡觉的时候,他还没有想好把书包放到什么地方。末了,他把书包放在自己的枕头旁边。孩子这时还不知道,到以后才知道,班里几乎一半的孩子都将有跟这一模一样的书包。知道了,他也不会败兴的,他的书包照样是一个很不平常、一个顶了不起的书包。他当时也还不知道,在他的小小生活道路上他将遇到一些新的大事;还不知道,将来会有一天,在整个人世上,他竟找不到一个靠得住的人,能跟他在一起的只有书包。而这一切,全因为他有一个心爱的关于长角鹿妈妈的故事……

这一天晚上,他很想再听一遍这个故事。莫蒙老汉自己也很喜欢这个故事,他每次讲这个故事,都好像亲眼看到的一般,而且边讲边叹气、流泪,讲讲停停,想着心事。

不过,孩子不敢去惊动爷爷。他明白,爷爷现在没有心思讲故事。"咱们下次再请他讲吧,"孩子对书包说,"现在我自己来把长角鹿妈妈的故事讲给你听听,一字不漏地讲,和爷爷讲的一样。我轻轻地讲,让别人都听不到,你可要好好听。我喜欢讲,并且喜欢像看电影一样看着故事里的一切。爷爷说,这一切全是真的。故事是这样的……"

四

这是很久以前的事。在很远很远的古代,大地上森林比草还多,在我们的国土上,水面比陆地还大,那时候,有一个吉尔吉斯民族,居住在一条又大又寒冷的河边。这条河叫艾涅塞。艾涅塞流得很远,一直流到西伯利亚。骑着马到那里去,要跑三年零三个月。现在这条河叫叶尼塞,那时候却叫艾涅塞。所以,有一支歌是这样的:

有没有比你更宽的河流,艾涅塞?
有没有比你更亲的土地,艾涅塞?
有没有比你更深的苦难,艾涅塞?
有没有比你更自由的心意,艾涅塞?

没有比你更宽的河流,艾涅塞,
没有比你更亲的土地,艾涅塞,
没有比你更深的苦难,艾涅塞,
没有比你更自由的心意,艾涅塞。

艾涅塞就是这样一条河。

当时有各种不同的民族居住在艾涅塞河畔。他们处境十分险恶,因为他们经常互相作对。很多敌人包围着吉尔吉斯民族。一会儿这边敌人来侵犯,一会儿那边敌人来侵犯,一会儿吉尔吉斯人自己去进攻别人,夺牲口,烧房子,杀人。见人就杀,能杀多少就杀多少,——那时候就是这样的。人不怜惜人,人残杀人。闹得没有人种庄稼、养牲口、打猎。靠抢夺过日子更便当些:闯进来,将人一杀,拿起就走。可是,杀了人,就要用更多的血来偿还,报复就会引起更大的报复。越这样下去,血流得越多。人们都失去了理性。那时候没有谁来帮人和解。谁能出其不意地袭击敌人,将别的民族杀得鸡犬不留,把牲畜和财宝抢劫一空,谁就是最有本事、最了不起的人。

森林里出了一只怪鸟。每天从入夜直到天亮,都在唱、在哭,在树枝上跳来跳去,用人的声音凄惨地叫着:"大祸来啦!大祸来啦!"果然不假,那可怕的一天来了。

那一天,全吉尔吉斯族的人都在艾涅塞河上给自己年老的头人送葬。这位老英雄库利奇当过多年首领,参加过多次征战,在多次战斗中出生入死。身经百战而安然无恙,但他的死期还是到来了。全族的人十分沉痛地哀悼了两天,准备在第三天安葬老英雄的遗骨。依照古老的风俗,为头人送葬时,应当抬着他的尸体从艾涅塞河边的悬崖峭壁上经过,让死者的灵魂可以在高处向母亲河艾涅塞告别。要知道,"艾涅"的意思就是母亲,"塞"就是河道,就是河。让他的灵魂最后唱一遍艾涅塞河的歌:

有没有比你更宽的河流,艾涅塞?
有没有比你更亲的土地,艾涅塞?
有没有比你更深的苦难,艾涅塞?
有没有比你更自由的心意,艾涅塞?

没有比你更宽的河流,艾涅塞,
没有比你更亲的土地,艾涅塞,
没有比你更深的苦难,艾涅塞,
没有比你更自由的心意,艾涅塞。

在安葬的岗头上,在墓穴前,要把老英雄高抬过顶,让他看看天地四方:"看看你的河。看看你的天。看看你的地。看看我们这些和你同根生的人。我们都来送你了。安息吧!"要在英雄墓前竖石碑,留给千秋万代作纪念。

在安葬的日子里,全族的帐篷要顺着河岸排成长长的一排,以便每一家都能在家门口向老英雄告别。人们抬着老英雄的遗体从帐篷前经过时,就要把志哀的白旗降到地上,降旗时还要边哭边诉,然后跟上大家一起往前走,走到下一个帐篷跟前,下一个帐篷里的人又是边哭边诉,降志哀的白旗,一路上都是这样,一直送到安葬的岗头上。

那一天早晨,太阳出山的时候,一切都已准备停当。旗杆上挂起了带马尾的军麾,搬出了老英雄作战用的盔甲、盾牌和长矛。老英雄的战马也披好了送葬的马衣。号手们就要吹起战斗的长号,鼓手们就要擂动震天的大鼓,要吹、要擂得森林摇动,群群鸟儿飞上天空并在天空啾啾喳喳地乱转,野兽嗥嗥叫着在森林里乱窜,野草伏到地上,山谷里回声滚滚,群山颤抖。哭灵的女人们松开了头发,准备为老英雄库利奇眼泪汪汪地痛哭一场。骑士们跪下一条腿,准备用强壮的肩膀抬起老英雄的遗体。一切都准备好了,就等着起灵了。而在林边的树上,还拴着九匹待宰的母马、九头待宰的公牛、九九八十一头待宰的羊,那是为葬后丧宴准备的。

这时候,意外的事发生了。艾涅塞河畔的人,彼此之间无论有什么样的深仇大恨,在安葬头人的日子里,是不兴跟人家兴兵打仗的。可是,就有一大帮敌人,拂晓时便悄悄地包围了深深陷在悲痛里的吉尔吉斯人的宿营地,这时一下子从四面埋伏的地方跳了出来。所以谁也来不及上马,谁也来不及拿起武器。一场空前的大血洗开始了。见人就杀,一个不留。敌人打定了主意,要一举消灭勇猛的吉尔吉斯民族。他们把所有的人挨个儿杀死。杀光了,就再也没有人记下这笔血债,再也没有人报仇雪恨,就让时间像流沙一样冲掉往事的痕迹。让一切化为乌有……

一个人从出生到成人需要很长时间,要杀一个人,却只需眨眼工夫。许多人已被杀死,躺在血泊里;许多人为了逃脱敌人的利剑和长矛,跳进河里,就在艾涅塞河的波涛中沉没了。河岸上,悬崖峭壁间,吉尔吉斯人的帐篷熊熊燃烧着,大火延烧数俄里。没有一个人逃脱,没有一个人活下来。一切都被捣毁、烧光。死者的尸体被一齐从悬崖上扔到艾涅塞河里。敌人欢呼:"现在这些土地是我们的了!现在这些森林是我们的了!现在这些牲畜是我们的了!"

敌人带着大量的虏获物扬长而去,却没有发觉,有一男一女两个小孩从森林里回来了。他们又淘气,又不听话,一清早就背着大人跑到附近森林里去剥树皮编小篮子。他们玩得起劲,不觉走到密林深处。等他们听到大血洗的厮杀声和呼喊声急忙赶回家时,他们的父母和兄弟姐妹已经不在人世了。两个孩子只落得无亲无故。他们哭着从一处灰堆跑到另一处灰堆,到处看不到一个人。转眼间就成了孤儿。整个人世就剩了他们两个。远处,灰尘滚滚,敌人正把他们在血腥的征战中掠得的马匹和牛羊赶往自己的地盘去。

两个孩子看到马蹄荡起的灰尘,便向前追去。两个孩子一面哭喊,一面跟在凶恶的敌人后面跑。只有孩子才会这样。他们不是躲开杀人凶手,倒是追赶起他们来了。他们只图不孤单,只想赶快离开这块一片血腥的、可怕的地方。男孩和女孩手挽手地跑着朝前追,喊敌人等一等他们,带他们一块儿走。但是,人喊,马嘶,蹄声嘚嘚,人马跑得正欢,哪里听得到他们那微弱的喊声?

男孩和女孩拼命地跑了很久。但总是赶不上。后来他们跌倒在地上。他们不敢朝四面看,不敢动一动。觉得非常可怕。两个孩子紧紧靠在一起,不觉睡着了。

常言说:吉凶难卜孤儿命。这话倒也不假。夜晚平平安安地过去了。野兽没有惊动他们,林中巨怪没有将他们抓走。等他们醒来,已是早晨。阳光明丽。百鸟齐鸣。两个孩子爬起来,又踏着马蹄的印迹走去。沿路他们采些野果和野菜充饥。他们走呀,走呀,到第三天,来到一座山上。朝下一望,只见山下碧绿的大草甸子上正在举行盛大的宴会。数不清有多少帐篷扎在那里,数不清有多少火堆在冒烟,数不清有多少人围着火堆。姑娘们在荡秋千,在唱歌。有一些身强力壮的汉子,为了让大家开心,正像雕一样在转着圈子,在摔跤。这是敌人在庆祝他们的胜利。

男孩和女孩站在山上,不敢朝山下走。但是真想到火堆跟前去。火堆跟前那烤肉味、面包味、野葱气味好香啊。

两个孩子忍不住,还是走下山去。山下的人觉得这两个孩子来得蹊跷,便一齐围了上来。

"你们是什么人?从哪里来的?"

"我们饿了,"男孩和女孩回答说,"给我们点儿吃的吧。"

那些人从他们的口音听出了他们是什么人,一齐乱哄哄地、嗡嗡地叫了起来。他们在争论:是马上杀死这两个没有杀绝的敌人的种子呢,还是将他们带到可汗那里去?有一个好心肠的女人,趁大家七嘴八舌地争论的时候,塞给每个孩子一块烤马肉。他们在被带往可汗那里去的路上,还一直吃着马肉。他们被带进一座高大的帐篷,帐边还站着手执银斧的卫士。整个营地上都在传着一个令人不安的消息:不知从哪里来了两个吉尔吉斯孩子。这是怎么一回事呢?大家都停止了作乐和饮宴,一齐拥到可汗的帐前。这时候,可汗正跟手下的著名将领一起坐在白得像雪一样的毡上,喝着蜂蜜调制的马奶酒,听着颂歌。可汗得知大家为什么拥到帐前,十分震怒:"你们竟敢打扰我的清兴?我们不是把吉尔吉斯族斩尽杀绝了吗?我不是让你们成为艾涅塞河上千秋万代的主人了吗?你们跑来干什么?胆小鬼!你们睁开眼看看,坐在你们面前的是什么人!来啊,麻脸瘸婆婆!"可汗叫道。麻脸瘸婆婆从人群中走了出来,可汗对她说:"把这两个孩子带到密林里去,将他们收拾掉,让吉尔吉斯族从此绝种,干干净净,今后再也无人提起。去吧,麻脸瘸婆婆,照我的命令行事……"

麻脸瘸婆婆一声不响地接受了命令,拉起两个孩子的手就走了出去。他们在森林里走了很久,后来走到艾涅塞河边一处高高的悬崖上。麻脸瘸婆婆在这里让两个孩子站住,要他们并肩站在悬崖边。她在把他们推下悬崖之前,口中念道:

"伟大的艾涅塞河啊!要是把一座山抛到你的深处,山就像一块石头一样沉到河底。要是把一棵百年古松抛下去,松树就像一根小枝儿一样被冲得无影无踪。现在你收下这两颗小小的砂子,收下人类的这两个孩子吧。人间没有他们的存身之地。还用得着我对你说吗,艾涅塞?要是星星都变成人,天空就不够他们住了。要是鱼都变成人,江河和海洋就不够他们住了。还用得着我对你说吗,艾涅塞?把他们收下,把他们带走吧。趁他们年幼,趁他们心地纯洁,趁他们还有孩子的良心,还没有害人的心思、没有做害人的事情,让他们离开这罪恶的世界吧,免得他们遭受人间苦难,也免得他们去坑害别人。收下他们吧,收下他们吧,伟大的艾涅塞……"

男孩和女孩嚎啕大哭。他们哪里有心思听老婆子的话。站在悬崖上朝下望去,实在可怕。百丈悬崖之下,怒涛滚滚。

"孩子们,你们最后拥抱一下,告告别吧。"麻脸瘸婆婆说。她卷起袖子,为的是推起他们更利索些。她又说:"孩子们,你们别怪我。这是你们命该如此。虽然我现在来干这件违心的事,但也是为了你们好……"

她刚说到这里,一旁传来了说话声:

"等一等,大仁大智的女人,不要杀害无罪的孩子。"

麻脸瘸婆婆回头一看,觉得很奇怪:站在她面前的是一头母鹿。那一双老大老大的眼睛朝她望着,露出责备和忧伤的神情。母鹿一身白色,就像生头胎的妈妈的奶水那样白;肚子上的绒毛是褐色的,很像小骆驼的毛。头上的角美极了,扎煞开来,就像秋天的树枝。乳房又洁净又光润,就像正喂奶的妇女的乳房。

"你是哪一个?你为什么讲人话?"麻脸瘸婆婆问道。

"我是鹿妈妈,"母鹿回答说,"我讲人话,因为别的话你听不懂,也就没法听从我的劝告。"

"你要我怎样呢,鹿妈妈?"

"大仁大智的女人,你把孩子放了吧。我请你把他们交给我。"

"你要他们干什么?"

"人们把我的双生孩子——两头小鹿打死了。我想找孩子来抚养。"

"你想抚养他们吗?"

"是的,大仁大智的女人。"

"可是,你好好想过没有,鹿妈妈?"麻脸瘸婆婆笑了起来,"他们是人的孩子呀。他们长大了,会杀害你的小鹿的。"

"他们长大了,不会杀害我的小鹿,"鹿妈妈回答说,"我将是他们的妈妈,他们将是我的孩子。难道他们会杀害自己的兄弟姐妹吗?"

"哼,这可难说,鹿妈妈,你对人真不了解!"麻脸瘸婆婆摇摇头,"人连森林里的野兽都不如,人害起人来从不手软。我可以把这两个孤儿交给你,让你以后明白我的话是有道理的。不过,这两个孩子即使在你身边,也还是要被人们杀掉的。你何必自讨苦吃呢?"

"我把孩子带到很远的地方去,到了那里,谁也找不到他们。可怜可怜这两个孩子,放了他们吧,大仁大智的女人。我会给他们做个好妈妈的……我的乳房都胀得疼了。我的奶水都往下滴了。我的奶就等孩子们来吃呢。"

"要是这样的话,还有什么说的,"麻脸瘸婆婆想了想,说道,"你就领去吧,你要快点把他们带走。你就把两个孤儿带到你那很远的地方去吧。可是,如果他们在老远的路上死掉,如果有强人把他们杀死,如果今后你这两个人类的孩子恩将仇报,那可要怪你自己。"

鹿妈妈向麻脸瘸婆婆道了谢,便对男孩和女孩说:

"现在我是你们的妈妈,你们是我的孩子了。我把你们带到很远的地方去,那里有很多雪山,雪山上到处是森林,雪山怀抱里有一个叫伊塞克的波浪滚滚的大海。"

男孩和女孩高兴极了,连蹦带跳地跟在长角鹿妈妈后面跑了起来。但是,后来他们就累了,没有劲儿了,可是,路还远得很呢,要从大地的这一边走到那一边。要不是长角鹿妈妈用自己的奶喂他们,到夜里又用自己的身子暖他们,他们早就走不动了。他们走了很久,把他们的故乡艾涅塞越抛越远,但是离新的家乡伊塞克还是远得很。夏去秋来,过了冬天,又是春天,然后又是夏天,又是秋天、冬天,一年又是一年,他们穿过多少茂密的森林、酷热的草原、流动的沙漠,越过多少高山和汹涌奔腾的河流。狼群追赶他们,长角鹿妈妈就把他们驮在背上,带他们避开残忍的野兽。猎人骑马带箭追赶他们,在后面喊:"鹿把人的孩子抢跑啦!逮住它!逮住它!"并且在后面不断地放箭。长角鹿妈妈就驮着两个孩子飞跑,带他们逃离那些多余的救护者。鹿妈妈跑得比箭还快,一面跑一面不住地小声说:"坐稳些,孩子们,后面有人追赶!"

长角鹿妈妈终于将它这两个孩子带到了伊塞克。他们站在山上,感到十分惊奇。周围是一座座雪山的高峰,在遍布绿色森林的群山怀抱里,是一眼望不到边的波浪滚滚的大海。白色的波浪在蓝色的海面上滚动,风从远方将波浪吹来,又将波浪吹向远方。不知哪里是伊塞克的头,哪里是伊塞克的尾。这一边太阳已经升起,那一边还是夜晚。伊塞克周围有多少山,数也数不清;这些山后面又有多少这样的高山耸立着,谁也不知道。

"这就是你们新的家乡了,"长角鹿妈妈说,"你们就住在这里,种地,打鱼,养牲口。你们就在这里安居乐业,千年万载生活下去。你们还要传宗接代,繁衍子孙。还要让后代不要忘记你们带到这里来的语言,让他们可以畅快地用自己的语言说话和唱歌。人应该怎样生活,你们就怎样生活。我要跟你们,跟你们的子子孙孙永远在一起……"

这样,男孩和女孩,吉尔吉斯族这最后两个人,就以美丽富饶、万世长存的伊塞克湖畔为新的家乡了。

时间过得飞快。男孩长成了健壮的汉子,女孩长成了成熟的女子。于是他们结婚,成为夫妻。长角鹿妈妈也没有离开伊塞克,就住在这里的森林里。

有一天,黎明时候,伊塞克湖上忽然起了风浪,喧腾起来。女的要临盆了,她痛苦地挣扎着。男的害怕了,跑到山崖上,高声喊叫起来:

"鹿妈妈,你在哪里啊?伊塞克在闹腾,你听到没有?你的女儿要生孩子了。鹿妈妈,快来啊,快来帮助我们……"

这时候,远处传来清脆悦耳的叮当声,就像商队的铃声。那声音越来越近。长角鹿妈妈跑来了。它送来一只叫别色克的小孩摇篮,那弯弯的摇把就挂在它的角上。这种别色克是用白桦木做的,摇把上拴一个叮当作响的银铃。至今,这银铃还在伊塞克一带的别色克上响着。妈妈摇着摇篮,银铃叮当响着,好像长角鹿妈妈正从远方跑来,角上挂着白桦木摇篮,匆匆忙忙送摇篮来了……

长角鹿妈妈刚刚应声来到,孩子就生下来了。

"这只别色克是给你们的头生孩子的,"长角鹿妈妈说,"你们要有很多孩子。七个儿子,七个女儿!"

当爸爸的和当妈妈的高兴极了。为了纪念长角鹿妈妈,他们给头生儿子取名为布古拜。布古拜长大成人,娶了基普恰克族的一个美女为妻,于是布古族,也就是长角鹿妈妈族,就繁衍起来了。伊塞克湖畔的布古族成为很大很强盛的一族。布古人将长角鹿妈妈尊为圣母。布古人的帐篷门口上方都绣有鹿角为标志,这样,很远就可以看出,这帐篷是属于布古族的。布古人每当反击敌人进犯的时候,每当赛马的时候,总是大声呼喊:"布古!"布古人就总是取得胜利。那时候,伊塞克湖畔的森林里,到处奔跑着雪白的长角鹿,它们的美丽,连天上的星星都要羡慕。那都是长角鹿妈妈的子孙。谁也不去碰它们,谁也不去欺负它们。布古人见到鹿,就下马让路。人们总把心爱的美丽姑娘比作美丽的白鹿……

这种情形,一直持续到一个十分富有、十分显赫的布古人去世之前。这个布古人有千千万万头羊、千千万万匹马,周围所有的人都是他手下的牧人。他的儿子们为他举办了盛大的丧宴。他们从四面八方请来最有身份的人士参加宴会。在伊塞克湖畔为客人们扎起了上千顶帐篷。数不清宰了多少牲口,喝了多少马奶酒,上了多少山珍海味。富翁的儿子们神气极了:让人们都知道,父亲死后,儿子们还是多么富有,多么慷慨大方,儿子们又是多么孝敬他,多么隆重地悼念他……("哎——哎,我的儿子啊,如果炫耀的不是才华,而是金银财宝,那可不好!")

歌手们骑着死者儿子们赠送的骏马来回驰骋,穿着赠送的貂皮帽和丝绸长袍到处炫耀,争先恐后地歌颂死者和他的后人。

"在太阳下面,哪里有这样幸福的生活、这样排场的丧宴?"一个歌手唱道。

"开天辟地以来,这样的事都不曾见!"另一个唱。

"哪里都不曾见。只有我们这里才这样孝敬父母,这样光宗耀祖,显扬门庭。"第三个唱。

"哎,花言巧语的歌手们啊,你们在这里嚷嚷什么!世界上还没有那样美好的词句,能够将主人的恩惠、死者的声望恰如其分地赞誉!"第四个唱。

他们就这样日日夜夜在赛歌。("哎——哎,我的儿子啊,要是歌手比赛捧场,歌手变成歌的死敌,那就坏事!")

那次有名的丧宴热热闹闹地举办了许多天。富翁那些不可一世的儿子们很想压倒别人,想胜过世界上所有的人,好让自己的声望传遍天下。于是他们想起要在父亲的坟上安放一对鹿角,让大家知道,这是出身于长角鹿妈妈一族的他们的光荣先人的坟墓。("哎——哎,我的儿子啊,古人说:富了就骄傲,骄傲就放纵。")

富翁的儿子们一心要用这种闻所未闻的办法来显耀他们的父亲,谁也拦不住他们。他们说干就干。他们派出一些猎人,猎人打到一头鹿,将角劈了下来。鹿角有一俄丈高,就像飞鹰的翅膀。富翁的儿子们很喜欢这对鹿角:每只角上都有十八个杈儿,就是说,这鹿已经十八岁了。好极了!他们就叫人将鹿角安放在坟墓上。

老年人都十分气愤:

"你们凭什么把鹿打死?谁敢动手杀害长角鹿妈妈的后代?"

富翁的儿子们回答他们说:

"这鹿是在我们的地盘上打死的。凡是在我家土地上跑的、爬的、飞的,从苍蝇到骆驼,都是我家的。我们自家的东西,我们自己知道该怎样处置。你们都滚开!"

仆役们用皮鞭抽打老年人,让他们倒骑在马上,侮辱他们,将他们撵走。

这一下就开了头……长角鹿妈妈的后代从此就遭殃了。几乎每个人都要去森林里猎捕白鹿。每个布古人都认为在先人坟上安放鹿角是义不容辞的。于是这种事被认为是孝行,是对亡灵特别尊敬之举。谁没有本事弄到鹿角,谁就觉得不体面。人们开始买卖鹿角,储存鹿角。长角鹿妈妈一族中,出现了以猎取鹿角、卖鹿角为生的一些人。("哎——哎,我的儿子啊,金钱万能的地方,既没有美,也没有善良。")

伊塞克森林里的鹿面临了大劫大难。人们对它们毫不留情。鹿跑到陡峭的悬崖上,人们也不肯放过它们。人们放出成群的猎狗去追赶它们,将它们赶到埋伏着射手的地方,全部射杀。成群成群的鹿被杀害、被消灭。人们还打赌,看谁能搞到枝杈更多的鹿角。

鹿没有了。山里空荡荡的。不论深夜还是黎明,都不再听到鹿的叫声。不论在森林里还是在川地上,都看不到鹿在吃草,看不到鹿将长角擎在背上飞快地奔跑,看不到鹿像飞鸟似的掠过深谷。很多人生到世上,一生中一次都没有看到过鹿。只听到过有关鹿的故事,再就是还见过坟墓上的鹿角。

长角鹿妈妈又怎样了呢?

长角鹿妈妈很生气,对人们十分恼恨。据说,在鹿被枪弹和猎狗逼得无处存身的时候,在只剩下屈指可数的一些鹿的时候,长角鹿妈妈登上最高的山顶,告别了伊塞克湖,带着仅剩的一些孩子通过一个很大的山口,往别的地方、别的山里去了。

世上的事情往往是这样的。这个故事就是这样的。信不信由你。

长角鹿妈妈临走的时候说,它再也不回来了……

五

山里又是秋天。热闹的夏天过后,一切又在迎接秋天的凄清。四下里已经看不到畜群荡起的灰尘,火堆早已熄灭。牲畜过冬去了。人走了。山里空了。

老鹰零零落落地在天上飞过,难得叫上一声两声。河里的水不那样喧闹了:河水一个夏天跟河槽待够了,此刻落了下去,变浅了。青草不再生长,渐渐枯萎下去。树叶在树枝上待厌了,有些地方已经开始落叶了。

夜间,那些最高的山顶上已经落上一层银色的初雪。拂晓时候,那一座座黑糊糊的高山的山脊都变成了灰白色,好像一只只黑褐色的狐狸都长了白色的后颈。山谷里的风越来越冷,越来越刺骨。不过,天气暂时还是晴朗、干爽的。

护林所对岸的森林很快地进入秋天。火红的秋色有如无烟的野火,从河边向上延烧,烧遍了陡峭的小林地带,直到黑松林的边缘才停止。最鲜艳、最火红,向上爬得最顽强的是杨树林和白桦林:它们一直爬到大森林高处积雪的地方,一直爬到黑压压的松树和云杉王国的边界。

松杉林里一向十分干净,而且像教堂里那样肃穆。只有一棵棵挺立的褐色树干,只有干爽的松脂气味,只有落得遍地都是的棕黄色针叶。只有风在老松树的树梢上悄悄吹过。

可是,今天从清早起,被惊动的寒鸦就在山上叫个不停。一大群哇哇直叫的寒鸦,在松林上空不住地盘旋着。寒鸦是听到斧头声,一齐惊叫起来的,这会儿正争先恐后地嚷着,好像它们在光天化日之下遭了抢劫似的,紧盯着正将砍下的松树朝山下放的那两个人。

砍下的木头是用马拖着走的。奥罗兹库尔走在前面,拉着缰绳。他皱着眉头走着,不住地喘着粗气,就像老牛在耕田;他那斗篷不时地叫树棵子挂住。在他后面,紧紧跟着木头的是莫蒙爷爷。在这样高的地方干活儿,他也感到很吃力,老人家也在呼哧呼哧地喘着气。他手里拿着一根桦木棒,一面走,一面不时地用木棒拨动木头。木头一会儿撞到树桩上,一会儿撞到石头上。每到斜坡上,木头老是想横过来朝下滚。要是那样,那就免不了出事,会砸死人的。

用木棒掌握木头动向的人随时面临着更大的危险。但是,天下事无奇不有:奥罗兹库尔已经有几次吓得撇开马匹,跳了开去,而且每次他看到老头子还冒着生命危险,在斜坡上撑住木头,一直在等着他回到马跟前去拉马缰时,他都觉得损了他的面子。于是,正如俗话说的:要遮自己的羞,就得羞辱别人。

"你想要我的命,是不是?"奥罗兹库尔对丈人大声喝道。

周围一个人也没有,没有人听到,也没有人指摘奥罗兹库尔:哪里见过这样对待老年人的? 丈人只是怯生生地说,他自己也可能叫大木头压死的,干什么要这样对他喝叫,好像他是故意这样干似的。

但是,这一来,更把奥罗兹库尔惹火了。

"你算什么东西!"他气势汹汹地说,"就算把你砸死,你反正活够了。你怕什么? 可是,我要是摔死了,谁肯要你那不开窝儿的女儿? 谁用得着这种不生不养、倒霉的婆娘?……"

"孩子,你这个人可真难伺候。你一点不尊敬人。"莫蒙回答说。

奥罗兹库尔甚至停了下来,拿眼睛将老头子打量了一阵。

"像你这样的老家伙早该躺在炉灶跟前,拿炉灰来烤屁股了。可是你现在好歹总还是拿着工资。你的工资从哪里来的? 靠我呗! 你还要什么样的尊敬?"

"好啦,我是随便说说的。"莫蒙软了下来。

他们就这样走着。又爬上一个山坡,停在坡上休息。马已经浑身是汗,水淋淋的。

寒鸦还是一直没有安静下来,一直在打圈子。黑压压的一大片,嚷得非常起劲儿,好像打定了主意今天是要叫一整天了。

"寒鸦叫,冬天早早到。"莫蒙又开口说。他想讲点别的,让奥罗兹库尔消消气。"这是寒鸦要飞走了。寒鸦不喜欢有人来打扰它们。"他又补上一句,好像是替不懂事的鸟儿表白似的。

"哪一个打扰它们的?"奥罗兹库尔猛地转过头来,脸一下子变得通红。"老头子,你又在胡扯了。"他用严厉的口气低声说。

他心里说:"哼,话里有话哩!怎么,就为了你那寒鸦,松树都不能碰,连根树枝都不能动啦?没有这种事!目下在这里还是我当家。"他拿眼睛狠狠瞄了瞄哇哇直叫的鸟群,心里说:"嘿,有一挺机枪就好了!"然后,他转过脸,骂了两声娘。

莫蒙一声不吭。他听不惯女婿骂娘。"他又来了,"老人家心里难过地想,"一喝了酒,就凶得不得了。酒醒了,还是一点道理也不讲。人究竟为什么会这样呢?"莫蒙伤起心来,"你对他一片好心,他对你恶意相报。既不觉得有愧,又不肯问问良心。好像就应该这样。总认为自己有理。只要他舒服就行。周围的人都该伺候他。你不愿意,就逼着你干。好在他这种人是在山里,在森林里,他的手下只有这么一两个人。他的官儿要是更大些,那又怎样呢?天啊,可别叫他当大官儿……而且这种人实在多得很。他们什么都能捞到手。你想躲这种人都躲不掉。他到处等着你,到处能找得到你。为了他自己过得自在,他能把你的命折腾掉。可是,他还是有理。是啊,这种人太多了……"

"好啦,歇够了,"奥罗兹库尔打断老人家的思路,"走吧。"他下命令说。

于是他们又往前走。

今天从清早起,奥罗兹库尔心里就不痛快。早晨,本当带上家什过河到对岸森林里来的,莫蒙却忙着送外孙上学去了。这老头子简直发昏了!每天早晨都要备好马,送孩子去上学,然后又要骑马跑去把孩子从学校接回来。天天就为这个没人要的孩子忙活着。说什么,上学不能迟到,简直不得了啦!要是这里有急事,天晓得会是什么样的事,这么说,这些事都是可以放一放的啰?老头子说:"我一下子就回来,万一孩子上课迟到了,见了女老师不好意思的。"哼,见了她不好意思!老糊涂!那个女教师又算什么?一件大衣穿上五年。就看到她夹着练习本,提着提包。天天在外面乞讨,什么东西都要向区里要,要起来没完没了,一会儿给学校要煤,一会儿要玻璃,一会儿要粉笔,要不然就是要抹布。真正像样的教师会到这样的学校来吗?大家给这学校取的名字真不错——小家伙学校。她倒真是个小家伙。她有什么用?真正像样的教师都在城市里。学校里玻璃窗明晃晃的。教师都系领带。但那是在城市里呀……城市里有多少首长坐着汽车满街跑!那又是什么样的汽车呀!乌黑、锃亮的汽车,平平稳稳地开过来,你不由得要站下来,气也不敢喘,站得笔直,等着它开过去。可他们城里人就好像没有看到这些汽车似的,忙忙碌碌,来去匆匆,只顾走自己的路。在城市里过日子才真像过日子哩!要是能调到城市里去,在城市里住下来,有多好啊!在城市里,尊敬不尊敬人,全看人的地位。有了地位,就一定受人尊敬。地位越高,越受人尊敬。大家都是文明人。在城市里,不必因为吃几顿饭或者收了什么礼物,就去搞木头或者去做诸如此类的事来还人情。不像在这里,给你五十,至多一百卢布,人家就把木头弄走,还要说你的坏话:奥罗兹库尔受贿啦,这个那个的……真是愚昧无知!

是啊,真该到城市里去……嘿,让这些山、这些森林、这些该死的木头,让不生孩子的老婆,让糊涂老头子和他那当宝贝待的狗崽子,统统见鬼去!嘿,那我就像吃饱了燕麦的马一样,欢蹦起来!我会叫人尊敬我:"奥罗兹库尔·巴拉扎诺维奇,您的办公室能进吗?"到了城市里,我要娶个城里女子。为什么不可以呢?比如说,娶个演员,要漂亮的,又会唱,又会跳,手里还拿着麦克风;据说,在她们眼里,顶要紧的是,一个人要有地位。我要挽着这样的美女,自己也要系好领带,一起到电影院去。她的高跟鞋噔噔地响着,浑身香喷喷的。过路人都伸长了鼻子。不用说,孩子也要生一些的。让儿子学法律,叫女儿学钢琴。城里孩子显然不同,城里孩子聪明。在家里说的全是俄语:他们才不会满嘴土话哩。他也要这样来惯养自己的孩子:"好爸爸,好妈妈,我要这样,我要那样……"对自己的孩子,还有什么舍不得的?嘿,他要让很多人都眼红,让大家看看,他是什么人!他哪一点又比别人差?那些在他上面的人,哪一点比他高明?都是一些跟他一样的人嘛。只不过他们走运,他不走运罢咧。怪他没有福气。也得怪他自己。林业人员训练班结业后,该是到城里去,去上技术学校,或者去上大学的。他却沉不住气,一心要弄个差事干干。虽然是个小差事,可总是个差事。这样一来,现在就天天在山里转,天天就像老驴一样拖木头了。还有这些讨厌的寒鸦。叫什么呀,打什么圈子?嘿,有一挺机枪就好了……

奥罗兹库尔心情不好是有原因的。快活的夏天已过,秋天来了,随着夏天的逝去,他到牧羊人和牧马人那里做客的好日子也过去了。正像歌子里唱的:"高山牧场花儿落,又到返回平川时……"

秋天到了。人家抬举他,请他吃喝,他借了债,许了愿,现在都得一一清偿。而且他说过的大话也得兑现:"你要什么?要两根松木做屋梁,就这么一点儿?这有什么好说的!随你什么时候来,现成的!"

过去说了大话,收了礼物,喝了酒,现在就得气喘吁吁,汗流浃背,一面拼命咒骂,一面在山上拖木头。这些木头叫他吃很大的亏。说起来,他这一辈子老是吃亏。忽然他的脑子里闪过一个冒险的念头:"我什么都不管,想到哪里,就到哪里去!"但是他马上就明白了,他哪里也去不成,哪里也不要他,谁也不要他,他到哪里也过不到他所盼望的那种日子。

你且离开这里,或者不履行诺言试试看!那些三朋四友准会出卖你。都是一些靠不住的家伙。前年,有一个布古族同胞送他一头羔羊,他答应给一根松木。可是到了秋天,他不愿意上山去弄树。这种事说说倒容易,可是,要爬山,要锯,还要拖下山,你倒试试看!如果是几十年以上的大松树,那就更难对付了。无论给多少黄金,都不愿干这种活儿。那几天莫蒙老汉恰好病了,正躺在床上。一个人是不行的,而且谁也没本事一个人到山里搞木头。一个人砍树,也许能把树砍倒,可是拖不下山……他要是早知道后来出的事情,他会跟谢大赫玛特一起去搞松树的。可是当时奥罗兹库尔懒得爬山,便决定随便弄一棵树把那个同族人应付过去。那人却无论如何不依:要的是真正的松木,非给不可!"羊羔拿到手,就要赖账不成?"奥罗兹库尔也发了脾气,将他撵了出去:不想要,就给我滚蛋!可是,那个小伙子也不是好惹的。他写了一封控告信,控告圣塔什保护林护林员奥罗兹库尔·巴拉扎诺夫,而且在信中添枝加叶,真真假假,把奥罗兹库尔写成一个"社会主义森林的破坏分子",简直可以枪毙。后来奥罗兹库尔被弄到区里和林业部的各种审查组织去审查了很久。好不容易才解脱了……你瞧,这就是同族人!还要说什么:"我们都是长角鹿妈妈的子孙。一人为大家,大家为一人!"这简直是胡扯!为了一个铜子,恨不得互相掐脖子,或者送你进监狱,鹿妈妈又管屁用!那是在古时候,人们相信鹿妈妈。那时候的人愚昧无知到何种程度,真是好笑!现在大家可都是有文化、有知识的人了!谁还相信这种哄小孩子的故事!

自从出了那件事情以后,奥罗兹库尔就发誓:今后来的不论是哪一个,不论是什么样的熟人、同族人,哪怕是长角鹿妈妈嫡亲的孩子,他连一根树枝、一根树条子也不给。

可是,夏天又来了。山里一片碧绿的草甸子上又出现了一顶顶白色的帐篷。羊在欢叫,马在长嘶,河边溪旁炊烟袅袅。阳光明丽,处处花香,处处能闻到令人陶醉的马奶酒香味。来到帐篷旁边,呼吸着清新的空气,坐在碧绿的草地上,跟三朋四友共享马奶酒和鲜嫩的羊肉,真是件乐事!然后再来一杯伏特加,让头脑晕乎乎的。这时候就会觉得自己力大无穷,能够把大树连根拔起,或者将随便哪一座山的山头拧将下来……奥罗兹库尔在这样的日子里就往往会忘记自己的誓言。听到人们喊他是大森林的大老板,他更是美滋滋的。于是,他又许愿,又接受礼物……等秋天一到,森林里不一定哪一棵祖宗留下来的古松又要遭殃了。

秋天从收割后的田野悄悄爬到山上,又向四面八方扩散开去。秋风吹过,青草黄了,森林里的树叶红了。

野果熟了。羊羔长大了。羊羔开始分群,公的跟公的在一起,母的跟母的在一起。妇女们将干奶酪收进麻袋准备过冬。男子汉们在商量,要回川地去,该是谁来第一个开路。那些在夏天就跟奥罗兹库尔谈妥了交易的人,在离开之前通知他,要在某日某时开汽车到护林所来装运他答应给的木头。

今天傍晚,就要有一辆带拖车的汽车来装运两根松木。有一根松木已经在山下,已经拖过了河,弄到了汽车要开到的地方。还有一根,就是这一根了,他们正在往下放。奥罗兹库尔此时此刻要是能够把用木头换得的吃喝还出来的话,那他马上就会这样做的,只要能不干这会儿正不得不干着的又苦又累的活儿就行。

唉,住在山里,命真苦啊,他是没办法躲过了:带拖车的汽车今天傍晚就要到了,夜里就要把木头运走。

要是一切能平安无事,倒也罢了。汽车要通过国营农场,就从场部办公室门前经过,别的路是没有的。农场里常常有公安局和国家检察机关的人来,区里来的人就更多了。拉木头的汽车万一被他们发现,他们就要问:"这木料是从哪里弄的,弄到哪里去?"

奥罗兹库尔一想到这里,脊梁骨都凉了。他对一切人、一切事恼恨透了。恼恨头顶上哇哇直叫的寒鸦,恼恨倒霉的老头子莫蒙,恼恨能掐会算、三天前就跑到城里去卖土豆的懒家伙谢大赫玛特。他明明知道要到山上拖木头嘛!结果,他却溜走了……他要在市场上办完自己的事,才能回来。要不然,奥罗兹库尔可以叫他跟老头子一块儿来拖木头,用不着自己来受罪了。

可是谢大赫玛特还远得很,寒鸦也没法子去打。在顶没有办法的时候,本来还可以打打老婆,可是要回到家里还得走很久。于是就剩下莫蒙老汉了。奥罗兹库尔气喘吁吁,呼哧呼哧地在山上走着,越走越火,走一步骂一声。他既不心疼马匹,也不心疼走在他后面的老头子,径直地穿过树棵子朝前走。让马死掉好啦,让老头子死掉好啦,他自己也来个心脏病发作,死掉好啦!既然他倒霉,大家都别想有好日子过。让这个世界完蛋好啦!这世界上的一切都安排得不合要求,没有照顾到他奥罗兹库尔的身份和地位。

奥罗兹库尔再也控制不住自己,他牵了马穿过一丛树棵子,径直地下一处陡坡。就让快腿莫蒙跟着木头跳个够吧。他要是撑不住,让他试试看!"我要揍老浑蛋一顿,决不饶他。"——奥罗兹库尔拿定了主意。过去他从来不敢拖着木头下这样危险的斜坡。可是这一次他叫鬼迷住了。莫蒙也来不及制止他,只来得及喊了两声:"你朝哪里去?哪里去?站住!"——就看到木头横转了过来,朝下滚去,把树棵子压得一弯一弯的。那木头湿漉漉的,十分沉重。莫蒙想用木棒抵住,不让木头朝下滚,可是木头来势太猛,一下子就把老头子手里的木棒打掉了。

一切都发生在一瞬间。马摔倒了,翻身朝下滚去。马倒的时候将奥罗兹库尔撞倒了。他一面朝下滚,一面慌慌张张地拼命去抓树棵子。就在这时候,在密密的枝丛中,有几只长角的动物惊慌地跳了开去。这几只动物连蹦带跳地跑到桦树林中去了。

"鹿!鹿!"莫蒙爷爷又惊又喜,情不自禁地叫了两声。接着又不做声了,好像还不相信自己的眼睛。

山里也忽然静了下来。寒鸦一下子飞走了。木头压在矮小而结实的桦树棵子上,在斜坡上卡住了。马被挽索绊住,自己站了起来。

衣服被剐得稀烂的奥罗兹库尔爬到了一旁。莫蒙连忙跑去救女婿。

"啊,是圣母长角鹿!是它搭救了咱们!你看到没有?这都是长角鹿妈妈的孩子。咱们的圣母回来啦!你看到没有?"

奥罗兹库尔还不相信,一切已经平安无事地过去了。他满面羞臊,很不高兴地爬了起来,一面拍打身上的尘土,一面说:

"够了,老头子,别胡扯啦!快去把马身上的挽索解开!"

莫蒙顺从地跑去给马解挽索。

"神母长角鹿啊!"他还在喜不自禁地嘟哝着,"鹿又回到我们的森林里来啦。鹿妈妈没有忘记我们呢!它饶恕我们的罪过了……"

"你还在唠叨?"奥罗兹库尔冲他说。奥罗兹库尔已经不再害怕了,恢复了常态,心里又像先前一样恼恨起来。"又在编你的故事啦?你自己老糊涂了,就以为别人也相信你那些胡诌八扯的玩意儿啦?!"

"我亲眼看到的。那是鹿,"莫蒙爷爷不服气地说,"难道你没有看到吗,孩子?你自己也看到的嘛。"

"嗯,看到的。好像跑过去的是三头……"

"是的,三头。我也觉得好像是这样。"

"那又怎样呢?鹿就是鹿呗。刚才人可是差点儿把命送掉。有什么好开心的?要是鹿的话,那就是从山那边跑过来的。在山那边,就是说,在哈萨克斯坦的森林里,听说还养着鹿。那边也是保护林。可能,鹿也是受保护的东西。鹿来了就来了好啦。干我们什么事?哈萨克斯坦跟我们不相干。"

"鹿也许要住在咱们这里呢?"莫蒙爷爷幻想起来,"能住下来就好了……"

"好啦,扯够了!"奥罗兹库尔打断他的话,"走吧。"

他们还得拖着木头朝下走很久,然后还要用马拖着木头过河。过河也是一件很不容易的事。要是能平安无事地将木头拖过了河,还要再弄到一座小丘跟前,等汽车来这里装运。

唉,要花多少力气啊!……

奥罗兹库尔觉得自己实在倒霉。他觉得周围的一切安排得很没有道理。那些山,全都无知无觉,既没有什么盼头,又没有什么不如意的事,一天到晚就那样待着;森林进入秋天,然后又进入冬天,这都没有什么难的。连寒鸦都够自在的,想怎样飞就怎样飞,想怎样叫就怎样叫。就说鹿,如果真的是鹿的话,那就是从山那边来的,它们在森林里想怎样跑就怎样跑,想往哪里跑就往哪里跑。在城市里,人们无忧无虑地在柏油马路上溜达,坐小汽车,下馆子,天天在寻欢作乐。可是命运偏偏将他抛到这山沟里,他真倒霉……就连这个快腿莫蒙,他的这个没出息的丈人,也比他幸福些,因为他相信故事。他是个稀里糊涂的人。糊涂蛋对生活总是满意的。

奥罗兹库尔对自己的生活是十分痛恨的。这种生活不如他的意。这样的生活该是快腿莫蒙这样的人过的。莫蒙他还要什么呢?他活多久,就弯腰弓背地干多久,天天干,没有休歇。这一辈子没有一个人听他管,他可是要听所有的人管,甚至他的老婆子都管着他,他对她都不敢回嘴。这样的倒霉鬼听听故事就够高兴的了。在森林里看到鹿,快活得连眼泪都流出来啦,就好像遇上了他跑遍世界找了一百年的亲兄弟似的。

唉,有什么好说的!……

他们终于踏上最后一道地界,从这里再走很长的一段陡坡就到河边了。他们停下来休息。

河那边,护林所的院子里,奥罗兹库尔的房子前面有什么东西在冒烟。从冒的烟可以猜出来,那是茶炊。就是说,老婆已经在等他了。奥罗兹库尔想到这里,并不感到痛快。他张大了嘴在喘气,还是感到气闷。胸口作痛,头嗡嗡价响,心扑腾扑腾直跳。额头上的汗水直往眼睛里流。面前还有一段很长很陡的坡要走。在家里等他的是不会生孩子的老婆。哼,她烧茶炊,想讨他喜欢呢……他忽然一时性起,想冲过去朝那只大肚子茶炊踢上一脚,让它见鬼去。然后朝老婆扑过去,打她一顿,朝死里打,打她个头破血流。他仿佛听到老婆在嚎叫,在诅咒自己的苦命,他心里感到舒坦起来。他心想:"让她去,让她哭叫去好啦!我不快活,干吗要让她快活?"

他的思路被莫蒙打断了。

"孩子,我简直忘了,"莫蒙猛然想起了外孙,连忙朝奥罗兹库尔走去,"我该到学校去接小孩子了。已经放学了。"

"放学了又怎样呢?"奥罗兹库尔故意不动声色地说。

"孩子,你别生气。咱们把木头放在这里。咱们下去。你回家去吃饭。我趁这个时候骑马到学校去。把孩子接回家。然后咱们再回来把木头拖过河。"

"老头子,你想了很久,才想出这个主意吧?"奥罗兹库尔刻薄地说。

"小孩子要哭的呀。"

"哭又怎么样?"奥罗兹库尔火了。这一下子他有借口可以好好地教训一下老头子了。奥罗兹库尔一天来想方设法找他的碴儿,现在他倒自己送上门来了。"他哭,咱们就可以把事情丢下?早晨,你蒙混人,送他去上学。送去就送去好啦。现在又要到学校去接?那我怎么办?咱们在这里是闹着玩儿的?"

"孩子,别这样,"莫蒙央告说,"今天是这样的日子嘛。

我倒没什么,可是小孩子要等,在这样的日子里会哭的……"

"什么这样的日子?这日子有什么特别的?"

"今天鹿回来了。为什么要在这样的日子……"

奥罗兹库尔愣住了,他惊愕得连话都说不出来了。他已经忘记那几头鹿了。当他在扎人的树棵子里滚着,当他吓得魂不附体的时候,仿佛有几头鹿像闪电、像梦幻一样闪过去了。那时从斜坡上朝下滚的木头随时都可能将他砸扁。他才没有心思去理会那几头鹿和老头子的废话哩。

"你把我当成什么啦?"他恶狠狠地冲着老头子的脸低声说,"可惜,你没有胡子,要不然我就扯你的胡子,叫你明白明白别人都不比你蠢。你那几头鹿算个屁!我可不管你这一套。你还是少给我啰嗦。放木头去!咱们不把木头拖过河,你什么也休想。谁去上学,谁在那里哭,我才不管。够了,走吧……"

莫蒙像往常一样,又顺从了。他明白,不把木头拖到地点,他是逃不出奥罗兹库尔的掌心的,于是又不声不响地拼命干了起来。他再不说一句话,虽然他心里急得想叫出来。外孙正在学校外面等他呢。孩子们都各自回家了,只有他那孤苦伶仃的外孙一个人在望着大路,等爷爷去接他。

老人家在想象着:孩子们脚步杂沓地一齐从学校里跑了出来,各自朝家里跑去。孩子们都饿了。他们走在路上,就闻到了为他们烧好的饭菜的香味,于是高高兴兴、活蹦乱跳地从自家的窗前跑过。妈妈已经在家里等着了。每个妈妈都在笑,笑得忘记了一切。妈妈自己开心也好,不开心也好,为自己的孩子笑,总是有足够的力气的。即使妈妈喝叫得严厉些:"洗手!瞧你那副脏样子!"——她的眼睛还是照样在笑着。

莫蒙的小外孙自从上学以来,手上总是沾满了墨水。这倒是叫爷爷很喜欢:这就是说,孩子挺用功呢。这会儿,想必他的外孙正站在大路上,那一双小手又是沾满了墨水,还拿着今年夏天买的那个心爱的书包。他大概等累了,已经在不安地瞅着、听着:爷爷是不是骑马来到小山岗上了。爷爷总是按时到的嘛。每次孩子走出学校,爷爷已经赶到了,已经在不远处等着他了。大家各自回家,外孙就朝爷爷跑去。"爷爷来啦。咱们快跑!"孩子对书包说。一跑到爷爷跟前,就羞涩地朝爷爷怀里扑去,抱住爷爷,将脸紧紧地贴到爷爷肚子上,呼吸着那种熟悉的旧衣服和夏天干草的气味:这些天爷爷正在把对岸的干草用马驮过河。一到冬天,雪太深,就难弄了,所以最好秋天就弄过来。因此莫蒙身上老是有苦涩的干草灰土气味。

爷爷让孩子坐到自己身后马背上,他们就一同骑马回家,有时让马一路小跑,有时慢走;他们有时不讲话,有时随便讲一些琐事,不知不觉就要到了。穿过一个山口,一路往下,就到圣塔什河谷了。

孩子一心迷恋着学校,这使奶奶很恼火。他一醒来,就赶紧穿衣服,将书和练习本装进书包。他将书包放在自己身边过夜,也使奶奶很生气:"你干吗老是恋着这个讨厌的书包?就让它给你做老婆好啦,省得我们给你找老婆出彩礼……"孩子不理睬奶奶的话,再说,他也不大懂她说的是什么。他认为最要紧的就是上学不能迟到。他跑到院子里,催爷爷快走。只有等学校已在眼前了,他才定下心来。

有一次,他们还是迟到了。那是在上个星期。这一天,刚蒙蒙亮,莫蒙就骑了马到对岸去。他想赶早去驮一趟干草。一切还顺利,可是走在路上,捆草的绳子松开了,干草撒了一地。只得重新捆好,让马重新驮起。可是,刚到河边,仓促捆好的草捆又松散了。

外孙已经在河这边等着了。他站在一块凹凸不平的石头上,摇着书包,在叫,在喊着呢。老人家慌了,绳子也乱了套,纠结在一起,解都解不开。可是孩子还在一个劲儿地喊。老人家知道,孩子已经哭了。于是他把干草和绳子全都扔下,骑上马,急忙从滩上过河,朝外孙这边赶来。

过河也花了不少时间。因为水还不小,水流很急,过河又不能打马快跑。秋天还不怎样可怕,要是夏天,会把马冲翻,那就完了。等莫蒙终于过了河,来到外孙跟前,外孙已经哭得抽抽搭搭的了。他也不望爷爷,只是在哭,嘴里在说:"迟到了,上课迟到了……"老人家在马上弯下身,抱起孩子,让孩子贴着自己坐在马鞍上,打马就跑。要是学校就在附近的话,孩子就自己跑去了。可是现在却一路不住地哭着去,而且老人家怎么哄都不行。爷爷就这样领着哭哭啼啼的外孙进了学校。学校里已经上课了。又亲自把他送进课堂。

莫蒙向女教师一再表示歉意,并且保证以后不再有这种事。但是,最使老人家震动的,还是外孙哭得那样伤心,迟到了就那样难过。"但愿这样,永远这样想上学就好了。"爷爷想。不过,这孩子究竟为什么哭得这样伤心呢?这么说,他心里有自己的委屈,说不出的委屈……

这会儿,老人家正跟着木头走,一会儿跑到这边,一会儿跑到那边,有时拿木棒将木头推一推,有时挡一挡,免得木头卡住,让木头快一点下山。老人家一直在想着:外孙在那里怎样了啊?

可是奥罗兹库尔却不急。他不慌不忙地走着。而且在这种地方也不能太着急,坡很长、很陡,要在坡上斜着走才行。但是,难道就不能依他老莫蒙的请求——将木头暂时放一下,过一会儿再来拖吗?嗨,要是有力气的话,他就把木头朝肩上一扛,跨过河去,将木头一下子摔到汽车要来的地方!喂,这是给你们的木头,装走好啦!这样他就可以跑去接外孙了。

可是,哪有这样的事啊!还是得拖着木头经过一堆一堆的石头和沙砾,将木头拖到河边,然后还要用马拖着木头从滩上过河到达对岸。马已经给折腾得够呛了。在山上已经拉了不少路了,一会儿下坡,一会儿上坡……要是一切顺利,倒也罢了;万一木头到了河中心卡在石头堆里,或者马失前蹄,跌倒了,那可怎么办?

他们一下了水,莫蒙爷爷就祷告起来:"长角鹿妈妈,多多保佑,别叫木头卡住,别叫马跌倒!"他脱光了脚,将靴子搭在肩上,将裤腿挽到膝盖以上,手握木棒,紧紧跟随着在水里游动的木头。他们逆着水势斜斜地拖着木头往前走。河里的水清澈透明,但也凉得透骨。秋天的水嘛。

老人家拼命忍着:随它去吧,反正两条腿也断不掉,只要把木头快点拖过河就行。可是,就像故意捣蛋似的,木头还是卡住了,就在石头最多的地方,卡在石头缝里了。在这种情况下,应当让马稍微休息一会儿,然后狠狠地给马加上两鞭,马用猛劲儿一冲,就能把木头从石头缝里拉出来。但是奥罗兹库尔仍然骑在马上,拼力用鞭子抽打已经劳累不堪、精疲力尽的马。马弓起后腿,在原地直蹬直踹,跌跌撞撞,可是木头一动也不动。老人家两腿冻僵了。眼前发黑,头发晕。那陡崖、那崖上的森林、天上的云彩一齐倾倒下来,落到河里,顺着急流漂去,又倒转回来。莫蒙几乎要支持不住了。

该死的木头!木头如果是干的,是放了很久的,那就是另一回事了。干木头会自己浮在水上,只要扶住它就行。这根木头却是刚刚锯下来,就马上拖着过河的。谁能这么干呢?做事心不端,报应在眼前,——果然就应验了。奥罗兹库尔不肯等松木干了再运,因为他怕检察机关万一发现了,就要控告他砍伐森林里的贵重树木。所以,一锯下来,就赶快弄走了事。

奥罗兹库尔拼命用皮靴后跟踢马,用鞭子抽马的头,不住地骂娘,骂老头子,好像这一切全怪他莫蒙,可是木头还是一动不动,在石头缝里越卡越结实。老人家再也忍不住了。他这一辈子头一回愤怒地高声喝叫起来:

"下马!"他毫不含糊地走到奥罗兹库尔跟前,去拉他下马,"你没有看到,马吃不消啦?快下来!"

惊愕的奥罗兹库尔一声不响地听从了。他穿着靴子直接从马上跳到水里。他好像一下子呆了,痴了,失去了知觉。

"来!用劲撬!一齐来!"

在莫蒙指挥下,两个人一齐用木棒撬,想把木头撬起,让木头从石头缝里脱出来。

马是多么机灵的畜牲啊!它就在这时朝前猛冲,在石头上拼命地蹬,拼命地踹,将套索拉得像弦一样直。但是木头只是微微动了一动,滑了一下,又卡住了。

马又猛力一冲,但再也支持不住了,一下子倒在水里,四蹄在水里乱蹬乱踹,又被套索缠住了。

"把马扶起来!快!"莫蒙催促奥罗兹库尔说。

他们好不容易把马扶了起来。马冻得浑身打颤,在水里勉强站着。

"把套索卸下来!"

"干什么?"

"叫你卸,你就卸好啦。回头咱们再套。快把套索卸下来。"

奥罗兹库尔又一声不响地听从了。等马身上的套索卸下来,莫蒙拉起马缰。

"现在走吧,"他说,"回头咱们再来。让马休息休息。"

"给我站住!"奥罗兹库尔从老头子手里夺过马缰。他好像醒悟过来,一下子又恢复了本相。"你糊弄谁?你哪里也去不成。木头现在就得拖过去。晚上人家要来装的。把马套上,别给我啰嗦,听见没有?"

莫蒙一声不响地转过身,一瘸一拐地拖着两条冻僵了的腿,从滩上朝岸边走去。

"往哪里去,老东西？我问你,哪里去？"

"哪里去！哪里去！到学校里去！孩子打中午就在那里等着了。"

"给我回来！回来！"

老人家没有听他的。奥罗兹库尔将马撒在河当中,追了上来,在快到岸边的沙滩上追上了莫蒙,抓住他的肩膀,将他扳回头来。

他们就面对面地站住了。

奥罗兹库尔一把扯下搭在莫蒙肩上的旧油布靴,用靴子劈头盖脸地打起丈人。

"给我走！回去！"奥罗兹库尔声嘶力竭地喊,随手将靴子甩到一边。

老人家走过去,将甩在潮湿沙地上的靴子拾了起来,当他直起腰来的时候,嘴里流出血来。

"坏蛋！"莫蒙一面吐血,一面说。他又将靴子搭在肩上。

这是从来没有顶撞过任何人的快腿莫蒙说的,这是冻得浑身发青、肩搭旧靴、嘴里流血的可怜的老头子说的。

"给我走！"

奥罗兹库尔来拖他。可是莫蒙使劲挣了开来,头也不回,一声不响地走了。

"好啊,老浑蛋,等着瞧吧！看我收拾你！"奥罗兹库尔抡着拳头,在他后面叫着。

老人家头也没有回。他走上"睡骆驼"旁边的小道,坐了下来,穿好靴子,快步朝家里走去。他再不耽搁,径直走进马棚。从马棚里牵出了一向碰不得的、奥罗兹库尔的坐骑大灰马阿拉巴什。平时这匹马谁也不敢骑,而且也不用来拉车,免得搞坏了奔跑时的姿势。莫蒙就像去救火一样,骑着无鞍无镫的马冲出院子。当他从窗前、从仍然在冒着烟的茶炊旁边经过时,跑出门来的女人们——莫蒙的老婆子、他的女儿别盖伊、年轻媳妇古莉查玛——马上就看出,老头子一定是出了什么事情。他还从来没有骑过阿拉巴什,从来没有这样不要命地骑了马在院子里跑。她们都还不知道,这是快腿莫蒙造反了。也还不知道,因为这次老来造反,他将付出什么样的代价……

奥罗兹库尔牵着卸了套的马从滩上走了回来。马的一条前腿一瘸一拐的。女人们一声不响地看着他朝院子里走来。她们还一点不知道奥罗兹库尔心里在打什么主意,不知道他这一天会带给她们什么,带给她们什么样的灾难和恐怖……

他穿着噗唧噗唧直响的湿靴子和湿漉漉的裤子,迈着又重又沉的步子走到她们跟前,皱着眉头阴沉地朝她们望着。他的老婆别盖伊着急了:

"奥罗兹库尔,你怎么啦?出了什么事?瞧你浑身都湿了。木头冲走了吗?"

"没有。"奥罗兹库尔摆了摆手。"牵去,"他将缰绳递给古莉查玛,"把马牵到马棚里。"他朝家门口走去。"到屋里来。"他对老婆说。

奶奶也想跟他们一起进去,但是奥罗兹库尔不让她进门。

"你走开,老婆子。这里没有你的事。你回家去,别往这里来。"

"你怎么的啦?"奶奶生气了,"这又是怎么一回事?我家老头子呢?他怎么啦?出了什么事?"

"你去问问他自己。"奥罗兹库尔回答说。

回到家里,别盖伊脱去丈夫的湿衣服,递给他一件皮袄,将茶炊拿了进来,便往碗里倒茶。

"不要茶,"奥罗兹库尔将手一摆,"拿酒来。"

老婆拿出一瓶没有开过的酒,朝杯子里倒。

"斟满。"奥罗兹库尔吩咐道。

他将一杯酒一口气喝下,用皮袄将身子一裹,一面朝毡上躺,一面对老婆说:

"你不是我老婆,我不是你男人了。走吧。今后你别进这个屋子。走吧,现在走还不晚。"

别盖伊长叹一声,坐到床上,很习惯地噙着眼泪,小声说:

"又来啦?"

"什么又来啦?"奥罗兹库尔大声吼道,"滚出去!"

别盖伊从屋里跑出去,一如往常,扎煞着两只胳膊,在院子里放声大哭:

"我为什么生到世上来呀?我的命好苦啊!……"

这时候,莫蒙老汉正骑着阿拉巴什去接外孙。阿拉巴什是一匹快马。但莫蒙还是迟到了两个多钟头。他在路上碰到了外孙。女教师正亲自送孩子回家。这就是那个女教师。还是那一双风吹皴了的、粗糙的手,还穿着那件穿了五六年仍然换不掉的大衣。这个疲惫不堪的女子脸色很不好。孩子早就哭了个够,眼睛都哭肿了。他手里提了书包,跟女教师走着,满脸的委屈,一副可怜相。女教师着实地数落了莫蒙老汉一顿。他下了马,垂着头站在她面前。

"您要是不能按时来接孩子,"她说,"您就别送他来上学。您别指望我,我自己有四个孩子呢。"

莫蒙又一次表示歉意,又一次保证今后不再有这种事。女教师回杰列赛去了,爷爷就带外孙往家走。

孩子紧靠爷爷坐在马的前面,一声不响。老人家也不知道对他说什么才好。

"你饿坏了吧?"他问道。

"不饿,老师给我面包吃了。"外孙回答。

"为什么你不说话?"

孩子听了这话,还是什么也没有说。

莫蒙歉疚地笑了笑,说:

"你这孩子倒是真有气性。"他摘下孩子的帽子,吻了吻他的头顶,又把帽子戴到他头上。

孩子没有扭头。

他们这样骑马走着,两个人都闷闷不乐,一声不响。莫蒙紧紧地拉住缰绳,不让阿拉巴什快跑,生怕无鞍马颠得孩子受不了。再说,现在好像也用不着多么着急了。

马很快就领会了人意,踏着轻轻的碎步走着。马不时地打着响鼻,马蹄嘚嘚地敲击着路面。最好是一个人骑着这样的马,唱着歌,轻轻地唱,自己唱自己听。一个人独自走路的时候,不是常常唱点什么吗?唱一唱心头的遗憾、逝去的年华,唱一唱当年爱情中的悲欢……人总是喜欢怀念过去的岁月,因为过去的岁月里还保留着永远得不到的东西。究竟那又是什么,人自己也不十分清楚。但有时一个人喜欢想想这些,喜欢感慨一番。

一匹称心如意的好马,是一位极好的旅伴……

莫蒙老汉看着外孙剃得光光的后脑勺,看着他那细细的脖子和招风耳朵,心想:自己一生多灾多难,辛辛苦苦,忙忙碌碌,操了多少心,经受了多少悲痛,如今只落得眼前这个孩子,这个无依无靠的小东西。要是当爷爷的能把他抚养成人,倒也罢了。要是以后只剩下他一个人,那就难了。才像玉米穗那样嫩,就已经有了自己的性子。他还是呆一些、随和一些好……像奥罗兹库尔这样的人,会十分痛恨他,会拼命折腾他的,到那时候,这孩子就像小鹿落到狼爪子底下了……

于是莫蒙想起了鹿,想起了今天像一闪而过的影子一样飞速跑过、曾使他惊叫和欢呼的那几头鹿。

"你知道吗,孩子? 鹿到咱们这里来啦。"莫蒙爷爷说。

孩子马上扭过头来:

"真的?"

"真的。我亲眼看到的。三头。"

"鹿是从哪里来的?"

"依我看,是从山那边来的。那边也有保护林。现在是秋天,还像夏天一样,山口是畅通无阻的。所以鹿就到咱们这里做客来了。"

"鹿会在咱们这里住下来吗?"

"要是喜欢的话,会住下来的。要是不去碰它们,它们会在这里住下去的。它们要吃的东西,咱们这里有的是。哪怕养一千头鹿都行……古时候,长角鹿妈妈还在这里的时候,这里的鹿数也数不清……"

爷爷觉得,孩子听到这个消息高兴起来,心里的委屈渐渐消散了,于是老人家又讲起古时候的事,讲起长角鹿妈妈。他讲得自己也入了迷。于是他想:自己一下子幸福起来,而且也让别人幸福,多么简单啊!但愿能永远这样生活。是的,就这样,就像现在这样,就像此时此刻这样。但是现实生活却往往不是这样的。幸福来的时候,不幸总是悄悄守候在旁边,时时要闯进你的心灵,闯进你的生活,寸步不离地跟随着你,永远跟随着你,叫你甩也甩不脱。甚至就在此时此刻,在爷爷和外孙都觉得十分幸福的时候,在老人家心中,同时又是喜悦,又是担心:奥罗兹库尔在那里怎么样了啊?他在打什么主意,打算怎样来整治人呢?他想出什么点子来处罚他这个胆敢不听话的老头子呢?奥罗兹库尔是不会这样罢休的。要不然他就不是奥罗兹库尔了。

为了不去想即将临到他和他女儿头上的灾难,莫蒙就给外孙讲鹿,讲鹿的心肠怎样好,鹿怎样美丽、跑起来怎样快,讲得那样带劲儿,好像这样就可以把躲不掉的一场灾难躲掉了。

孩子的心情却非常好。他想都没想到家里会出什么事情。他听得来了劲。怎么,当真是鹿回来了?这么说,这都是真的啦!爷爷说,长角鹿妈妈不再计较人们过去害它的事,已经允许它的孩子们回到伊塞克的山里来了。爷爷说,现在这三头鹿是来探探这里的情形的,要是它们满意的话,所有的鹿就又要回到家乡来了。

"爷爷,"孩子打断了爷爷的话,"会不会是长角鹿妈妈亲自来啦?会不会是它要看看咱们这里怎么样,然后就把它的孩子们叫来,是吗?"

"也许是吧。"莫蒙含含糊糊地说。他顿住了。老人家觉得不好意思起来:他是不是讲得过分认真,孩子是不是对他的话过分相信了?但是,莫蒙爷爷也没有叫外孙不要相信,而且,现在要他不信,已经太晚了。"谁知道呢,"老人家耸耸肩膀说,"也许是的,也许是长角鹿妈妈亲自来了吧。谁知道呢……"

"咱们去看看,就知道了。爷爷,咱们就到你刚才看到鹿的地方去,"孩子说,"我也想看看。"

"可是,它们不会老是在一个地方待着呀。"

"咱们可以跟着脚印去找。跟着脚印走很久很久。只要看它们一眼,咱们就回来。这样,它们就会想,人是不会害它们的。"

"真是个小孩子,"爷爷笑了笑,"咱们先回家再说吧。"

他们已经顺着房子后面的小路来到护林所跟前。从房后看一座房子,就像从背后看一个人一样。三座房子都不动声色,叫人看不出里面发生了什么事。院子里也是空荡荡的,一点声音也没有。莫蒙预感到不妙,不由得一阵心慌。会出什么事呢?奥罗兹库尔又喝醉了,打了他那不幸的女儿别盖伊?会不会出别的什么事?为什么这样静,为什么院子里这会儿一个人都没有?"要是没出什么事,就要去把那根倒霉的木头从河里拖出来,"莫蒙心想,"这个奥罗兹库尔,真拿他没办法,最好不要招惹他。他要干什么,最好依着他,一切事都不能过分认真。没办法给驴子讲清它是驴子。"

莫蒙策马来到马棚跟前。

"下来吧。咱们到家了。"他竭力不露自己的慌乱心情,对外孙这样说,好像他们是远出归来的。

孩子提着书包正要朝家里跑,爷爷喊住了他:

"等一等,咱们一块儿走。"

他将马牵进马棚,拉起孩子的手,朝家里走去。

"你记着,"爷爷对外孙说,"要是有谁骂我,你别怕,不论骂什么乱七八糟的话,你都别去听。你别管这些事。你的事是上学。"

可是,根本就没有人骂他。他们进得门来,奶奶只是用责难的目光朝爷爷望了好一阵子,然后就抿紧嘴唇,又做起她的针线活儿。爷爷也什么都没有对她说。他阴沉着脸,提心吊胆地在房子当中站了一会儿,随后从灶上端过一大碗面条,拿来汤匙和面包,就跟外孙坐下来吃早已过了时的午饭。

他们一声不响地吃着,奶奶对他们连望也不望。她那皱皱巴巴的、褐色的脸上一脸的怒气。

孩子明白了:一定是出了什么很不好的事情。可是两位老人家还是一声不响。

孩子非常害怕,非常惊慌,连饭都咽不下去了。人吃饭时要是闷声不响,各自想着不快和疑虑的事情,那就再糟没有了。"也许,这怪咱们吧?"孩子在心里对书包说。书包这会儿在窗台上。孩子的心顺着地面朝前滚,爬上窗台,来到书包跟前,跟书包悄悄地说起话来。

"你一点不知道吧?爷爷为什么这样难过?他有什么错儿?为什么他今天去迟了?为什么他骑的是阿拉巴什,而且没有加鞍?过去可从来没有这种事。也许,他是在森林里看到了鹿,所以耽误了?……也许根本就没有什么鹿呢?也许这是编的呢?那又是怎么一回事儿?他为什么那样讲?他要是骗咱们,长角鹿妈妈会见怪的呀……"

吃罢了饭,爷爷低声对孩子说:

"你到院子里去。有件事,要你帮我一下。我马上就来。"

孩子很听话地走了出去。他刚刚随手将门带上,就听到奶奶的声音:

"你到哪里去?"

"我去把木头拖出来。刚才木头在河里卡住了。"莫蒙回答说。

"啊,你总算想起来啦!"奶奶叫了起来,"亏你想到了!你去看看你那女儿吧!古莉查玛把她拉回家去了。这会儿谁还要你那个不会生孩子的笨货?你去,让她说说,她现在算什么吧。就像条癞皮狗一样,叫男人赶出门来了。"

"那又怎么办,赶出来就赶出来好啦。"莫蒙伤心地说。

"哎哟!你自己又是什么料呀?你的女儿都没出息,你就想,好吧,那就栽培栽培外孙做个大官吧,是这样吗?得了吧!真值得为这样一个孩子去闯刀山火海!竟敢骑上阿拉巴什就跑。真了不起！你顶好还是记住自己的身份，别忘了你是在跟谁打交道……他会把你的脖子扭断，就像扭鸡脖子一样。你什么时候学会顶撞人的？打从什么时候成了好汉的？你那女儿吗，你别想领回家来。我连门也不叫她进……"

孩子垂头丧气地在院子里转悠起来。屋子里奶奶的叫声还没有停。后来门啪地一响，爷爷从屋子里跑了出来。老人家朝古莉查玛家走去，但是古莉查玛在门口迎住了他。

"这会儿您别进去，最好等一会儿。"她对莫蒙说。莫蒙张皇失措地站了下来。"她在哭，男人打得她好厉害。"古莉查玛说，"她说，这一下子男人再也不要她了。她拼命在埋怨您。她说，一切全怪老头子。"

莫蒙一声不吭。有什么好说的呢？现在连亲生女儿都不想见他了。

"奥罗兹库尔还在家里喝着哩。凶得不得了。"古莉查玛小声说。

两个人都沉思起来。古莉查玛同情地叹了一口气。

"要是我家谢大赫玛特快点儿回来就好了。今天该回来啦。他要是回来，一块儿把木头拖出来，至少可以过去这一关。"

"难道问题在木头上？"莫蒙摇了摇头。他沉思起来；看到外孙在身旁，就对他说："你玩去吧。"

孩子走开了。他走进棚子，拿出藏在里面的望远镜，擦了擦上面的灰土。"咱们情况不好，"他忧愁地对望远镜说，"看起来，这得怪我和书包。要是在什么地方另外有个学校就好啦。我和书包就可以到那里上学去。让谁也不知道。只不过爷爷就要着急死了,他会到处找咱们的。你呢,望远镜,你又跟谁一块儿看白轮船呢?你以为我不会变成鱼吗?你就等着瞧吧!我会游去找白轮船的……"

孩子躲在一堆干草后面,用望远镜朝四下瞭望。他望得不开心,望的时间也不长。要在别的时候,他会看不够的:那秋日的森林覆盖着的秋日的群山,上面白雪皑皑,下面火红一片。

孩子将望远镜放回原地方,走出棚子,看到爷爷牵着戴了马轭和挽索的马从院子里过。爷爷是朝河滩去的。孩子正想跑到爷爷跟前去,可是他听到奥罗兹库尔的吆喝声,就站住了。奥罗兹库尔穿着衬衣、披着皮袄从屋里跳了出来。他的脸变成了紫红色,就像红肿的母牛乳房。

"喂,你干什么?"他厉声对莫蒙老汉喝道,"你把马牵到哪里去?算了吧,给我牵回原地方。不许你动。没有你,也能拖木头。现在这里没有你的事了。我代表护林所把你解雇了。你想到哪里,就滚到哪里去吧。"

爷爷苦笑了一下,把马牵回马棚里。莫蒙一下子就变得老态龙钟,又矮又小。走路连脚后跟都抬不起来,旁边的一切他望都不望。

孩子为爷爷抱屈,憋得透不过气来,为了不叫人看到他哭,他顺着河岸跑去。眼前的路模模糊糊,一会儿不见了,一会儿又出现在脚下。孩子含着眼泪朝前跑。又见到了岸边他那些石头伙伴:"坦克""狼""马鞍""睡骆驼"。孩子对它们什么也没有说。因为它们什么也不懂,只知道呆站着,呆睡着。孩子抱住"睡骆驼"的驼峰,俯在赭色的花岗岩上,十分伤心地放声痛哭起来。他哭了很久,后来渐渐止住了哭,平静下来。

最后,他抬起头,擦干了眼泪,朝前面一看,愣住了。在他的正前方,在对岸,紧靠水边站着三头鹿。三头真正的鹿。活生生的鹿。它们刚才喝水的,看样子,已经喝饱了。其中有一头角最大最重的,重新将头俯到水上,一面慢慢地吸水,一面好像在观看倒映在浅水里的自己的角,就像照镜子一样。这头鹿是棕色的,胸部发达,十分强壮。当它抬起头来时,水珠儿从它那毛茸茸的、淡棕色的嘴唇上一滴一滴地朝水里落。它摆动着耳朵,留神地朝孩子望了望。

但对孩子看得最多的,是一头白色母鹿。这头鹿腰部肥大,头上长着细而多枝的像皇冠一样的角。它的角稍微小些,但是十分好看。它那样子,活像长角鹿妈妈。眼睛大大的,十分明亮。它又像一匹年年产驹的精壮的母马。这长角鹿妈妈细心而安详地朝孩子望着,好像在回忆,它是在哪里见过这个大脑袋、大耳朵的孩子的。它的眼睛水汪汪的,远远地闪着亮光。鼻孔里冒出淡淡的水汽。在它的身边,是一头没有长角的小鹿。小鹿扭过身去啃柳条儿。那样子十分自在,无忧无虑。小鹿肥墩墩的,又结实又好玩儿。它忽然又丢开柳条儿,活泼地蹦了起来,拿肩膀去撞母鹿,围着母鹿蹦了一会儿,又撒起娇来,拿它那没有长角的头拼命去擦鹿妈妈的两侧。长角鹿妈妈却对着孩子望了又望。

孩子屏住呼吸,从石头后面走了出来,并且像在梦里一样,将手向前伸着,一直走到河边。鹿一点也不害怕。它们在对岸安详地望着他。

那绿莹莹的、湍急的河水,汹涌翻腾地漫过河底壅塞的石头,从他和鹿中间流过。要不是这条横在当中的河,也许他能走到跟前去摸一摸鹿。鹿站在平坦而洁净的沙滩上。在鹿的后面,沙滩边上,秋天河滩林浓密的枝丛火红火红的,像一道红墙。往上,是陡立的黏土岸,陡岸上去,是一片片火红色的桦树和山杨,再往上,就是大森林和山顶的白雪了。

孩子闭上眼睛,又睁了开来。眼前依然是原来那幅图画:火红的河滩林跟前,洁净的沙滩上,依然站着那几头神奇的鹿。

但是,三头鹿终于转过身去,一个跟一个地穿过沙滩,朝森林里走去。走在前面的是大公鹿,当中是小鹿,小鹿后面是长角鹿妈妈。鹿妈妈回过头来,又一次望了望孩子。三头鹿走进河滩林,从树棵子中间穿过。红色的枝叶在鹿的头顶上摇晃着,红叶纷纷落到它们那又平又软和的背上。

然后它们顺着小路往上去,爬上陡峭的河岸。到了岸上,又停了下来。于是孩子又觉得,鹿又在看他了。大公鹿伸长脖子,将长角仰靠在背上,像吹大喇叭一样叫了起来:"巴……噢!巴……噢!"它的叫声引起长长的回声,在陡岸和河的上空回荡着:"啊……噢!啊……噢!"

这时孩子才清醒过来。他撒开两腿顺着熟悉的小路朝家里跑去,一口气跑到家,箭一般地穿过院子,砰的一声将门推开,气喘吁吁地在门口喊道:

"爷爷！鹿来啦！鹿呀！鹿就在这里！"

莫蒙爷爷在角落里望了他一眼。爷爷在那里垂头丧气地、静静地坐着，什么也没有说，好像没有听明白他说的是什么。

"你别嚷啦！"奶奶小声说，"来了就来了好啦，现在顾不上这些。"

孩子轻轻地走了出去。院子里空荡荡的。秋日的太阳眼看就要落到卡拉乌尔山和旁边一排昏暗的秃山后面。红红的夕阳向寒冷的群山上空射来浓浓的、没有暖意的余晖。这冷冷的余晖又在空中散出晃晃不定的折光，照耀着秋日群山的山顶。森林笼罩起昏沉的暮霭。

天冷了。雪山上吹来寒风。孩子打起哆嗦。他浑身发冷。

六

孩子躺到被窝里，还是浑身发冷。他很久没有睡着。外面已经漆黑漆黑的了。他的头阵阵作痛。但是他一声不响。谁也不知道他病了。都把他忘了。真的，怎么能不把他忘了呢！

爷爷感到心慌意乱，坐立不安。一会儿出去，一会儿进来，一会儿愁眉苦脸地坐下，沉重地叹几口气，一会儿又站起来，不知走到哪里去。奶奶一面恶言恶语地埋怨老头子，一面也是前前后后地走个不停，一会儿走到院子里，一会儿又回到屋里。院子里传来断断续续的咕哝声、不知是谁的急促的脚步声,还有咒骂声,——大概奥罗兹库尔又在骂人了,还有人抽抽搭搭地哭着……

孩子静静地躺着;听着这些说话声、脚步声,听着屋里和院子里的这些动静,他感到越来越困倦了。

他闭上眼睛,为了冲淡自己的孤独感和冷清感,便又去想今天发生的事和他希望看到的事。他站在大河边。水流得非常快,快得叫人不能久望,望久了头就发晕。鹿在对岸朝他望着。昨天傍晚他看到的那三头鹿,现在又都站在那里了。一切又重新出现了。大公鹿喝罢水抬起头来,水珠儿还是从它那湿漉漉的嘴上一滴一滴地朝水里落。长角鹿妈妈还是用和善的、会心的目光留神地朝孩子望着。它的眼睛大大的、黑黑的、水汪汪的。孩子感到十分惊奇的是,长角鹿妈妈能够像人一样叹气。叹得又伤心又凄怆,就像爷爷那样。然后,三头鹿穿过河滩林的树棵子朝外走。红红的枝叶在它们头顶上摇晃着,红叶纷纷落到它们那又平又软和的背上。它们爬上陡峭的河岸。在岸上停了下来。大公鹿伸长脖子,将长角仰靠在背上,像吹大喇叭一样叫了起来:"巴……噢!巴……噢!"孩子一想到大公鹿的叫声变成长长的回声在河上回荡的情形,暗自笑了起来。随后,鹿就钻到森林里去了。但是孩子不希望跟它们分离,于是他又想象出他希望看到的情景。

还是湍急的大河在他面前飞速地流过。水流快得叫头脑发晕。他跳起来,飞过河去。他又轻又平稳地落到离鹿不远的地方,鹿还在沙滩上站着呢。长角鹿妈妈将他叫到跟前:

"你是谁家的?"

孩子没有吱声:他不好意思说他是谁家的。

"长角鹿妈妈,我和爷爷都很喜欢你。我们老早就盼你来啦。"他说。

"我也知道你。也知道你爷爷。你爷爷是个好人。"长角鹿妈妈说。

孩子高兴起来,但不知道怎样来谢谢它。

"你要不要我变成一条鱼,顺着河游到伊塞克湖找白轮船去?"他忽然说。

他是会这样的。但是长角鹿妈妈没有回答。于是孩子开始脱衣服,并且就像以往在夏天那样,蜷缩着身子,抓着岸边的柳条,钻进水里。但是河水不是冰凉的了,是热的、滚烫的,叫人透不过气来。他睁着眼睛在水里游了起来,于是无数金色的沙粒、无数水底的小石子在周围嗡嗡地旋转起来。他感到气闷。可是滚热的流水还是一股劲儿地冲着他往前跑。

"救救我,长角鹿妈妈,救救我吧,我也是你的孩子啊。长角鹿妈妈!"他高声喊着。

长角鹿妈妈顺着河边跟着他跑来。它跑得很快,风在它的角上嗖嗖直响。他马上觉得轻快一些了。

他浑身是汗。他记得,在这种情况下爷爷总是要给他盖暖和些的,于是他将被窝裹紧些。屋里一个人也没有。灯芯已经快烧尽了,所以灯光十分昏暗。孩子想起来喝水,但是院子里又传来震耳的人声:有人在骂人,有人在哭,有人在劝。还有打闹声和杂乱的脚步声……过了一阵子,有两个人哎唷噢唷地叹着气从窗前过去,好像是一个人拖着另一个人似的。门砰的一声开了,发了疯似的奶奶呼哧呼哧地喘着气,一把将爷爷推进屋里。孩子还从来没有看到爷爷吓成这个样子。看样子,他已经没有了主意。老人家的眼睛慌乱地四处张望着。奶奶当胸推了他一把,让他坐了下来。

"坐下,坐下,老浑蛋,没有人请你去管,你就别去管。他们这种事,是头一回还是怎的?你要是想求得平安无事,你就坐着,别去找事。我叫你怎样,你就怎样。听见没有?要不然,他会撵咱们走的,你该明白,那就是要咱们的命。咱们这么大年纪又到哪里去?有什么地方好去?"说到这里,奶奶砰的一声将门带上,又急急忙忙跑走了。

屋里又静了下来。只听到爷爷一阵一阵呼哧呼哧的喘气声。他用打哆嗦的两只手臂紧紧地抱住头,坐在灶旁的踏板上。老人家忽然跪了下来,举起双手,不知是向谁哀告起来:

"让我死吧,让我死就死好啦,我反正是个苦命人!可是你要给她一个孩子!我实在看着不忍心啊!哪怕就给她一个孩子也好,可怜可怜我们吧……"

老人家哭着,颤颤巍巍地站了起来,扶着墙,摸索到了房门。他走出去,将门带上,就在门外捂住嘴闷声闷气地痛哭起来。

孩子难受起来。他又浑身打起哆嗦。一阵冷,一阵热。他想起来去看看爷爷。可是手和脚都不听使唤,头疼得厉害。老人家在门口哭,喝醉了的奥罗兹库尔又在院子里发作起来,别盖伊姨妈在没命地号叫,古莉查玛和奶奶都在央求、劝解。

孩子离开他们,进入了自己想象的世界。

他又来到水流很急的河边,对岸沙滩上还是站着那几头鹿。于是孩子祷告说:"长角鹿妈妈,你用角带一只摇篮送给别盖伊姨妈吧!我求求你,送给他们一只摇篮吧!让他们生一个孩子吧!"他踏着水朝长角鹿妈妈跑去。人在水上不沉,但是他也不能跑到对岸,好像在原地跑步似的。他还是一个劲儿地祈求、央告长角鹿妈妈:"用角带一只摇篮给他们吧!行行好吧,让我家爷爷别哭;行行好吧,让奥罗兹库尔不要打别盖伊姨妈。行行好,让他们有一个孩子吧,我会喜欢所有的人的,我也会喜欢奥罗兹库尔姨父,只要你给他一个孩子就行了。你用角带给他们一只摇篮吧!"……

孩子仿佛觉得,远处响起了铃声,而且铃声越来越响。那是鹿妈妈从山里跑来了,鹿妈妈用角挂住摇篮的摇把,送来一只小孩摇篮———一只带铃铛的、白桦木做的别色克。摇篮上的银铃叮当响着。长角鹿妈妈飞快地跑着。铃声越来越近……

可是,这是什么?铃声中闯进了远远的马达声。一辆卡车开来了。汽车的响声越来越大,越来越清晰,铃声低了下去,时不时地叮当响几下,很快就完全淹没在马达声中。

孩子听到,汽车轰隆哐啷地响着朝院子开了过来。狗汪汪叫着朝屋后奔去。车灯的折光在窗子上晃动了一会儿,接着就熄灭了。马达也不响了。驾驶室的门砰地一响。

来人在讲话,从声音可以听出,来的是三个人。他们从孩子在里面睡觉的窗子前面走过。

"谢大赫玛特回来啦,"传来古莉查玛喜出望外的声音,还可以听出,她怎样忙不迭地去迎接丈夫,"可把我们等坏了!"

"您好。"外来人对她说。

"你们在家怎么样?"谢大赫玛特问。

"还好。过得去。为什么这样晚才回来?"

"就这样,还算运气哩。我到了农场,等顺路汽车等了很久。连到杰列赛的车子也没有。谁知,恰好就碰到他们到咱们这里来拉木料,"谢大赫玛特说,"黑夜里走山路。不用说有多么难了。"

"奥罗兹库尔在哪里?在家吗?"有一个来人问。

"在家,"古莉查玛犹犹豫豫地回答说,"身子有点儿不舒服。不过,请不必担心。你们就在我们这里歇好啦,地方有的是。咱们走吧。"

他们就朝前走。但是走了几步又停下来。

"您好,老大爷。您好,老大娘。"

来人跟莫蒙爷爷和奶奶打招呼。看样子,爷爷和奶奶见外人来了觉得不好意思,就按照迎接客人的常礼,在院子里迎接起他们。也许,奥罗兹库尔也会不好意思的呢?但愿他不要给自己、给别人丢脸。

孩子多少平静一些了。而且,总的来说,他身上也轻快一些了。头疼得不那样厉害了。他甚至在想,是不是起来去看看汽车:汽车是什么样子的,是四轮的呢,还是六轮的?

是新的呢,还是旧的? 拖车又是什么样子的? 今年春天,有一天他们护林所还来过一辆军用卡车——高轮子,短鼻子,好像鼻子被砍掉了半截似的。年轻的驾驶兵还让孩子在驾驶室里坐了一阵子。真好玩儿! 坐车来的那个戴金肩章的军人,还跟奥罗兹库尔一起到森林里去过。去干什么呢? 这种事可从来没有过。

"你们是来抓间谍的,是吗?"孩子问驾驶兵。

驾驶兵笑了笑,说:

"是的,来抓间谍的。"

"我们这里还没来过一个间谍呢。"孩子泄气地说。

驾驶兵大笑起来:

"你干吗那么希望间谍来?"

"他来了,我就可以去追他,逮他。"

"嘿,你真不简单哩! 你还小呀,等长大了再逮吧。"

在戴金肩章的军人跟奥罗兹库尔一起去森林里转的时候,孩子跟驾驶兵谈得才带劲儿呢。

"我喜欢所有的汽车和所有的司机。"孩子说。

"这是为什么?"驾驶兵问。

"汽车都很好,又有劲,跑得又快。发出的汽油味道很好闻。司机都很年轻,都是长角鹿妈妈的孩子。"

"什么? 什么?"驾驶兵不懂了,"什么长角鹿妈妈?"

"你难道不知道吗?"

"不知道。从来没有听说这种怪事儿。"

"那你是什么人?"

"我是哈萨克人,卡拉干达市人。矿工学校毕业的。"

"不是问这个。你是谁的孩子?"

"是我爸爸、妈妈的。"

"你爸爸、妈妈又是谁的孩子?"

"也是他们的爸爸、妈妈的。"

"他们的爸爸、妈妈呢?"

"你听我说,这样问下去,就没有个完啦。"

"我可是长角鹿妈妈的孩子们的孩子。"

"这是谁告诉你的?"

"爷爷。"

"不一定是那么回事吧。"驾驶兵疑疑惑惑地摇了摇头。

这个大脑袋、大耳朵的小男孩,这个长角鹿妈妈的孩子们的孩子,使他非常感兴趣。不过,当他弄清了自己不仅不知道自己的家族渊源,而且连起码的七代世系都不知道的时候,他还是有点儿难为情了。他只知道自己的父亲、祖父、曾祖父。再往上就不知道了。

"难道没教你记住七代祖宗的名字吗?"孩子问。

"没有教。教这些事干什么?我就不知道,也没有关系。照样过日子。"

"爷爷说,人要是不记住自己的祖宗,就要变坏。"

"谁变坏?人吗?"

"是的。"

"为什么呢?"

"爷爷说,那样的话,人做了坏事就不怕丑了,因为孩子们和孩子们的孩子们都不会记得他嘛。也没有人做好事了,因为反正孩子们都不会知道。"

"你爷爷真有意思!"驾驶兵惊异地说,"真是个有趣的爷爷。他尽把乱七八糟的玩意儿往你脑袋瓜里塞。你的脑袋瓜本来就不小啦……你的耳朵也不小,就像我们靶场上的定位器。你别听爷爷的。咱们已经在走向共产主义,已经在往太空飞了,可是爷爷还在教你一些啥玩意儿?最好叫他到我们那里上上政治课,我们一下子就能把他改造过来。等你长大了,学到本领,就离开爷爷好啦。他是个愚昧无知的人。"

"才不呢,我什么时候都不离开爷爷,"孩子反驳说,"他是个好人。"

"嗯,目前是这样。以后你会明白的。"

这会儿,孩子听到说话声,想起了那辆军用汽车,想起他当时竟没有对驾驶兵说清楚,为什么本地的司机,至少是他认识的那些司机,都算得上长角鹿妈妈的孩子。

孩子对他说的是真话。他的话没有一点是编造的。去年,恰好也是秋天这样的时候,或者稍微晚一点儿,农场里许多汽车到山里来运干草。汽车没有从护林所旁边经过,不到护林所就转了弯,顺着去阿尔查谷地的一条路一直向上去了。夏天在那里割好了草,准备到秋天运往农场的。孩子听到卡拉乌尔山上不曾有过的这样大的马达轰鸣声,便跑到三岔路口。一下子那么多汽车!一辆接着一辆。排成一条长龙。他数了数:共有十五辆。

天气正在变化,一两天内可能下雪,等雪下来,那就"对不起,干草,明年再见吧!"在这些地方,如果不能及时将干草运出去,以后就别想运了。汽车就进不了山了。想必农场因为事情多,一直拖着没有运,等到时间紧迫了,才决定出动所有的车辆将割好的草一下子运出去。但是,已经晚了!……

不过,孩子并不知道这些事,而且,说实在的,这些事跟他又有什么相干?他慌慌忙忙、高高兴兴、不分厚薄地跑上去迎接每一辆汽车,跟汽车赛赛跑,跑一阵子,然后又去迎接下一辆。汽车都是崭新的,驾驶室都非常漂亮,玻璃窗大大的。驾驶室里坐的都是年轻的司机,个个都是没有胡子的。有些驾驶室里坐着两个小伙子。跟司机坐在一起的是来装干草、捆干草的。孩子觉得他们都很漂亮、很威武、很快活。都像电影里的小伙子。

总的来说,孩子没有看错。确实是这样的。小伙子们的汽车都是没有话讲的,汽车过了卡拉乌尔山的斜坡,就顺着坚硬的石子路飞驰起来。小伙子们的心情都是极好的:天气不坏,而且,还有不知哪里来的这个大耳朵、大脑袋的小淘气高兴得发起了疯,跑来迎接每一辆汽车。怎能不笑,不朝他招手,怎能不装样子吓唬他、逗他,好让他更快活、更好玩些呢?……

最后面的一辆汽车甚至停了下来。一个年轻小伙子从驾驶室里探出身来。他穿着水兵制服,但没有肩章,没戴军帽,戴的是便帽。他是司机。

"你好!你在这里干什么,嗯?"他亲热地朝孩子挤了挤眼睛。

"玩玩,不干什么。"孩子有点儿腼腆地回答说。

"你是莫蒙爷爷的外孙吧?"

"是的。"

"我就知道是的。我也是布古人嘛。而且现在来的所有的小伙子都是布古人。我们是来运草的……现在的布古人都互不认识,各奔东西了……替我向你爷爷问好。你就说,看到乔特巴依的儿子库鲁别克了。就说,库鲁别克从部队里回来了,现在在农场里当司机呢。好啦,再见了!"临别他又送给孩子一枚军队的徽章,很好玩的。就像一颗勋章。

汽车像豹子一样吼了一声,便飞驰而去,追赶自己的车队去了。忽然,孩子非常想跟这个穿军服的又亲热、又威武的小伙子,跟这个布古族同胞一同前去。但是路上已经空荡荡的,他只好回家了。不过他还是十分得意地回到家里,对爷爷讲了他遇见司机的事。还将徽章别在胸前。

那一天傍晚时候,忽然从抵着天的山脊那边刮来了圣塔什的风。飑来了。树叶一团一团地直冲到森林上空,然后一面向天空飞,越飞越高,一面呼啦啦地在群山上空散了开去。转眼间就刮得天昏地暗,连眼睛都睁不开了。接着就落起了雪。白茫茫的一片向大地压了下来,森林摇动,山河咆哮。大雪又密又猛。

好不容易把牲畜赶进栏里,将院子里一些东西收拾起来,好不容易尽可能多抱一些干柴进屋。然后就谁也不出屋了。暴风雪来得这么早,这样凶猛,是没法出门的。

"这是怎么回事呀?"莫蒙爷爷一面生炉子,一面困惑不解、惶惶不安地说。他还一直在倾听呼啸的风声,不时地走到窗前看看。

窗外,团团旋转的茫茫飞雪,很快就变成模糊的一片。

"你快坐下来吧!"奶奶唠叨说,"这种事是头一回,还是怎的?'这是怎么回事呀?'……"奶奶学着他的腔调说,"冬天来了——就是这么回事。"

"就这样快,说来就来?"

"为什么就不可以呢?还要问过你才能来吗?冬天它要来,所以就来了。"

烟囱呜呜叫着。孩子起初有些害怕,并且他帮爷爷做事时也冻坏了;但很快就生起了火,暖和了,屋里弥漫着松烟和热烘烘的松脂气味,孩子定下心来,身上也暖和了。

后来就吃晚饭。然后就躺下睡觉。外面大雪飞舞,狂风呼啸。

"大概,森林里才可怕哩。"孩子听着窗外的风雪声,心里想道。忽然传来隐隐约约的人声、叫喊声,他觉得不对头。还有人在唤人,有人在答应。起初孩子以为这是自己听错了。谁会在这种时候到护林所来呢?但是爷爷和奶奶全都当真起来。

"有人。"奶奶说。

"是的。"老人家犹疑地应声说。

然后他就不安起来:这种时候,从哪里来的呢?他连忙穿衣服。奶奶也忙活起来。她起来,点起了灯。孩子有些害怕,也很快地穿好了衣服。就在这时候,一些人来到屋外了。很多人的说话声,很多人的脚步声。来的人们咯吱咯吱地踩着已经下得很厚的雪,噔噔地走上台阶,砰砰地敲起门来：

"老大爷，快开门！我们冻坏啦！"

"你们是谁？"

"自己人。"

莫蒙开了门。随着阵阵冷气和风雪闯进门来的，正是白天开车去阿尔查谷地运草的那些年轻司机。他们浑身都是雪。孩子一下子就认出了他们。也认出了那个穿水兵制服、送徽章给他的库鲁别克。他们架着一个人的胳膊走了进来，那人呻吟着，拖着一条腿。屋子里马上就乱腾起来。

"老天爷啊！你们怎么啦？"莫蒙爷爷和奶奶一齐叫了起来。

"等会儿再讲！后面还有我们的七个人呢。不要迷了路才好。来，坐在这里吧。他的脚扭伤啦。"库鲁别克一面扶呻吟着的小伙子坐到灶旁的踏板上，一面急急忙忙地说。

"你们那几个人究竟在哪里？"莫蒙爷爷着起急来，"我马上去把他们领回来。你快去，"他对孩子说，"告诉谢大赫玛特，叫他赶快来，带上手电筒。"

孩子一跑出屋子，就呛得喘不上气来。他这一辈子至死都不会忘记这严峻的一刻。就像一个毛烘烘、冷冰冰、噗噗叫的巨怪掐住了他的喉咙，并且拼命摇他，要叫他打哆嗦。但是他没有打哆嗦。他挣脱了掐得很紧的利爪，用手护住头，朝谢大赫玛特家跑去。这段路总共不过二三十步，可是他觉得自己跑了很远，觉得这是赴汤蹈火，就像一员勇将要去拯救自己的战士似的。他满怀勇气和决心。他觉得自己力大无穷、无人能敌；他跑过这段去谢大赫玛特家的路,就好像干了许许多多惊天动地的大事。他好像跳过深谷,从这座山跳到那座山,他挥动着宝剑,杀死成千上万的敌人,他救出落在火里的人和淹在水里的人。他驾着红旗飘舞的喷气战斗机追赶一个毛烘烘的黑色巨怪,那巨怪在山谷里、悬崖峭壁间到处逃窜。他的喷气战斗机闪电般地向怪物冲去。孩子用机枪向怪物扫射,高喊:"消灭法西斯!"他干这些事的时候,到处都有长角鹿妈妈在场。长角鹿妈妈十分赞赏他。当孩子跑到谢大赫玛特家的门口时,长角鹿妈妈对他说:"现在你去救救那些年轻司机,救救我那些孩子吧!""我一定去救他们,长角鹿妈妈,我向你发誓!"孩子说着,就砰砰地敲起门来。

"快点儿,谢大赫玛特叔叔,快救咱们的人去!"他慌慌张张地一口气说出这些话,吓得谢大赫玛特和古莉查玛都跳了起来。

"救谁去?出了什么事?"

"爷爷要你赶快带着手电筒去,农场的司机迷路了。"

"糊涂蛋!"谢大赫玛特骂他,"这样说,不就行了吗!"说完就忙着准备出门。

孩子虽然挨骂,但一点也没有生气。谢大赫玛特哪里知道,他为了来他们家,立下了何等的功劳,他又发下了什么样的誓愿。孩子看到爷爷和谢大赫玛特一出护林所就遇上七个司机,并把他们带回家时,也没有觉得怎样泄气。本来事情就可能不是这样简单就了结的嘛!危险已经过去的时候,当然觉得危险并不怎样啦……总而言之,这几个人也找到了。谢大赫玛特把他们领回家去了。也把奥罗兹库尔叫醒了,他也接了五个人去过夜。其余的就全挤在莫蒙爷爷的屋里睡了。

山里的暴风雪依然没有小下来。孩子跑到台阶上,过了一会儿,就分不清哪儿是左,哪儿是右,哪儿是上,哪儿是下了。夜幕之下,大雪在飞舞,在发狂。雪已经齐膝深了。

只是这会儿,所有的农场司机都已找到,他们也都暖和过来,不冷了,也不怕了,爷爷才小心翼翼地问起他们发生了什么事,虽然不问也清楚:他们在路上遇上了暴风雪。小伙子们讲着,爷爷和奶奶不时地叹气。

"唉呀呀!"两个老人家听了,不住地表示惊愕,并且将手贴在胸前,表示感谢真主。

"你们这些年轻人呀,穿得这么单薄!"奶奶一面给他们倒热茶,一面责备说,"能穿这么一点儿衣服进山吗?你们真是小孩子!……光图漂亮,光想学城里人的样儿。万一迷了路,万一出不来,天啊,到明天早晨就冻成冰棍儿了。"

"谁会想到出这种事儿呢?"库鲁别克说,"我们穿那么暖和干什么?要是觉得冷,我们车子里面就可以放暖气。就像坐在家里一样。转转方向盘就是了。就像在飞机里,飞机飞得那么高,这些山从上面看下来不过是些小土堆罢咧,机舱外面是零下四十度,里面的人还穿衬衣哩……"

孩子躺在羊皮上,夹在司机们中间。他挨在库鲁别克身边,竖起耳朵听着大人们说话。谁也不会想到:突然出现这样的暴风雪,他甚至觉得高兴哩。因为正是暴风雪使这些人到他们护林所找地方过夜来了。他心中暗暗地希望这大雪下许多天,至少要三天不停。好让他们住着不走。跟他们在一起好极了!真有意思。原来爷爷都知道他们。不是认识他们本人,就是认识他们的爸爸、妈妈。

"这一下子,"爷爷甚至带点儿骄傲语气对外孙说,"你看到咱们的布古族弟兄啦。现在你就知道,他们都是什么样儿的了。多么棒啊!瞧,今天咱们的男子汉个头儿有多么高大!好好地长吧!我还记得,在四二年冬天,我们给调到马格尼托城去搞建筑……"

于是爷爷又讲起孩子早已熟悉的那段往事。他说,当时把全国各地来的工程兵按个头儿高矮排成长长的一队,结果吉尔吉斯人几乎全都站到了排尾,都是矮个子。点过了名,解散休息。有一个十分魁梧的红头发大汉朝他们走来,大声喊道:

"哪里来的这号儿的?满族人吗?"

他们中间有一个老教师。这个老教师就回答说:

"我们是吉尔吉斯人。我们在这一带跟满族人打仗的时候,马格尼托城还连影子都没有呢。那时候我们的个头儿跟你一样。等打完了仗,我们再长不迟……"

爷爷又讲起了这段往事。他十分得意,又一次笑嘻嘻地望了望来过夜的客人们。

"那位教师说对了。现在我到城里去,或者走在路上看一看:咱们的人又漂亮,又高大。不像过去那样了……"

小伙子们会心地笑了:老头子真喜欢逗趣。

"咱们个头儿倒是不小,"一个小伙子说,"可还是让一部车子歪到沟里了。不论咱们有多少人,还是无能为力……"

"那当然不行啦！车子装满了草，又在大风大雪的时候，"莫蒙爷爷替他们辩护，"这种事是不稀罕的。但愿明天天气能好转。要紧的是，风要停下来。"

小伙子们对爷爷讲了他们去阿尔查山地草场的情形。那里堆着三大堆山草。他们将三堆草同时往车上装。每辆车都装得高高的，比房子还高，等装好了，人得顺着绳子下来。就这样装了一辆又一辆。驾驶室都看不见了，只露着挡风玻璃、车头和车轮。既然来了，就想全部装走，免得再来第二趟。他们知道，要是有草剩下，那就要等明年了。他们装得很顺手。谁的车装好了，就把车开到一旁，再去帮着装别的车子。几乎把所有的干草都装上了，剩下的至多有两车。大家歇一下，抽支烟，商量好谁在前谁在后，就一起成一路纵队出发。车子开得很小心，几乎是摸索着下山。干草并不是重载，但是车子走起来很不灵便，甚至很危险，特别是在路窄的地方和急转弯的地方。

他们开车前进着，却没有想到，等在他们前面的是什么。

他们的车子从阿尔查高地下来，就进了一条长长的峡谷，来到峡谷出口处，已经快到黄昏时候，暴风在这里迎接了他们，大雪凶猛地扑来。

"来势那么凶猛，顿时吓得我们满背冷汗，"库鲁别克说，"霎时间天昏地暗，风刮得连方向盘都抓不住。真怕把汽车吹翻。再说，路又是那样的路，连白天走起来都很危险……"

孩子屏气息声、一动不动地听着,两只亮闪闪的眼睛直盯着库鲁别克。他正讲着的风和雪还在窗外疯狂地呼啸着,风还是那样狂,雪还是那样猛。很多司机和装车的小伙子连衣服和靴子都没有脱,就横七竖八地躺在地上睡着了。他们所经历过的一切,现在正由这个大脑袋、大耳朵、细脖子的孩子重新经历着。

过了几分钟,路就看不见了。汽车就像被人牵着走的瞎子一样,一辆跟着一辆往前走,司机还不停地揿着喇叭,免得车子离开队伍,岔到一边去。雪下得很密,就像前面有一堵墙,车灯的光一点也透不过去,雨刷已经来不及扫清玻璃上落的雪。只好将头探到驾驶室外来开车。这样开车简直是活受罪。雪还是不停地下着……轮子开始打滑了。车队在一处很陡的上坡前停住了。马达拼命地吼叫,但车子一步也挪不动……大家跳出驾驶室,互相召唤着从一辆车子跑向另一辆车子,一齐集合在车队的前头。怎么办?生火堆是不可能的。在驾驶室里待着,那就是说,要把剩下的汽油烧完,现有的汽油已经不多,用来开回农场本来已经够勉强的了。要是坐在驾驶室里不开暖气,简直就能冻死。小伙子们慌了神。万能的技术装备不管用了。怎么办呢?有人提议把车上的草卸下来,大家一齐钻到草里去。可是很清楚,只要将车上的绳子一解,你连眼睛都来不及眨一下,大风就会把干草吹跑,连一捆草都剩不下。这时车旁的雪越积越厚,车轮旁边已经积起雪堆。小伙子们完全慌了手脚,狂风吹得他们浑身冰冷。

"老大爷,我当时忽然想了起来,"库鲁别克忽然对莫蒙爷爷说道,"我们去阿尔查的时候,路上见到这个布古族小兄弟的,就是他,"他指了指孩子,又亲热地摸了摸他的头,"他在路边跑。我停下车子。是的,我们打过招呼的。还谈了一阵子。是吗?你干什么还不睡?"

孩子笑着点了点头。可是有谁能知道,因为高兴和骄傲,他的心跳得多么厉害、多么响啊!是库鲁别克在说他哩。库鲁别克可是这些小伙子当中最强壮、最勇敢和最漂亮的一个。但愿能成为这样的小伙子!

爷爷也一面往火里添柴,一面夸奖他:

"我家这孩子就是这样。喜欢听人说话。看,耳朵伸得多长!"

"我那时候怎么会想起他,我自己真也不知道!"库鲁别克继续说下去,"我就对大家说,差不多是对大家喊的,因为风声压倒了人声。我说:'咱们快到护林所去。要不然咱们会死在这里的。'小伙子们冲着我的脸喊:'怎么去?步行是走不去的。也不能把汽车丢下。'我对他们说:'咱们来把汽车推上山,往后就是一路下坡了。咱们只要到了圣塔什谷地,就可以步行到看林子的人那里去,那就不远了。'大家都明白了。就说:'来吧,你来指挥吧。'既然这样,那我就来指挥……先从打头的汽车开始:'奥斯莫纳雷,开车!'我们所有的人都拿肩膀去顶汽车。好,动了!开头好像挺顺利。后来就没有劲了。可是又不能后退。我们都觉得,好像推的不是一部汽车,而是一座大山。车子装得实在不少,简直是一座装了轮子的大草垛!我只知道拼命地喊:'加油!加油!加油!'但是自己都听不到自己的声音。又是风,又是雪,什么都看不见。汽车像个活物一样,呜呜地叫着,哭着,拼死拼活地爬上了坡。我们也都上来了。心好像要炸开,要裂成碎片似的。脑袋里轰轰价响……"

"哎呀呀!"莫蒙爷爷难受地说,"你们竟会遇上这样的事!不用说,一定是长角鹿妈妈亲自保佑了你们,保佑了自己的孩子们。它搭救了你们。不然的话,谁知道会怎样……听见没有?外面还呼呼地叫,风雪还猛着哩……"

孩子的眼睛简直睁不开了。他强使自己不睡,但眼皮一再地粘到一起。孩子因为在半睡半醒状态中断断续续地听着爷爷和库鲁别克说话,就将听到的真事同想象的情景混到一起了。他仿佛觉得,他也在那里,也在这些进山遇上大风雪的年轻小伙子中间。在他眼前是一条很陡的上山的路,这座山已经白茫茫的,满山是雪。风雪吹在脸上,像刀割一样。眼睛像被针扎一样。他们推着一辆像房子一般大的装了干草的汽车向上爬。他们在路上慢慢地、慢慢地移动着。汽车已经走不动了,撑不住了,向后退了。十分可怕。一片漆黑。风冷得刺骨。孩子吓得瑟缩发抖,担心汽车倒撞下来把他们压死。但是这时,不知从哪里来了长角鹿妈妈。它用角顶住汽车,帮他们向上推。孩子就喊:"加油,加油,加油!"汽车就动了起来。他们爬上山顶,汽车就自己朝下开了。他们又推第二辆,然后又推第三辆,这样推上许多辆汽车。每一次都是长角鹿妈妈帮他们推的。可是谁也看不到它。谁也不知道它跟他们在一起。孩子可是看到的,知道的。他每一次都看到,每当支持不住的时候,每当没有了力气,情况十分危急的时候,长角鹿妈妈就要跑来,用角帮他们将汽车推上去。孩子每次都给大家打气:"加油,加油,加油!"而且他总是跟库鲁别克在一起。后来,库鲁别克对他说:"开车!"孩子就坐进驾驶室。汽车抖动了,轰隆轰隆响了。方向盘在手里自由自在地自己转动起来,就跟他很小的时候当汽车玩的桶箍一样。孩子觉得好不丢脸:他这方向盘竟是这种样子,跟玩具一样的。忽然车子一歪,向一边倒去,轰隆一声倒下,摔得粉碎。孩子大声哭了起来。他非常羞愧。真不好意思见库鲁别克。

"你怎么啦?你怎么啦,嗯?"库鲁别克把他叫醒。

孩子睁开眼睛。知道这原来是一场梦,他觉得十分高兴。库鲁别克用手将他抱了起来,抱得紧紧的。

"做梦啦?吓坏了吧?嘿,还要逞英雄呢!"他用又硬又干的嘴唇亲了亲孩子,"好啦,我让你睡觉吧,该睡啦。"

他将孩子放在地毡上,夹在已经睡着的司机中间,自己也挨着躺下来,将他拉到跟前,让他靠着自己,盖上水兵制服。

天蒙蒙亮,爷爷就把他唤醒了。

"醒醒吧,"爷爷小声说,"穿暖和点。起来。帮我做点儿事。"

模模糊糊的晨曦刚刚透进窗来。屋子里的人都还横七竖八地睡着。

"来,穿上毡靴。"莫蒙爷爷说。

爷爷身上散发着新鲜的干草气味。就是说,他已经给马上过料了。孩子穿好毡靴,就跟爷爷一起来到院子里。

雪落得很厚。但是风息了。只不过间或地刮起一阵轻风，将地上的雪粉旋了起来。

"好冷啊！"孩子打起哆嗦。

"不要紧。天好像转晴啦，"老人家嘴里咕哝着说，"真是怪事。一下子就变成那样。还算运气，幸好没有出事……"

他们走进牲畜棚。这里面有莫蒙养的五只羊。老人家摸到挂在柱子上的灯，点着了。羊在角落里张望着，咩咩地叫了起来。

"你拿着，给我照着亮，"老人家一面对孩子说，一面将灯递给他，"咱们来把黑羊宰了。那么多客人嘛。等他们起身，咱们的羊肉就烧好了。"

孩子端着灯给爷爷照亮。风在墙缝里嘘嘘地叫，外面还又冷又昏暗。老人家先在门口撒了一捆干净的干草。将黑羊拉到这上面，在把羊放倒和捆羊腿之前，他沉思了一下，蹲了下来。

"把灯放下。你也蹲下来。"他对孩子说。

老人家将两只手掌放在胸前，嘟哝起来：

"我们伟大的祖先，长角鹿妈妈啊！我拿黑羊给你上供来了。多亏你在危难时候搭救了咱们的孩子们。多亏你用雪白的奶水养活了我们的祖先，感谢你那善良的心肠、慈悲的眼睛。在翻山的时候，在河水暴涨的时候，在山路溜滑的时候，你都要保佑我们。我们活在人世上，你要永生永世保佑我们，我们都是你的孩子啊。阿门！"

他按照祈祷的仪式，展开双掌，从额头抚面而下，直到下巴。孩子也照着做了。然后爷爷把羊放倒在地,将羊腿捆好。他从刀鞘里拔出一把古老的亚洲式尖刀。

孩子用灯给他照着。

天气终于好转。太阳已经有两三次怯生生地从疾驰的云块间隙里露出脸来。四处都是昨夜暴风雪遗留的痕迹:大大小小的雪堆、纷乱的树棵子、被雪压得弯成弧形的小树、吹倒的老树。

河那边的森林一声不响,静静的,有点儿郁郁不乐的样子。河面也好像低了下去,两岸堆起了雪,显得更陡了。河水响声小些了。

太阳还是没有定下心来——一会儿露出脸来,一会儿又藏了进去。

但是,孩子心里一点也不发愁,一点也不惊慌了。昨夜的惊惶不安已经过去,暴风雪已经过去,积雪并不碍他的事——雪地里还更好玩些呢。他到处跑来跑去,雪团从脚下纷纷飞起。使他感到高兴的是,屋子里一屋的人,小伙子们都睡好了,在高声地说笑,在狼吞虎咽地吃着为他们烧好的羊肉。

这时候,太阳也渐渐定下心来。越来越明净了,每次露面的时间也越来越长些了。乌云慢慢消散。甚至都暖和起来了。下得过早的雪开始迅速地融化,特别是在大路和小道上。

不错,当司机和装车的小伙子们准备动身的时候,孩子心里是着急了。大家一齐来到院子里,跟护林所的主人们道别,感谢主人盛情相待。莫蒙爷爷和谢大赫玛特骑着马去送他们。爷爷马上还驮了一捆柴,谢大赫玛特则带着一只大铅桶,准备烧热水浇开冻住的马达。

大家都离了院子。

"爷爷,我也去,带我去吧。"孩子向爷爷跑去。

"你没看到吗,我带着柴,谢大赫玛特带着桶。没人能带你。你到那里去干什么?走雪地,你走不动。"

孩子不高兴了,气嘟嘟的。于是库鲁别克便来带他。

"跟我们一起走吧,"他一面说,一面拉住孩子的手,"回来你就可以跟爷爷一块儿骑马了。"

他们走向三岔路口——就是从阿尔查割草场下来的那条路的路口。地上的雪还是很厚。要跟上这些强壮的小伙子,不是那么简单的。孩子渐渐走不动了。

"来吧,让我来背你走。"库鲁别克说。他十分熟练地抓住他的胳膊,又十分熟练地将他甩到自己的背上。动作那样熟练,就好像天天背他似的。

"库鲁别克,你背小孩子倒是有两下子。"跟他走在一起的一个司机说。

"我背弟弟妹妹已经背了一辈子了,"库鲁别克自己吹嘘说,"我是老大,我下面还有五个弟弟妹妹,妈妈在地里干活儿,爸爸也不在家。现在我的妹妹们都有孩子了。我从部队回来时是单身汉,一时还没有出来工作。我的大妹妹就说:'到我们家来吧,就住在我家,你带孩子挺有本事的。'我对她说:'算了吧,我才不去呢!我现在要抱抱自己的孩子了。'……"

他们就这样一面闲扯,一面走着。孩子趴在库鲁别克结实的背上,觉得非常舒服,非常安稳。

"我要是有这样一个哥哥就好了!"他幻想起来,"那我就谁也不怕了。奥罗兹库尔要是胆敢再骂爷爷或者碰一碰谁,只要库鲁别克多少用点劲儿瞪他一眼,他马上就老实了。"

昨天夜里扔下的汽车,就在岔路口往上大约两公里的地方。车上堆满了雪,很像冬天田野里的草垛。看那样子,谁也休想挪动它们。

但是,瞧,火堆生起来了。水烧热了。小伙子们摇起了摇把,马达活了,打起了喷嚏,转动起来。接下去,事情就好办了。底下每一辆汽车都是用缆绳拖着发动的。每一辆已经发动起来、已经烧热了的汽车,都依次地拖动它后面的一辆。

所有的车子都发动起来之后,他们就用两辆汽车来拖昨夜翻进沟里的那一辆。所有在场的人都帮着把车子往路上推。孩子也凑在边上,也在帮着推。他一直在担心有人会说:"你干什么在这里碍手绊脚的?去吧,走远点儿!"可是没有人说这话,没有人撵他。也许是因为库鲁别克答应让他帮忙的。库鲁别克在这里可是最了不起的,大家都很尊重他。

司机们再一次道别。汽车开动了。起先很慢,后来就快起来。汽车排成长长的一队,在覆盖着积雪的群山之间迤逦前进着。长角鹿妈妈的孩子们的孩子走了。他们都不知道,在孩子的想象中,隐身的长角鹿妈妈正在前面为他们开路。它跨着又大又快的步子在车队前面飞奔着。在艰险的道路上,它一直保佑着他们,为他们驱除危难和灾祸。吉尔吉斯人在多少世纪的游牧生活中受尽了山崩、雪崩、雪暴、大雾和其他灾祸之害,现在有长角鹿妈妈保佑,他们就可以躲过这些灾祸了。莫蒙爷爷黎明前用黑羊给长角鹿妈妈上供时,向它祈求的不就是这些吗?

他们走了。孩子也跟他们一起去了。心跟去了。他跟库鲁别克一块儿坐在驾驶室里。他说:"库鲁别克叔叔,长角鹿妈妈在咱们前面的路上跑着哩。""可是真的?""真的。一点不假。瞧,那就是!"

"喂,你在想些什么?站在那里干什么?"莫蒙爷爷使他清醒过来,"上来,该回家了。"他在马上弯下身子,把外孙抱上了马。"你冷吧?"老人家说着,用皮袄的大襟将外孙捂紧些。

那时候,孩子还没有上学。

可是现在,他有时从沉重的梦境中醒来,不安地想:"我明天怎样去上学呢?我病了啊,身上好难受……"后来他又迷迷糊糊的了。他仿佛觉得,他正往本子上抄写老师在黑板上写的字:"Ат. Ата. Така."①他将这些一年级学生学的字拼命往本子上抄,抄满一页又一页。"Ат. Ата. Така. Ат. Ата. Така."他精疲力竭,眼睛发花,身上发热,热得要命,他揭开被子。当他什么也不盖,让身子冻着的时

---

① 吉尔吉斯文:马,父亲,马掌。

候,他又做了各种各样的梦。一会儿他变成鱼在冰冷的河里游,朝白轮船游去,可是怎么也游不到。一会儿遇上暴风雪。雪雾弥漫,冷风狂啸,装满了干草的汽车的轮子在陡峭的上山路上打着空转。汽车像人一样在呜呜大哭,可是轮子老是在原地空转。轮子因为拼命地转动,烧得通红。轮子烧了起来,轮子上的火向上直冒。长角鹿妈妈用角顶住车身,将装满干草的汽车朝山上推去。孩子使出全身的力气帮它往上推。他浑身热汗淋淋。忽然装草的车子又变成一只小孩的摇篮。长角鹿妈妈对孩子说:"咱们跑快点儿,快把摇篮给别盖伊姨妈和奥罗兹库尔姨父送去。"他们就跑了起来。孩子跟不上它。但是,在前面黑暗处,摇篮上的银铃还一个劲儿地叮当叮当地响着。孩子就跟着铃声朝前跑。

　　这时,台阶上响起脚步声,接着是开门声,他醒了过来。莫蒙爷爷和奶奶回来了,他们好像多少平静了一些。想必因为外人来到护林所,奥罗兹库尔和别盖伊姨妈没有再那样闹了。也许是奥罗兹库尔发酒疯发累了,终于睡着了。外面既没有叫声,也没有骂声。

　　将近午夜时,月亮升到群山上空。它像一个昏黄的盘子,挂在一座最高的雪峰上头。长年冰封的高山在黑暗中矗立着。它那起伏不平的山脊熠熠地闪着银光。周围那些山、那一处处的悬崖峭壁、那黑沉沉的一动不动的森林,全都鸦雀无声地呆立着,只有在最低处,河水冲击着石块,发出哗啦哗啦的响声。

　　晃晃不定的月光像一股流水,斜斜地泻进窗来。月光照得孩子睡不着觉。他眯起眼睛,翻过来,又翻过去。想请奶奶把窗帘拉上,但没有做声,因为奶奶正在生爷爷的气。

"老糊涂,"奶奶一面脱衣睡觉,一面小声说,"你要是不懂得怎样处人,那你至少不要吭声。多听听别人的。你是在他的掌心里。你的工资是靠他拿的,尽管只有那么一点点儿,可是每个月都有得拿。要是没有了工资,你又算什么呢?那么大年纪了,一点脑筋都没有……"

老人家没有搭腔。奶奶也不响了。过了一会儿又突然出人意料地大声说:

"要是一个人没有工资拿,那就不算人了。那就什么也不是。"

老人家还是一声不响。

孩子睡不着。头疼,脑子里也很乱。想到学校,心里就发急。他还从来没有缺过一天课呢。他现在不能想象,要是明天不能到杰列赛去上学,那会怎么样。孩子还想到,要是奥罗兹库尔辞掉了爷爷的工作,奶奶就会叫爷爷没法过日子。到那时候,他们又该怎么办呢?

为什么人世间会这样呢?为什么有的人歹毒,有的人善良?为什么有的人幸福,有的人不幸?为什么有的人大家都怕,有的人谁也不怕?为什么有的人有孩子,有的人没有孩子?为什么有的人就可以不发给别人工资?大概,最了不起的人就是那些拿工资最多的人。爷爷就因为拿得少,所以大家都欺侮他。唉,能有办法让爷爷也多拿些工资就好了!也许,到那时候,奥罗兹库尔就会尊敬爷爷了。

孩子这样乱糟糟地想着,想得头越来越疼了。他又想起了傍晚时在河对岸滩上看到的那三头鹿。夜里它们在那里怎么过呢?它们孤零零地待在冰冷的石头山里,待在伸手不见五指的漆黑的森林里啊。那是很可怕的。万一有狼向它们扑来,那可怎么办?谁还会把神奇的摇篮挂在角上给别盖伊姨妈送来呢?

孩子心事重重地睡去。蒙眬中他还在祈求长角鹿妈妈送一只桦木摇篮给奥罗兹库尔和别盖伊姨妈。"让他们有孩子吧,让他们有孩子吧!"他这样恳求长角鹿妈妈。于是他听到了远处摇篮挂铃的叮当声。长角鹿妈妈急急忙忙赶来了,角上挂着神奇的摇篮……

七

一大早,孩子被一只手抚摩醒了。爷爷的手很凉,他刚从外面来。孩子不由得瑟缩起来。

"躺着,躺着,"爷爷呵热了手,摸了摸他的额头,然后又把手掌放到他的胸口,放到肚子上。"你大概是生病了,"爷爷担心地说,"你身上滚烫的。可是我还在想:他怎么还躺着呀?该上学了啊。"

"我马上就起来,马上就去。"孩子抬起头来,只觉得眼前的一切都旋转起来,耳朵里嗡嗡价响。

"快别起来。"爷爷把他按到枕头上,"你生病,谁会送你去上学?来,把舌头伸出来看看。"

孩子还是要起来去上学:

"老师要骂的。她最不喜欢有谁缺课……"

"不会骂的。我去对她说说。快,把舌头伸出来。"

爷爷仔细看了看孩子的舌头和喉咙。按了老半天脉搏。爷爷那干粗活磨得又粗又硬的手指,十分神妙地在孩子滚烫、汗腻的手上探索起心的搏动。老人家心里有了数,于是宽慰地说:

"谢天谢地。还算好,有点儿伤风。你是着了凉。今天你就躺在被窝里好啦,睡觉前我用温热的羊尾巴油给你擦擦脚心和胸口。出一身透汗,兴许明天早上就能起床,又像匹小野驴一样了。"

莫蒙想起昨天的事,想到还可能发生的事,脸色就阴沉下来,坐到外孙被窝里,叹了一口气,沉思起来。"随它去吧!"他又叹了一口气小声说。

"你这是什么时候病的?你怎么不说呢?"他对孩子说,"昨天晚上病的,是不是?"

"是昨天傍晚。我当时看到河对面有鹿,就跑回来告诉你。后来就觉得冷起来。"

老人家不知为什么用一种负疚的语调说:

"噢,是这样……你躺着吧,我出去一下。"

他起身要走,但是孩子叫住了他:

"爷爷,那就是你说的长角鹿妈妈,是吗?那一头白的,像牛奶一样白,那眼睛看起人来,就像人的眼睛一样……"

"你这傻孩子,"莫蒙老汉很不自然地笑了笑,"好吧,就算像你说的那样。也许,那就是它,"他低声说,"也许那就是仙鹿妈妈,谁又说得准呢?……可是,我想……"

123

爷爷的话没有说完。门口出现了奶奶。她匆匆忙忙从外面赶来,她已经探得了一些情况。

"快去,老头子,到那里去。"奶奶一进门就说。莫蒙爷爷一听这话就垂下了头,显出一副可怜、丧气的样子。"他们在那里想用汽车把木头从河里拖出来,"奶奶说,"你赶快去,叫你做什么,你就做什么……噢哈,天啊,牛奶还没有烧呢!"奶奶忽然想了起来,便去生火,拿碗碟。

爷爷皱起了眉头。他想反驳,想说点什么。可是奶奶不让他开口。

"去吧,你呀,还愣着干什么?"奶奶火了,"你还犟什么?咱们没什么好犟的,你呀,真够我受的。你有什么本钱跟人家顶?你看看,来找奥罗兹库尔的都是一些什么样的人?他们的汽车又是什么样子的?就是装十根大木头在山里开也没事儿。奥罗兹库尔睬都不睬咱们。不管我怎么劝,怎么求他,都没有用。他不叫你女儿进门。你那不生不养的女儿还待在谢大赫玛特家里。眼睛都哭肿了。她在骂你,怪你没有脑筋……"

"好啦,够了,"爷爷听不下去了,一面向门口走去,一面说,"给他喝些热牛奶,这孩子是病了。"

"给他喝,我会给他喝热牛奶的,去吧,去吧,行行好吧。"她送走了爷爷之后,还在嘟哝:"他是中了什么邪了?从来没有顶撞过谁,平时低声下气,见人矮一等,谁知一下子会这样!还敢骑奥罗兹库尔的马,骑上就跑。这都是因为你,"她恶狠狠地朝孩子瞪了一眼,"值得为这样一个孩子去闯祸……"

过了一会儿,她端来一碗浮着一层滚烫的黄油的热牛奶。牛奶烫嘴。可是奶奶硬是要逼着他喝:

"快喝,趁热喝,别怕。喝热的才能治好伤风。"

孩子烫得眼泪都流了出来。于是奶奶一下子心软了:

"好吧,就凉一凉,稍微凉一凉好啦……真倒霉,偏偏在这种时候生病!"她叹了一口气。

孩子早就憋不住要撒尿了。他爬了起来,只觉得浑身软绵绵、晕乎乎的,一点力气都没有。好在奶奶猜到了:

"等一等,我来给你拿尿盆。"

孩子不好意思地转过身去,将尿撒到尿盆里,他觉得奇怪:尿那样黄,那样热。

他感到轻快多了。头也不那么疼了。

孩子安静地躺在被窝里,他很感激奶奶的照料,并且心里在想,明天早晨病一定会好的,而且一定要去上学。他还在想,他到学校里怎样来讲他们森林里来的三头鹿,他要讲讲,那头雪白的母鹿就是长角鹿妈妈,它身边那一头小鹿,已经很大很结实了,还有一头强壮的、角特别粗的褐色公鹿,公鹿十分威武,有它保护着长角鹿妈妈和小鹿,是不怕狼的。他想,他还要告诉大家,要是鹿留在他们这里,不往别处去了,那样的话,长角鹿妈妈不久就会给奥罗兹库尔姨父和别盖伊姨妈送一只神奇的摇篮来的。

清晨,三头鹿下山来喝水。当短暂的秋日的太阳在山脊上露出半边脸的时候,三头鹿便从上面的林子里走了出来。太阳越升越高,山下越来越明亮,越来越暖和。森林沉睡了一夜之后,又醒来了,又显得绚丽多彩,一派生气。

三头鹿不慌不忙地在树丛中走着,时而在林中空地上晒晒太阳,时而扯几口树枝上带露水的树叶。三头鹿还是按原来的次序往前走:前面是大角的公鹿,中间是小鹿,最后是腹部下坠的母鹿,也就是长角鹿妈妈。鹿所走的路,正是昨天奥罗兹库尔和莫蒙爷爷往河边拖那根惹祸的木头的路。拖木头的痕迹还留在黑色的山土上,就像刚刚犁出、还到处是破碎的草土块的犁沟。这条路正是通向滩上的,卡在河底石头里的那根松木还留在那里。

鹿爱往这里来,因为在这里喝水很方便。奥罗兹库尔、谢大赫玛特和两个来装木料的人也正朝这里走,他们是想看看怎样能把汽车开得离木头更近些,以便用缆绳把木头从河里拖上来。莫蒙爷爷低着头畏畏缩缩地跟在大家后面走着。他不知道,昨天闹了一场之后,他该怎么办,拿出什么样子,做些什么事情。奥罗兹库尔准不准他干活儿呢?会不会像昨天他想用马去拖木头的时候那样,又把他赶回去呢?要是奥罗兹库尔说:"你来这里干什么?对你说过了嘛,你已经给开除了!"那又怎么办?要是奥罗兹库尔当着大家的面臭骂他一顿,把他撵回家,那又怎么办?老人家顾虑重重地走着,就像去受刑一样,不过还是走着。奶奶还跟在后面。她好像随随便便地走着,好像是去看热闹的。但实际上她是在押送老头子。她撑着快腿莫蒙去同奥罗兹库尔和解,撑着他前去做事,以求得奥罗兹库尔的宽恕。

奥罗兹库尔神气活现地大步走着,摆出一副当家人的派头。他一面走,一面大声地哼哼哈哈,威风十足地朝两边张望。虽然因为酒喝多了,他的头还在疼,但他觉得出气出得痛快。他一回头,看到莫蒙爷爷跟在后面,就像一条被主人打了一顿、依然忠心耿耿的狗。"等着瞧吧,我叫你尝的苦头还在后头呢。我现在睬都不睬你,只当没有你这个人。你早晚还得跪倒在我的脚下!"奥罗兹库尔想起昨天晚上他用脚踢老婆,踢她出门的时候,她在他脚下不要命地嚎叫的情形,不禁得意起来。"就这样好!等我把这两个装木头的人打发走了,我还要把他们父女弄到一起咬一场呢。这会儿她恨不得要把老头子的眼睛挖出来。她简直疯了,像只母狼一样。"奥罗兹库尔同一个来人边走边谈,在谈话的间隙里这样想着。

同他谈话的人叫科克泰。这是一个黑黑的、粗壮的汉子,是湖滨地区一个集体农庄的会计。他跟奥罗兹库尔已有多年的交情。十二年前科克泰自己造了一座房子。奥罗兹库尔供应过木料。他将原木贱卖给他锯板。后来他给大儿子娶媳妇,又给新婚夫妻造了房子,也是奥罗兹库尔供应他木料。现在科克泰要将小儿子分出去,又需要木料造房子了。又是亏得老朋友奥罗兹库尔答应帮忙。没法子,过日子真难啊!一样事做过了,就想,好啦,这下子可以安安生生地过下去了。谁知过着过着,又出现了新难题。现在不找奥罗兹库尔这样的人又不行了……

"要是一切顺利的话,不久就可以请你吃新房酒了。到时候你来,咱们好好地喝几杯。"科克泰对奥罗兹库尔说。

奥罗兹库尔得意洋洋地咝咝地抽着香烟,喷着烟圈:

"谢谢了。有人相请,却之不恭;无人相请,不能强求。只要你来叫,我一定到。我去你家做客已经不是头一回了。不过,现在我在想:你是不是等到晚上,趁天黑把木料运出去?要紧的是,经过农场时不要被人发觉。要不然,万一被截住……"

"这话倒也不错,"科克泰犹豫起来,"不过,到晚上,还得等很长时间。还是悄悄地走吧。我们这一路不是没有检查站吗?……不过,万一碰上民警或者别的什么人……"

"就是这话了!"奥罗兹库尔嘟哝说。他因为胃里发烧和头疼,难得地皱着眉头。"因为公事在路上跑上一百年,连条狗都碰不上;可是在这一百年当中运一趟木料,说不定就会出事。事情往往就是这样……"

他们都不做声了,各人想着各人的事。奥罗兹库尔想到昨天不得不把木头丢在河里,感到十分恼火。要不然的话,木头是现成的,夜里就可以装上车,天蒙蒙亮就可以把汽车打发走了……唉,真倒霉,偏偏昨天出这种事!这都怪老浑蛋莫蒙,他竟敢造反,想跳出掌心,不服管了。好的,你就瞧着吧!别的事能饶你,这种事不会马马虎虎放过你的……

鹿在对岸喝水,这时几个人来到河边。这些人真是怪物,那样忙忙碌碌,吵吵嚷嚷。他们忙着自己的事情,忙着说话,竟没有发现站在对面,只有一河之隔的鹿。

三头鹿站在朝露未干的红红的河滩林的树棵子中,站在齐踝骨深的岸边浅水里,脚下是洁净的沙砾。鹿一小口一小口地喝着水,不慌也不忙,喝喝停停。水是冰冷的。鹿一面喝水,一面晒太阳。太阳晒得身上越来越暖和,越来越舒服。一路上从枝头落在背上的很多露水慢慢干了。三头鹿的背上都冒着淡淡的水汽。这是一个非常宁静、非常惬意的早晨。

几个人一直没有发现鹿。一个人回去开汽车,其余的人还站在河边。三头鹿不时地摆动着耳朵,仔细倾听着偶尔传来的人声。当带拖车的汽车在对岸出现时,三头鹿不禁一怔,浑身抖了一下。汽车轰隆哐啷地开了过来。三头鹿动了一下,打算走开。但是汽车忽然停了下来,不再轰隆哐啷地响了。鹿迟疑了一下,后来还是小心翼翼地离开了:因为对岸人们说话的声音太大,而且动作太紧张了。

鹿顺着矮矮的河滩林中的小路慢慢走去,鹿的背和角不时地从树棵子里露了出来。这边的人还是没有发现它们。直到鹿穿过山洪冲出的开阔的干沙滩时,人们才清清楚楚地看到了它们。在淡紫色的沙滩上,在明亮的阳光照耀下,三头鹿分外显眼。几个人全都呆住了,全都张大了嘴巴,各人保持着各人的姿态。

"看,看,那是什么!"谢大赫玛特第一个叫了起来,"梅花鹿!咱们这地方哪里来的鹿?"

"你叫什么,有什么好嚷的?这哪里是梅花鹿,这是马鹿。我们昨天就看到的。"奥罗兹库尔大大咧咧地说,"哪里来的鹿?不用说,是外面来的呗。"

"乖乖,乖乖,好极了!"粗壮的科克泰高兴地喊。他由于兴奋,解开了勒得喉咙难受的衬衣领子。"一身好膘,"他兴奋地说,"吃得真肥……"

"那头母鹿多肥！瞧，它走路的样子，"司机瞪大了眼睛，接他的话头说，"真的，就像一匹两岁的母马。我还是头一回看见呢。"

"那公鹿有多棒！瞧，好大的角！它怎么能顶得动啊？！而且一点也不怕人。奥罗兹库尔，这鹿是从哪里来的呢？"科克泰追问说。他那小小的猪眼睛忽闪忽闪的，露出贪婪的神色。

"不用说，是保护区跑来的，"奥罗兹库尔带着当家人的气派、大模大样地回答说，"是从那边翻山过来的。为什么不怕人？从来没受过惊吓，所以就不怕人。"

"嘿，这会儿有枝猎枪就好了！"谢大赫玛特突然随口说，"能搞到几百公斤鹿肉，不是吗？"

一直畏畏缩缩地站在一边的莫蒙忍不住了。

"谢大赫玛特，你不要乱说。鹿是不准许打的。"他小声说。

奥罗兹库尔用阴沉的目光朝老人家斜瞟了一眼。"你还敢在我这里多嘴！"他恨恨地想。他想狠狠地臭骂他一顿，可是他忍住了。毕竟有外人在场。

"用不着来教训人。"他看也不看莫蒙，恼火地说，"在养鹿的地方，鹿是不准打的。我们这地方不是养鹿的。我们用不着管这一套。明白吗？"他咄咄逼人地望着张皇失措的莫蒙。

"明白。"莫蒙顺从地回答说。说完，就低下头，走到一旁。

这时，奶奶又一次偷偷地拉了拉他的袖子。

"你能不能不做声?"她小声责备他。

大家不知为什么不好意思地垂下了眼睛。接着又一齐去看那几头顺着陡峭的小路越走越远的鹿。鹿一个跟着一个,正在朝陡峭的岸上攀登。褐色的大公鹿倨傲地擎着它那威武的大角,走在最前面,随后是没长角的小鹿,殿后的是长角鹿妈妈。在纯净的黏土断层背景上,三头鹿的身影显得非常清晰、非常优美。鹿的每一动作、每一步都历历在目。

"嘿,真美啊!"司机不禁赞叹起来。这是个暴眼睛的年轻小伙子,样子非常斯文。"真可惜,没有带照相机,要不然的话……"

"好啦,美,美够了。"奥罗兹库尔不以为然地打断了他的话。"别站着了。美不能当饭吃。你快把汽车朝河边倒开,开进水里,尽量开近些。谢大赫玛特,你脱掉靴子。"他吩咐说。他觉得自己大权在握,心里得意极了。"你也去。"他又指挥司机。"你们去把缆绳拴到木头上。动作快一点。还有事情呢。"

谢大赫玛特使劲脱脚上的靴子。靴子太紧了。

"别发愣,去帮帮他,"奶奶暗暗地捅了捅老头子,"你也脱掉靴子,也下水去。"她恶狠狠地小声催促他。

莫蒙爷爷跑去帮谢大赫玛特脱下靴子,自己也很快地脱掉靴子。这时,奥罗兹库尔和科克泰在指挥汽车:

"朝这边,朝这边来。"

"往左边一点儿,往左。就这样。"

"再开近点儿。"

走在小路上的鹿听到下面又传来不习惯的汽车马达声,加快了步子。慌慌张张地回头望了几次,就跳上陡岸,钻进桦树林里了。

"啊,跑掉啦!"科克泰好像猛醒过来。他的叫声带着一种惋惜的意味,就好像已经到手的东西又跑掉了。

"没关系,跑不掉的!"奥罗兹库尔猜到了他的意思,并且因此很得意,就夸口说。"今天晚上你别走啦,我来请客。算你有口福。我请你好好地吃一顿。"他哈哈大笑,拍了拍朋友的肩膀。奥罗兹库尔也会高兴的。

"好的,要是这样的话,那我遵命,——你既然请我,我就叨光了。"粗壮的科克泰表示接受邀请。他笑得露出了黄黄的大板牙。

汽车已经开到河边,后轮有一半已经在水里。司机不敢冒险再往深处开了。现在得把缆绳拉到木头跟前。要是缆绳够长的话,用不着费多大的事,就可以把木头从水底石头夹缝里拉出来了。

缆绳是钢丝编的,又长又重。必须下到水里,把缆绳拖到木头跟前。司机很不情愿地脱着靴子,担心地望着河水。他还没有最后拿定主意:穿了靴子下水好呢,还是脱掉靴子好?"恐怕还是光着脚好,"他想,"反正水是要灌进靴筒的。水这样深,差不多要到大腿了。水要是灌进靴筒,就得穿一整天湿靴子。"可是,他也想象得出,这会儿河里的水该有多冷。于是莫蒙爷爷就抓住了这一时机。

"孩子,你别脱靴子了,"他跑到司机跟前说,"我和谢大赫玛特下去好啦。"

"这可使不得,老大爷。"司机不好意思地推却说。

"你是客人,我们是自家人,你就开车好啦。"莫蒙爷爷劝他说。

当莫蒙爷爷和谢大赫玛特将短棒穿进绕成圈儿的钢缆,拖到水里去的时候,谢大赫玛特尖着嗓门儿喊叫起来:

"哎呀呀,这哪里是水,这是冰!"

奥罗兹库尔和科克泰大大咧咧地笑着,给他打气:

"忍一忍,忍一忍吧!等会儿有东西给你暖身子!"

莫蒙爷爷却一声不响。那彻骨的寒冷他甚至都没有感觉到。为了尽量不引起注意,他将头缩着,一面光着脚在溜滑的水底石头上走,一面只顾祷告真主,但愿奥罗兹库尔不要叫他回去,不要撵他走,不要当着众人臭骂他,但愿能饶过他这个不幸的糊涂老头子……

奥罗兹库尔也什么都没有说。他仿佛没有注意到莫蒙的热心,没有注意到这个人。然而心中却洋洋得意,觉得他终于把造反的老头子制服了。"这样就对了,"奥罗兹库尔阴险地暗笑着,"爬过来,跪在我的脚下了。可惜我的职权还不大,要不然,再神气的人我都能制得服服帖帖的!不管有多神气,我都能叫他们在地上爬。就给我一个集体农庄或者国营农场也好。我一定能管得好好的。现在的领导人对老百姓太纵容了。可他们自己还要抱怨,说大家对主席不尊重啦,对场长不尊重啦。随便哪一个放羊的,都要跟领导人平起平坐。糊涂蛋,不配掌权!难道对待底下人能够这样吗?从前的时候,人头纷纷落地,可是没有人敢吱一声。那才像个样子!可是现在又怎样呢?连顶窝囊的人也顶撞起人来了。好吧,你就给我爬吧,爬吧。"奥罗兹库尔得意地想着,只是偶尔朝莫蒙望上一眼。

莫蒙这时正冻得抽搐成一团,跟谢大赫玛特一起蹚着冰冷的水将钢缆朝前拖,而且他觉得奥罗兹库尔好像饶过了他,正因此感到高兴呢。"你饶了我这个老头子吧,我不是有意的,"他在心里对奥罗兹库尔说,"昨天我实在出于无奈,才骑上马跑到学校去接外孙。他没爹没娘,不能不怜惜他啊。今天他就没去上学。害起病来了。忘了吧,别计较吧。你跟我也不是外人。你以为,我不希望你和我女儿幸福吗?要是真主开恩,要是我能听到我那女儿,也就是你妻子的新生婴儿的哭声,我就立地死去,也心甘情愿。我敢发誓,我一定会高兴得哭起来。但求你别欺侮我女儿,但求你对我别计较。要说干活吗,只要我还有一口气,我就干下去。什么事我都做得好好的。你只要说一声就行……"

奶奶站在河边,打手势,做样子,向老头子示意:"使劲干吧,老头子!你看,他饶了你了。你照我说的去做,一切都会平安无事的。"

孩子在睡觉。他只醒过一次,是一声枪响把他震醒的。随后又睡着了。昨天夜里又生病,又没有睡好,他太困乏了;今天他就睡得很香、很安稳。他在睡梦中都感觉到,这会儿不发冷也不发烧了,自由自在地舒展着身体,躺在被窝里有多么舒服。要不是奶奶和别盖伊姨妈的话,他恐怕还要睡很久的。她们尽量把说话的声音压得很低,但是拿碗盏时弄出了响声,于是孩子醒了过来。

"你拿着这个大碗。再拿一个盘子,"奶奶在前面房里兴致勃勃地小声说,"我来拿桶和笤。哎呀,我的腰呀!真够呛。咱们干了多少事啊。可是,谢天谢地,我太高兴了。"

"噢唷,这还用说,妈妈,我也太高兴了。昨天我简直不想活了。要不是古莉查玛,我早就寻死了。"

"可不能这样想,"奶奶开导她说,"胡椒拿了没有?走吧。是老天爷将礼物送上门,让你们和好的。走吧,走吧。"

临出门时,别盖伊姨妈在门口向奶奶问起孩子:

"他还睡着吗?"

"让他睡一会儿好啦,"奶奶回答说,"等肉烧好了,趁热给他端一碗肉汤来。"

孩子再也睡不着了。外面有很多人的脚步声和说话声。别盖伊姨妈在笑,古莉查玛和奶奶也一齐跟着她笑。

还有一些不熟悉的声音。"这大概是夜里来的人,"孩子心想,"就是说,他们还没走哩。"就是没有听到爷爷的声音,也没有看到爷爷。他在哪里呢?在干什么呢?

孩子听着外面的声音,盼着爷爷回来。他很想跟爷爷讲讲昨天他看到的鹿。冬天很快就要到了。应当在林子里多给鹿留一些干草。好让它们吃。要把鹿养熟,让它们一点不怕人,还要让它们一直过河到这边来,到院子里来。来到这里,要给它们吃一些它们顶喜欢吃的东西。真想知道,它们顶喜欢吃什么呢?最好能把小鹿养熟,让它跟着他到处跑。那才有意思哩!也许,还要跟他一起去上学呢……

孩子在盼爷爷,可是爷爷没有来。谢大赫玛特却忽然来了。不知因为什么他非常开心。快活极了。他摇摇晃晃,自己对自己笑着。他来到跟前,一股酒气冲人的鼻子。孩子很不喜欢这种又臭又辣的气味,闻到这种气味,就想起奥罗兹库尔的蛮横,想起爷爷和别盖伊姨妈的苦楚。但谢大赫玛特和奥罗兹库尔不同,他喝了酒,就变得和气、高兴起来,而且完全成了一个十分随和、傻里傻气的人,虽然他清醒时也算不上聪明。在这种时候,在他和莫蒙爷爷之间常常会有大致如下的一番对话:

"谢大赫玛特,你傻笑什么?打架打够了吗?"

"大爷,我太喜欢你了!说真话,大爷,我拿你当亲爹看。"

"唉,你年纪轻轻的,真可惜呀!别的小伙子都会开汽车,可是你连自己的舌头都摆弄不好。我要是在你这样年纪,至少也要坐坐拖拉机。"

"大爷,部队首长对我说过,我在这方面不行。不过,大爷,我是步兵,没有步兵,到哪里都不行……"

"还步兵哩!你是懒蛋,不是步兵。可是,你看你老婆……老天爷没长眼睛。有一百个像你这样的人,也抵不上一个古莉查玛。"

"所以,大爷,我们就待在这里好,因为在这里只有我一个,她也是一个。"

"跟你没有什么好讲的!身子结实得像一头牛,可是,脑筋呢……"莫蒙爷爷失望地将手一摔。

"哞哞哞……"谢大赫玛特学起牛叫,跟在老人家后面笑着。

走了几步,又在院子当中站了下来,唱起他那支古里古怪的、不知从哪里听来的歌:

> 我骑红马下了红山,
> 叫一声穿红衣老板:
> 请你把门儿开开,
> 快点儿把红酒拿来!

> 我骑褐牛下了褐山,
> 叫一声穿褐衣老板:
> 请你把门儿开开,
> 快点儿把褐酒拿来!……

可以这样没完没了地唱下去,因为他下山可以骑骆驼、骑公鸡、骑老鼠、骑乌龟,可以骑一切能走动的东西。喝醉了的谢大赫玛特甚至比清醒时更叫孩子喜欢。

所以,当一身酒气的谢大赫玛特来到时,孩子很亲热地对他笑了。

"哈!"谢大赫玛特惊异地叫起来,"我听说你病了。可是你根本没病。你为什么不到院子里玩玩去?这样可不行……"他倒在孩子的被窝上,一阵酒气扑来,他的手上和衣服上还有一股新鲜的生肉气味。他缠着孩子,又逗又吻。他腮上那又粗又硬的胡子扎得孩子的脸生疼。

"好啦,够了,谢大赫玛特叔叔,"孩子央求说,"爷爷在哪里？你没看到他吗？"

"你爷爷就在那里，真的，"谢大赫玛特的两手在空中划了一圈，叫人弄不清是什么意思，"是我们……我们把木头从水里拖出来。就喝了点酒暖暖身子。这会儿他正在烧肉呢，真的。你快起来。穿好衣服，咱们一块儿去。这怎么行！这可不对头。我们大家都在那里，你却一个人在这里。"

"爷爷不叫我起来。"孩子说。

"算了吧，你爷爷没这样说。咱们瞧瞧去。这种事儿可不是天天有的。今天是大开荤。碗也泡在油里，勺子也泡在油里，嘴也泡在油里！快起来！"

他用酒后格外笨拙的手来给孩子穿衣服。

"我自己穿。"孩子隐隐地感到一阵阵头晕，想不叫他穿。

但是喝了酒的谢大赫玛特不听这一套。他认为这是在做好事，因为他觉得不该把孩子一个人丢在家里，今天又是这样的日子：碗也泡在油里，勺子也泡在油里，嘴也泡在油里……

孩子摇摇晃晃地跟着谢大赫玛特走出屋子。这一天山里有风，多云。云块在天上迅速移动着。孩子走下台阶的工夫，天气就剧烈地变化了两次，从阳光耀眼的晴天，一直变成暗沉沉的阴天。孩子因此感到头疼起来。一阵风吹来，将一股柴火的烟气吹到他脸上。熏得眼睛非常难受。"大概今天又洗衣服了。"孩子心想。因为往常在大洗衣服的日子总是在院子里生一堆火，支一口老大的黑锅烧水供三家人使用。这口锅一个人是拿不动的。别盖伊姨妈和古莉查玛两个人才能抬得动。

孩子很喜欢大洗衣服的日子。第一,在露天里生火堆,就可以玩玩火,这在房子里是办不到的。第二,将洗好的衣服晾开来是非常有趣的。那一件件的衣服,挂在绳子上,有白的、蓝的、红的,点缀得院子里非常好看。孩子还喜欢悄悄地走到挂在绳子上的衣服跟前,拿脸去蹭蹭湿乎乎的衣服。

这一次,院子里一件衣服也没有。可是,铁锅底下的火烧得正旺,热气从烧滚的铁锅里扑扑地直往外冒,铁锅里装满了大块大块的肉。肉已经煮熟了:肉香和烟火气直钻人的鼻子,引得人馋涎欲滴。别盖伊姨妈穿着红色的新连衫裙、新皮靴,裹着披到肩头的花头巾,正在火边弯着身子,用大汤勺在撇泡沫。莫蒙爷爷跪在她旁边,在拨弄锅底下的柴火。

"瞧,你爷爷在那里,"谢大赫玛特对孩子说,"去吧。"

他刚刚开始唱:

我骑红马下了红山,
叫一声穿红衣老板……

只见手执斧头、挽着袖子、剃光了头的奥罗兹库尔从棚子里钻了出来。

"你跑到哪里去啦?"他厉声喝问谢大赫玛特,"客人在这里劈柴,"他朝正在劈柴的司机指了指,"你倒唱起歌来了。"

"来了,马上就好,"谢大赫玛特一面说着,一面朝司机走去,"给我吧,老弟,我自己来。"

这时孩子来到跪在火边的爷爷跟前。他是从爷爷背后走过去的。

"爷爷。"他叫道。

爷爷没有听见。

"爷爷。"孩子又叫了一声,捅了捅爷爷的肩膀。

老人家回过头来,孩子简直认不得他了。爷爷也喝得醉醺醺的。孩子真不记得他什么时候看到爷爷喝过酒。要说有过这样的事,那也只是在伊塞克湖畔一些老人的丧宴上,在丧宴上,所有的人,包括女人在内,都是要喝酒的。但是像这样无缘无故地喝酒,爷爷还不曾有过。

老人家向孩子投来一种疏远、奇怪而粗野的目光。他的脸热辣辣的、红红的,当他认出外孙时,他的脸更红了。满脸通红通红的,但马上又变得煞白煞白的。爷爷慌忙站了起来。

"你怎么啦,嗯?"他将外孙搂到怀里,低声说,"你怎么啦,嗯?你怎么啦?"除了这句话,他什么都说不出来,好像他失去了说话的能力。

他的慌张不安,引起了外孙的慌张不安。

"你病了吗,爷爷?"孩子担心地问。

"没有,没有。我没什么,"爷爷含含糊糊地说,"你去吧,去玩一会儿。我在这里烧火呢,真的……"

他几乎是把外孙一把推开,好像他再也不管世上的一切,又转身去烧起火来。他跪在那里,头也不回,哪里也不去望,只顾烧火。老人家没有看见,外孙不知所措地愣了一会儿,就朝着正在劈柴的谢大赫玛特走去。

孩子不知道爷爷是怎么回事,也不知道这会儿院子里是怎么回事。直到他走到棚子跟前,才注意到有一大堆鲜红鲜红的肉堆在一张兽皮上。那张兽皮毛朝下摊在地上,兽皮边上还流着一道道模糊的鲜血。远处,在扔脏东西的地方,狗一面呜噜呜噜地哼叫着,一面撕食扔掉的下水。在肉堆旁边,有一个大块头、黑脸膛的陌生人像块大石头一样蹲在那里。这就是科克泰。他和奥罗兹库尔手里都拿着刀在割肉。他们心安理得、不慌不忙地将分割开的带骨头的肉分几堆放在摊开的兽皮上。

"美极啦!这气味多好闻啊!"粗壮的黑脸汉子一面拿了一块肉闻着,一面瓮声瓮气地说。

"拿去,拿去,放到你那一堆里吧,"奥罗兹库尔很大方地对他说,"这是天赐美味,迎接你的光临。这种事可不是天天都能碰得到的。"

奥罗兹库尔说这话时不住地哼哧哼哧喘着粗气,他时常站起来,抚摩几下他那胀鼓鼓的肚子,他好像吃得太饱了,并且一眼就能看出,他已经喝了不少酒。他又是哼哧哼哧地喘粗气,又是仰头,都是为了缓气。因为得意和醉饱,他那像奶牛乳房一样的肉嘟嘟的脸变得油光油光的。

当孩子看到棚子墙根下带角的鹿头时,不禁毛骨悚然,浑身冰凉。砍下来的鹿头就扔在土地上,地上是一片片黑糊糊的血迹。这鹿头很像被扔在路旁的一块带树枝的木头疙瘩。鹿头旁边还放着四条带蹄的腿,是从膝关节处砍下来的。

孩子胆战心惊地望着这一可怕的场面。他简直不相信自己的眼睛。他面前是长角鹿妈妈的头。他想跑开,但是两脚不听使唤。他站在那里,望着血肉模糊、已无生气的白色母鹿的头。就是它,昨天还是长角鹿妈妈,昨天还在对岸用和善而亲切的目光望他;就是它,昨天他还在心里跟它讲话,求它用角送一只带铃铛的神奇的摇篮来。这一切一下子就变成了乱糟糟的一堆肉、一张剥下来的皮、砍断的腿和扔在一旁的头。

他是要走开的。可是他还是呆呆地站在那里,他不懂,怎么会这样的,为什么会这样的。那个正在割肉的粗壮的黑汉子用刀尖从肉堆里挑出一块鹿腰子,递给孩子。

"拿去,孩子,到炭火上烤一烤,才香哩!"他说。

孩子动也没动。

"拿去吧!"奥罗兹库尔吩咐说。

孩子木然地把手伸了过去,他还是站在那里,冰冷的手里握着还很热乎、很软和的长角鹿妈妈的腰子。这时候,奥罗兹库尔抓住鹿角,提起了白母鹿的头。

"嘿,好沉啊!"他掂了掂鹿头说,"单是鹿角就够重的了。"

他将鹿头侧着放在木墩上,抓起斧头就来劈鹿角。

"这鹿角真不差!"他一边说,一边用斧头朝鹿角生根处咔嚓咔嚓地直劈。"咱们劈下来给你爷爷。"他朝孩子挤了挤眼睛,"等他一死,咱们就把鹿角放到他坟上。让人去说咱们不孝敬他好啦。还要怎样孝敬?有了这样一对鹿角,哪怕今天就死,也不亏啦!"他哈哈大笑,一边拿斧头瞄着。

鹿角纹丝不动。原来,要把鹿角劈下来,并不那么容易。喝醉了的奥罗兹库尔老是劈不准,越是劈不准,他越恼火。鹿头从木墩上落到地上。于是奥罗兹库尔就在地上劈起来。鹿头一再地蹦了开去,他就拿着斧头跟着劈去。

孩子打着哆嗦,每劈一下,他都不由自主地朝后一退,但是他又不能离开这里。就像做着一个噩梦,他被一种可怕的、不可理解的力量钉在了地上。他站在那里,感到十分惊愕:长角鹿妈妈那一动不动、毫无表情的眼睛竟一点也不理会斧头,眨都不眨一下,也不吓得眯起来。头早就在泥里、土里打了许多滚,可是眼睛还是清澈的,而且好像依然带着死时一声不响、呆然不动的惊愕神情望着世界。孩子真怕喝醉了的奥罗兹库尔劈到眼睛上。

鹿头还是纹丝不动。奥罗兹库尔越来越恼火,越来越蛮,他再不管那一套,不管是斧背还是斧刃,举起斧头朝鹿头上乱砸。

"你这样会把鹿角砸坏的。让我来!"谢大赫玛特走了过来。

"滚吧!我自己来!砸不坏的!"奥罗兹库尔一面抢着斧头,一面声嘶力竭地喊。

"好,那就随你的便吧。"谢大赫玛特吐了一口唾沫,朝自己家里走去。

那个粗壮的黑汉子跟着他走去,那人用麻袋背着自己分到的肉。

奥罗兹库尔酒后却特别固执,他继续在棚子外面劈长角鹿妈妈的头。看那架势,他好像是在报多年的冤仇。

"你这混账东西!"他口吐白沫,用靴子踢着鹿头,好像死鹿的头能够听见他说话似的。"哼,你休想捣蛋!"他抡起斧头,一斧又一斧地劈去。"要是制服不了你,我就改姓了。叫你试试看!试试看!"他猛力劈去。

鹿头破裂了,碎骨片四面飞去。

当斧头恰巧碰到眼睛时,孩子哇地叫了一声。

破裂的眼珠里迸出浓浓的黑汁。眼睛不亮了,没有了,眼窝空了……

"再硬的头我也能砸个稀巴烂!再硬的角我也能劈断!"奥罗兹库尔对无辜的鹿头感到说不出的恼怒和仇恨,还在不住地吼叫着。

终于,他把鹿的头顶骨和额头全劈开了。于是他扔下斧头,用脚将鹿头踩在地上,两只手抓住鹿角用野兽般的力气扭将起来。他拼命地撕扯,鹿角咔嚓咔嚓地响着,就像树根断裂时那样。这就是那一对角,孩子就是祈求长角鹿妈妈用这对角送一只神奇的摇篮给奥罗兹库尔和别盖伊姨妈的……

孩子感到一阵恶心。他转过身,手里的鹿腰子掉到地上。他慢慢地走了开去。他真怕自己会跌倒,或者当着别人的面一下子呕吐起来。他的脸煞白煞白的,额头上冒着黏糊糊的冷汗,来到铁锅旁边。铁锅底下的火正熊熊燃烧着,一团团的热气从锅里直往外冒,可怜的莫蒙爷爷依然背对着大家坐在那里烧火。孩子没有去惊动爷爷。他想快一点到被窝里躺下来,连头蒙起来。什么都不去看,什么都不去听。忘掉……

他迎面碰到了别盖伊姨妈。她打扮得很妖艳,但是,被奥罗兹库尔打得青一块紫一块的伤痕还留在脸上。她高兴得有点儿反常,她那瘦瘦的身影今天来来回回地跑个不停,为"大开荤"忙活着。

"你怎么啦?"她喊住了孩子。

"我头疼。"孩子说。

"哎呀,我的好孩子,你生起病来了。"她忽然动了感情,并且拼命地吻起他来。

她也喝得醉醺醺的,身上也发出叫人恶心的酒气。

"这孩子头疼起来了,"她心疼地说,"我的好孩子!你大概想吃点东西吧?"

"不,不想吃!我想睡觉。"

"那好吧,咱们走,我带你去睡觉。你干吗一个人孤单单地去睡觉?大伙儿都要上我家里热闹去。也有客人,也有咱们自己家里人。肉也烧好啦。"她便拉着他朝她家里走去。

当他们两个人从铁锅旁边走过时,浑身是汗、脸红得像红肿的乳房一样的奥罗兹库尔从棚子后面走了过来。他得意洋洋地把他劈下来的鹿角摔到莫蒙爷爷跟前。老人家欠起身来。

奥罗兹库尔没有望他,提起一桶水,朝自己直倒过来,一边喝,一边冲洗身子。

"你现在可以死了。"他停住喝水,说了这么一句,就又去喝水。

孩子听到爷爷轻声说：

"谢谢你了,孩子,谢谢你。现在死也不可怕了。当然啦,这是看得起我,孝敬我,所以……"

"我要回家去。"孩子觉得浑身无力。

别盖伊姨妈不依他。

"你一个人去躺着,多没意思。"她差不多硬把他拖到她家里。让他躺到角落里一张床上。

在奥罗兹库尔家里,一切都已经准备好了,就等着开席了。炖的,炒的,样样齐全。所有这一切,都是奶奶和古莉查玛忙活着做的。别盖伊姨妈就在家里和院子里肉锅之间奔跑着。奥罗兹库尔和粗壮的黑汉子科克泰靠在大花被上,腋下垫着枕头,品着茶,专等着大开荤。他们不知为什么一下子拿起了派头,觉得自己成了王公。谢大赫玛特不时地给他们斟茶。

孩子一声不响地躺在角落里,又拘束,又紧张。他又发冷了。他想爬起来走掉,但他怕自己一下床,就会呕吐起来。所以,他为了不叫哽在喉咙里的一团东西冲出来,憋得抽搐着。他一动都不敢动。

一会儿,女人们把谢大赫玛特叫出去。接着,他就用一只老大的搪瓷碗端着尖尖的一碗热气腾腾的鹿肉进了门。他好不容易把这碗肉端了进来,放到奥罗兹库尔和科克泰面前。女人们随后又送来各种各样吃的。

大家开始就座,刀叉和碟子也都摆好了。这时谢大赫玛特挨次给大家斟酒。

"今天我来当伏特加总指挥。"他指着角落里的几瓶酒,哈哈大笑。

最后来的是莫蒙爷爷。今天老头子的样子非常奇怪,而且显得比往常更为可怜。他想随便凑到边上坐坐,但是粗壮的黑汉子科克泰很慷慨地请他跟自己坐在一起。

"到这边坐,老人家。"

"谢谢。我们是家里人,随便坐坐好啦。"莫蒙想推却。

"但您总是最年长的,"科克泰一面这样说,一面拉他坐在自己和谢大赫玛特中间,"咱们干一杯,老人家,恭喜您这一次马到成功。该是您来开酒。"

莫蒙爷爷迟疑地咳嗽了几声,清了清嗓子。

"愿这一家过得和睦。"他好不容易说出这话,"孩子们,谁家过得和睦,谁家就幸福。"

"这话对,这话对!"大家一面附和,一面端起酒杯喝起来。

"您怎么啦?不行,这可不行!您祝女婿和女儿幸福,自己却不喝酒。"科克泰责备发窘的莫蒙爷爷说。

"好吧,既然是为了幸福,我有什么好说的。"老人家连忙说。

使大家惊异的是,他将几乎满满的一杯酒一饮而尽。他一阵头晕,头晃了几晃。

"这才像话!"

"我们这老头子跟人家老头子不同!"

"我们的老头子是好样的!"

大家都在笑,大家都很满意,大家都在夸老头子。

屋子里又热又闷。孩子躺在那里非常难受,他一直感到恶心。他合上眼睛躺着,听到喝得醉醺醺的一桌人在狼吞虎咽地吃长角鹿妈妈的肉,在吧嗒嘴,在咀嚼,在哼哧哼哧地倒气,还把好吃的肉块让来让去,还听到碰杯的声音、将啃光的骨头放到碗里的声音。

"真嫩,什么肉都比不上这种肉!"科克泰一面咂嘴,一面称赞说。

"住在山里不吃这种肉,我们可不是那样的傻瓜。"奥罗兹库尔说。

"这话不错,我们住在山里是干什么的?"谢大赫玛特附和说。

大家都在夸长角鹿妈妈的肉好吃:奶奶也在夸,别盖伊姨妈也在夸,古莉查玛在夸,连爷爷也在夸。他们也用碟子给孩子端了肉和别的吃食来,但是他不肯吃。他们看到他不舒服,也就随他了。

孩子躺在床上,将牙齿咬得紧紧的。他觉得这样就可以不吐出来。但是,最使他难受的是,他觉得自己没有本事,拿这些打死长角鹿妈妈的人毫无办法。他出于孩子的义愤,出于绝望,在想着各种各样的报仇办法。他在想,怎样才能惩治他们,让他们懂得他们是犯了不得了的大罪。但是,他实在想不出什么更好的办法,只好在心中暗暗地召唤库鲁别克前来相助。是的,只有叫那个穿水兵制服、在那个暴风雪的夜里跟许多年轻司机一起来运干草的小伙子来。这是孩子所认识的人当中唯一能制服奥罗兹库尔的人,只有他能当面给奥罗兹库尔一点颜色看看。

……听到孩子的召唤,库鲁别克开着卡车飞驰而来,他横挎冲锋枪跳出驾驶室:

"他们在哪里?"

"他们就在那里!"

两人一起朝奥罗兹库尔家里跑来,一脚踢开房门。

"不许动!把手举起来!"库鲁别克在门口端着冲锋枪厉声喝道。

大家都慌了神。全吓呆了,都坐在原地动不得了。鹿肉在他们的喉咙眼里卡住了。他们这些酒足饭饱的人,一个个脸上油光光的,嘴上油光光的,油光光的手里还拿着骨头,全都一动不动地愣在那里。

"你给我站起来,坏蛋!"库鲁别克拿冲锋枪抵住奥罗兹库尔的额头,奥罗兹库尔浑身打哆嗦,趴到库鲁别克的脚下,结结巴巴地说:

"饶……饶命,别打……打死我……我!"

但是库鲁别克不理他这一套。

"出去,坏蛋!你完蛋啦!"他朝奥罗兹库尔肉嘟嘟的屁股上狠狠地踢了一脚,奥罗兹库尔只得站起来,走出门去。

所有在场的人都吓坏了,全都一声不响地走到院子里。

"站到墙根前!"库鲁别克朝奥罗兹库尔喝道,"因为你打死了长角鹿妈妈,因为你劈掉了它挂摇篮的角,判你死罪!"

奥罗兹库尔趴到地上。一面爬,一面嚎哭、哀叫:

"别打死我吧,我连孩子都没有呢。我在这世界上只有一个人啊。我没有儿子,也没有女儿……"

他那种蛮横、霸道的样子完全不见了!简直成了一个胆小如鼠、低声下气的可怜虫。这样的家伙真不值得一枪。

"好吧,咱们就不打死他,"孩子对库鲁别克说,"可是,要叫这个人离开这里,永远不准回来。他待在这里没有好处。让他走吧。"

奥罗兹库尔站了起来,提了提裤子,连头也不敢回,就慌慌张张地连忙逃跑,跑得脸上的肥肉直哆嗦,连裤子都要掉了。但是库鲁别克喊住了他:

"站住!我们要最后告诉你几句话。你永远不会有孩子的。你是个又歹毒又下流的人。这里谁也不喜欢你。森林不喜欢你,每一棵树,甚至每一棵草都不喜欢你。你是法西斯!你滚吧,永远别回来。快点儿滚!"

奥罗兹库尔头也不回地跑了。

"嗖嗖……嗖嗖!"库鲁别克在他后面哈哈大笑,为了吓唬他,还举枪向空中打了两梭子。

孩子心满意足,高兴极了。等到奥罗兹库尔跑得没了影子,库鲁别克就对满脸羞臊地站在门口的所有其他人说:

"你们怎么跟这种人搞在一起?不觉得害臊吗?"

孩子觉得非常痛快。做坏事的人终于得到了应有的下场。而且他是那样相信自己的幻想,简直忘记了他这会儿在哪里,忘记了这会儿奥罗兹库尔家里正为什么在狂饮。

……一阵哄堂大笑,把他从美满的境界中拖了回来。他睁开眼睛,仔细听起来。莫蒙爷爷不在屋里。他大概到外面去了。女人们在收拾碗碟,准备端茶了。谢大赫玛特正在大声地讲着一件什么事情。坐在桌旁的人一面听,一面笑着。

"后来怎样?"

"快往下讲!"

"慢点儿,听我说,你讲,你要重讲一遍,"奥罗兹库尔一面笑得要死,一面要求说,"你是怎样对他说的?怎样吓唬他的?哎呀呀,真笑死人!"

"是这样的。"谢大赫玛特又乐滋滋地讲起他已经讲过一遍的事情,"我们当时骑着马朝鹿走去,鹿就站在树林边上,三头鹿都在那里。我们刚刚把马拴到树上,老头子就一下子拉住我的手,说:'咱们不能开枪打鹿啊。咱们都是布古人,都是长角鹿妈妈的孩子啊!'他望着我,那样子就像个小孩子。还拿眼睛恳求我。我简直要笑死了。可是,我没有笑。相反,我倒板起脸来,说:'你怎么,想坐牢是不是?'他说:'我不想。'我说:'这都是财主老爷们编造的神话,那是财主老爷们在他们掌权的黑暗时代,编出来吓唬穷苦老百姓的,你知道不知道?'他听了,张大了嘴巴,说:'你说什么?'我说:'我说的就是这个。你快别说这种鬼话了,要不然,我可不管你年纪这么大,我要写状子告你去。'"

"哈哈哈……"在座的人一齐大笑起来。

奥罗兹库尔的笑声比谁都响。他笑得非常开心。

"这样,后来我们就悄悄走了过去。要是别的野物,早就跑得不见影子了,可是这些呆头呆脑的鹿却不跑,好像不怕我们。我心想,这样才好呢,"喝得醉醺醺的谢大赫玛特连讲带吹,"我拿着枪走在前面。老头子跟在后面。这时,我忽然犹豫起来。我这一辈子连只麻雀都没打过呀。现在打鹿能行吗？我要是打不中，鹿朝森林里一跑，找都找不到。再也别想看到鹿的影子。鹿就会翻山跑掉。放掉这样的野味，谁又不觉得可惜呢？我们这老头子就是个好猎手，当年连熊都打过的。我就对他说：'把枪给你，老头子，你来打。'可是他怎么都不肯！他说：'你自己打吧。'我就对他说：'我喝醉了嘛。'我一面说，一面就摇晃起来，好像站都站不住了。他是看到咱们把木头从河里拖出来以后，一起喝过一瓶酒的。所以我就装做喝醉了。"

"哈哈哈……"

"我说：'我要是打不中，鹿就会跑掉，不会再回来了。咱们是不能空手回去的。这你是知道的。要不然，你就瞧着好啦。派咱们到这里来是干什么的？'他一声不响。也不接枪。我就说：'好，随你便吧。'我把枪一丢，做出要走的样子。他跟在我后面。我说：'我倒没什么，奥罗兹库尔要是撵我走，我就到农场干去。你这么大年纪到哪里去？'他还是一声不响。于是我就故意轻轻地唱了起来：

　　我骑红马下了红山，
　　叫一声穿红衣老板：
　　请你把门儿开开……"

"哈哈哈……"

"他相信我当真喝醉了。就走去拿枪。我也走了回去。在我们说话的工夫，三头鹿走远了一点儿。我说：'好啦，你看吧，鹿要是走掉了，就别想找到了。趁鹿还没有受惊,开枪吧。'老头子拿起了枪。我们就悄悄追上去。他像痴了一样,一个劲儿地嘟哝着:'原谅我吧,长角鹿妈妈,原谅我吧……'我就对他说:'你当心,如果打不中,你就跟鹿一起跑远些吧,最好就别回去了。'"

"哈哈哈……"

孩子闻着恶臭的酒气,听着大声的狂笑,感到越来越热,越来越闷。头又涨又跳,非常疼痛,简直像要炸开似的。他觉得好像有人在用脚踢他的头,用斧头劈他的头。他觉得好像有人拿斧头对准他的眼睛,于是他把头晃来晃去,拼命躲避。他正烧得浑身无力,忽然又掉进冰冷冰冷的河里。他变成了一条鱼。尾巴、身子、翅膀——都是鱼的,只有头还是自己的,而且还在疼。他在宁静、昏暗、冰冷的水底游了起来,并且在想,现在他要永远做一条鱼,再也不回山里来了。"我不回来了,"他自言自语地说,"还是做鱼好,还是做鱼好……"

谁也没有注意,孩子从床上爬下来,走出了屋子。他刚刚转过屋角,就呕吐起来。他扶住墙,呻吟着,哭着,并且含着眼泪抽抽搭搭地嘟哝说:

"我还是变成鱼好。我要游走,离开这里。我还是变成鱼好。"

在奥罗兹库尔家里,醉汉们在狂笑,在叫闹。孩子听到这种疯狂的笑声,就如雷轰顶,觉得非常痛苦和难过。他觉得,他身上难受,就是因为听到了这种奇怪而可怕的笑声。他歇了一会儿,就迈步朝外走。院子里空荡荡的。在已经熄了火的肉锅旁边,孩子撞在醉得像死人一样的莫蒙爷爷身上。爷爷躺在灰土里,跟长角鹿妈妈被劈下来的角在一起。狗在啃着鹿头的碎块。再就没有别的人了。

孩子弯下身,摇了摇爷爷的肩膀。

"爷爷,咱们回家去,"他说,"回家去吧。"

老人家没有回答,他什么都听不见,他连头也抬不起来。而且,他又能回答什么,说什么呢?

"快起来吧,爷爷,咱们回家去。"孩子说。

谁知他那孩子的头脑是否懂得,莫蒙爷爷躺在这里,是在为自己那长角鹿妈妈的故事的幻灭而痛心;是否懂得,是爷爷违心地背弃了自己要他终生信奉的东西,背弃了祖先的遗训,背弃了良心和自己珍贵的信念,而干这种事是为了自己苦命的女儿,也是为了他这个外孙……

现在,老人家因为痛苦难支,羞愧得无地自容,才像死人一样脸朝下躺在这里,不答应孩子的呼唤。

孩子在爷爷身边蹲了下来,想把爷爷弄醒。

"爷爷,抬起头来呀。"他唤道。孩子脸色煞白,动作软弱无力,手和嘴唇都在打哆嗦。"爷爷,是我呀。你听见没有?"他说,"我好难受啊。"他哭了起来,"我头疼,好疼啊。"

老人家呻吟起来,动弹了一下,但还是没有清醒过来。

"爷爷,库鲁别克会来吗?"孩子突然含着眼泪问道。"你说,库鲁别克会来吗?"他缠着爷爷问。

他终于使爷爷侧过身来,当老人家那沾满了泥和土、只有乱糟糟几根胡子的醉脸出现在他眼前时,他浑身发抖。孩子此刻好像看到了刚才被奥罗兹库尔劈碎的白色母鹿的头。孩子吓得往后一跳,他一面朝后退,一面说:

"我要变鱼。你听我说,爷爷,我要游走了。要是库鲁别克来了,你就告诉他,我已经变鱼了。"

老人家什么也没有回答。

孩子摇摇晃晃地朝前走去。走到河边。径直跨进水里……

谁也不知道孩子变了鱼顺着河游走了。院子里响起醉汉的歌声:

> 我骑骆驼下驼背山,
> 叫一声驼背的老板:
> 请你把门儿开开,
> 快点儿把苦酒拿来……

你游走了。你没有等库鲁别克来。非常遗憾,你没有等库鲁别克来。为什么你不朝大路上跑呢?要是你在大路上多跑些时候,你一定会遇上他的。你老远就能认出他的汽车。你只要招一招手,他马上就会停下车子。

"你往哪里去?"库鲁别克会问。

"我来找你!"你就这样回答。

他就会让你坐进驾驶室。你们就乘车前进。你和库鲁别克就在一起了。前面大路上还奔跑着谁也看不见的长角鹿妈妈。但你是能看见它的。

可是你游走了。你知道吗,你永远也变不成鱼。你也游不到伊塞克湖,看不到白轮船,不能对白轮船说:"你好,白轮船,我来了!"

现在我只能说一点:你摒弃了你那孩子的心不能容忍

的东西。这就是我的安慰。你短暂的一生,就像闪电,亮了一下,就熄灭了。但闪电是能照亮天空的。而天空是永恒的。这也是我的安慰。

使我感到安慰的还有,人是有童心的,就像种子有胚芽一样。没有胚芽,种子是不能生长的。不管世界上有什么在等待着我们,只要有人出生和死亡,真理就永远存在……

孩子,在同你告别的时候,我要把你的话再说一遍:"你好,白轮船,我来了!"

力冈 译

(译自苏联儿童文学出版社 1980 年版《白轮船》)

早来的鹤

写给儿子阿斯卡尔

阿克赛、柯克赛、萨雷赛——我走遍了这些地方,
哪里也找不到像你这样美丽的姑娘……
——吉尔吉斯民歌

*　　*　　*

有报信的来见约伯说:
"有人用剑刺杀了少年卫士……"①
——摘自《约伯记》

*　　*　　*

农夫一遍又一遍地耕地,
年复一年把种籽撒在土里,
苍天送来一次又一次的甘露……
…………

---

① 见《圣经·旧约全书·约伯记》第一章。

人们满怀着希望耕地，

人们满怀着希望播种，

人们满怀着希望出海……

——摘自古印度文学作品《上座僧伽他》

（公元 527—536 年）

一

英卡玛尔老师身上裹着编织粗糙的毛披巾，脸色冻得发紫，她正在上地理课，讲的是锡兰这个离印度海岸不远的神话般的岛国。在学生的地图上，这个锡兰就像是从大陆挤出来的一滴水。可是在那里，像什么猴子、大象、香蕉（一种水果）、世界上最好的茶叶、各种各样千奇百怪的果子和人们从未见过的植物应有尽有，听了真叫人惊诧不已。但是最令人羡慕的还是那里的炎热气候。人们住在这样的国度里，一年四季都不用穿皮靴，戴皮帽，打裹腿，穿皮袄，更无需积薪取暖。既然如此，也就无需到野外去打柴，无需弯着腰把一个个死沉死沉的柴捆背回家去。这才叫真正的生活呢！人们随心所欲地走来走去，愿意晒太阳就晒太阳，不然就到树荫下去乘凉。锡兰无论白天黑夜都很暖和、美好，一年四季都是夏天。想洗澡，就任你洗好了，哪怕从早洗到晚也可以。洗腻了，可以赶鸵鸟玩，那里有鸵鸟，那里一定有鸵鸟，除了那里，哪儿还会有这种又大又笨的鸟呢？聪明的鸟锡兰当然也有，比如鹦鹉。想要鹦鹉，可以捉一只来，教它唱歌、欢笑和跳舞。鹦鹉这种鸟呀，它什么都会。

听人说,还有会念书的鹦鹉呢。村里就有人在江布尔集市上亲眼见过会念书的鹦鹉。有人把一张报纸送到鹦鹉跟前,它念得可快啦,一点也不打奔儿……

是啊,锡兰什么都有,什么奇迹都出。在这样的国度里,可以无忧无虑地生活。要紧的是别让庄园主老爷碰到你。庄园主手执皮鞭走来走去。他把锡兰人当作奴隶,动辄用皮鞭抽打他们。这个霸王!嘿,应该扇他两个耳光,叫他两眼冒金星。要夺下他手中的皮鞭,叫他自己劳动。对剥削者和其他形形色色的资本家不能有一丝怜悯,不能有任何讨价还价的余地:让他们自己劳动养活自己!法西斯分子就是从这些剥削者和资本家变来的,这是人所共知的事实……战争也是由这里产生的……村里已经有多少人在前线牺牲。母亲天天都在流泪,什么也不说,只知道哭,担心父亲会被打死。她还对邻家的大婶说,一旦丈夫被打死,她带着四个孩子该怎么活呀……

英卡玛尔在寒冷的教室里瑟缩着,耐心地等孩子们的一阵咳嗽声过去之后,才又继续讲锡兰,讲海洋和热带国家。苏尔坦穆拉特半信半疑地听着老师讲课(那些地区太美妙,太好啦),他为自己没能住在锡兰而深感惋惜。"住在那里才叫生活哩!"他边想边斜睨窗外。他干这个是老手了。表面上他好像是两眼注视着老师,实际上却在欣赏窗外的景致。不过窗外也没有什么可看的,依然是阴晦的下雪天气。外边正唰唰地下着冻硬的雪糁。雪糁打在玻璃窗上,发出沉闷的声响。玻璃上结下了冰花,窗户变得模糊起来。窗扇上的玻璃腻子冻得鼓鼓的,有些掉在被墨水弄脏的窗台上。"在锡兰恐怕不需要玻璃腻子吧,"他想,"要它干什么呢?窗户不需要了,连房子也不需要了。只要随便搭个窝棚,用树叶盖好就可以住了……"

风不断从窗户吹进来,连从窗缝里吹进来的声音都能听到,临窗的右半边身子冷极了。只好忍耐着。是英卡玛尔老师叫他坐在靠近窗口的地方。她说:"苏尔坦穆拉特,班上就数你身体好,能挺得住。"而在过去,在寒季还未到来以前,这个位子是梅尔札古丽坐的,后来老师叫她坐在苏尔坦穆拉特的坐位上,那里风不这么厉害。不过还是让她坐在这张课桌旁好。反正有苏尔坦穆拉特给她挡风。坐在一起该有多好。可是现在,课间休息的时候,苏尔坦穆拉特只要走到她跟前,她就脸红。和别人说说笑笑的没事,但只要他一过来,她就腼腆地跑开。又不能老是追着她。别人会笑话。这些女孩子一个个都能说会编。只要看到他们在一起,马上就会有"苏尔坦穆拉特+梅尔札古丽=一对恋人"的字条满天飞。要是两人同坐一张课桌,谁也没话可说了……

窗外雪花飞舞。雪下个不停……在天气晴和的日子,从教室里往外看,四外的群山看得清清楚楚。学校高高地坐落在村头的山崖上。村子在下,学校在上。所以,从这里极目远眺,远处的雪峰一览无余。可现在,雪山阴森森的轮廓在灰蒙蒙的雪雾中依稀可辨。

脚冻僵了,手也冻僵了。连脊背也感到冷冰冰的。教室里冷得要命!战争爆发以前,学校里烧的是晒干的羊粪块。这种粪块和煤一样燃得很旺。现在烧的是麦秸。麦秸放在炉子里只是嗡嗡地响一阵,但不暖和。过一两天连麦秸也烧完了。就只剩下一堆草灰。

很可惜,塔拉斯山区没有热带国家的那种气候。如果也是热带气候,生活就会是另一个样子。可以自己养大象,骑着大象走来走去,就跟骑牛一样。没有什么可怕的!他要第一个骑在大象上,骑在两只耳朵之间的头顶上,像课本里画的那样,然后在村子里来回走一趟。每到一处村里的人一定会嚷嚷:"大家快来看呀,别克拜依的儿子苏尔坦穆拉特骑着大象呢!"也让梅尔扎古丽观赏一番,她会感到后悔的……好像真是一个了不起的美人儿似的!凑不到跟前去。他还要养一只猴子和一只会读报纸的鹦鹉。也让它们骑在象背上,就骑在他的身背后。象背上地方大得很,全班的同学都能坐得下。这是千真万确的!这不是听别人说,是他亲眼见过的。

苏尔坦穆拉特亲眼见过真正的大象,这是大家都知道的,他还见过真猴子和其他野兽。这件事全村人都知道,他自己给他们讲过多次。是的,他当时真是三生有幸……

他生活中这一难忘的事件发生在战争爆发的前一年。也是夏天,正赶上割草的季节。那年他父亲别克拜依从江布尔市往当地农业机器站的油库运油。这次运输是由各个农庄分摊车马搞的。父亲爱开玩笑,老吹嘘自己说:我不是个普通的车把式,而是一个金不换,——我、我的马和马车,从国库为集体农庄搞到一笔可观的收入。他还说:我在为集体农庄赚取钞票,所以会计只要看见我,总要下马向我致敬……

父亲的马车是专门按运煤油的要求装备的。没有车身,只有四个轮子和两只固定在垫板座上的大铁桶,前面是车把式的坐位。这就是整挂马车。车把式的坐位上最多只能坐两个人,三个就坐不下了。不过,用来拉车的牲口却是最好的。父亲使的这两匹马长得膘肥体壮,拉起车来也是敏捷轻快。

这两匹马就是杂灰色的恰勃达尔和枣红色的琼托鲁。马具也很合身,就像是定做的一样。轭和挽索都是用公家卖的牛皮制成,还涂了沥青。怎么扯也扯不断。要不怎么能应付得了这种长途运输呢。父亲喜欢把东西做得扎扎实实,把事情办得稳稳妥妥。他的马无论什么时候都跑得很好。恰勃达尔和琼托鲁跑起来很合拍,用劲大小一样,扬着头,在齐步平稳的前进中晃动着身子,那模样真像两尾并排畅游的大鱼,好看极了!一听车轮声人们打老远就能认出来:"这是别克拜依赶车到江布尔去了。"一个来回只要两天。别克拜依回到家,还是那么精神,好像根本没跑过一百多公里。大家都感到惊讶:"别克拜依的车跑起来跟火车一样!"人们的惊讶不是没有道理的。那些疲惫和懒散的马从车轮子的响声便能听出来。只要从你身旁走过,就会让人打心眼儿里感到厌恶。而别克拜依的马从来不知疲倦。大概就因为这个缘故,碰到紧要的出车任务就都派他。

就在前年刚刚考完试,放暑假的时候,有一次父亲说:

"想进城吗?我带你去。"

苏尔坦穆拉特高兴得差点喘不过气来了。怎么能不高兴呢!父亲怎么猜得出他早就想进城去逛一逛呢!他可是一次也没去过城里。这回太好了!

"不过,你可不要乱喊乱嚷,"父亲扮了个鬼脸,"要不弟弟和妹妹们闹起来,你也去不成了。"

这话说得对。比他小三岁的弟弟阿孜穆拉特凡事从来不让人,脾气倔得像毛驴一样。父亲在家里的时候,他老是围着父亲转,不许别人走近父亲一步。好像父亲就有他一个儿子,别人都不算数。两个妹妹那时候还很小,她们有时也哭着要找父亲。连邻居都纳闷,为什么小儿子老是缠着父亲不放手。骨瘦如柴、嗓音咿咿呀呀的阿鲁康奶奶脾气大,大家都怕她。有好几次她用粗拉拉的手指揪住阿孜穆拉特的耳朵警告说:

"唉,你这个淘气包,整天缠着父亲不放,这可是不吉利呀!天底下要遭大灾了!哪有男孩子对活着的父亲这样难分难舍的!这是什么孩子?唉,你们记住我的话好了,他在给我们大家招灾!"

母亲听到这些话,喃喃地啐了几口,打了一下阿孜穆拉特的后脑勺,但不敢和阿鲁康奶奶犟嘴。大家都怕她三分。

阿鲁康奶奶的话果然没有白说。灾难终于降临了。阿孜穆拉特怪可怜的。他长大了,已经念三年级。他尽力掩饰自己的感情,不露声色,尤其在母亲面前更是这样。可实际上他天天都在盼望父亲快点从战场归来。晚上躺下睡觉的时候,他像大人一样低声做晚祷:"真主保佑,但愿父亲明天回来。"天天都是如此。真古怪。他以为睡着以后,醒来一切都会改观,奇迹定会出现!

要是父亲能平安无事地从战场上回来,就让父亲完全属于阿孜穆拉特,整天抱着他,让他骑在脖子上好了。但愿父亲回来。只要父亲能活着回来,这幸福就足够苏尔坦穆拉特享用的了。父亲要能回来就好了。

这时,苏尔坦穆拉特多么想让当年父亲从楚依运河返回家园的情景在家里重现啊。父亲是前年夏天到运河工地去的,也是赶着车,整个夏天和秋天在那里拉了足足五个月的土。还当上了斯达汉诺夫工作者。

父亲是傍晚到家的。院子里突然响起车轮声,马儿打着响鼻。孩子们一跃而起。父亲!父亲又瘦又黑,活像个茨冈人,满脸胡子拉碴。身上穿的那套衣服,后来母亲说,简直像个流浪汉。只有脚上的皮靴是新的,铬鞣革的。阿孜穆拉特第一个跑过去,搂住父亲的脖子,紧紧地搂着,一直没有松手。一边还上气不接下气地哭起来,嘴里翻来覆去地说:

"爸爸,我亲爱的爸爸,爸爸,亲爱的爸爸……"

父亲搂住他,眼里也涌出了泪水。这时,邻居们也都跑过来了。他们看到这个场面,也都热泪盈眶。母亲很不好意思,但又非常高兴地在一旁转来转去,想叫阿孜穆拉特放开父亲:

"你把父亲放开吧!行了。这里又不是你一个人。也让别人向你父亲问个好。你这个孩子也太不懂事了。天哪,你看来了多少人要向你父亲问好……"

可阿孜穆拉特说什么也不撒手……

苏尔坦穆拉特觉得有一团热乎乎、软叽叽的东西从心头涌起,直涌上喉头,嘴里有一股咸味。他还说过自己从来不哭呢。苏尔坦穆拉特马上抑制住自己,振作起来……

英卡玛尔老师在继续讲地理课。她现在已经在向孩子们介绍爪哇、加里曼丹和澳大利亚。这些也都是好地方,一年四季都过夏天。有鳄鱼、猴子、棕榈树,还有各种各样闻所未闻的奇花珍兽。袋鼠可是最奇妙的动物!它把小袋鼠放在肚皮上面的袋子里跑来跑去。袋鼠这玩意儿是老师编出来的吧,也许,还真是大自然的奇迹……

苏尔坦穆拉特没见过袋鼠。没见过就是没见过嘛。真可惜。不过大象、猴子和其他动物他倒见过,而且是离得很近,一伸手就能摸着……

就在父亲说要带他进城的那天,苏尔坦穆拉特真不知怎么才好。他急不可耐,喜出望外,可是不能把这件事告诉任何人。要是叫阿孜穆拉特知道了,他一定会大哭一场:为什么他苏尔坦穆拉特能去,我就不能去?为什么父亲只带他,不带我?你跟他怎么说呢?就这样,他为明天进城欢欣雀跃,迫不及待,与此同时也觉得对不起弟弟。但不管怎样,他还是很想把明天进城的事告诉弟弟和妹妹们,很想向他们说明内心的喜悦。只是父亲,尤其母亲再三叮嘱他不要这样做。等他走了以后,再告诉他们吧,这样更好些。他好不容易才抑制住自己,始终守口如瓶。这一秘密把他折磨得好苦。可是他那天破天荒第一次变得又勤快,又热心,对谁都那么和蔼可亲。见活就干,到处他都要插上一手。一会儿赶着牛犊到新的地方去放牧,一会儿到菜园里给马铃薯培土,一会儿又帮着母亲洗衣服,给摔在泥里的小妹妹阿尔玛泰洗脸洗手,还做了很多很多其他活儿。总之,那天苏尔坦穆拉特表现得格外卖劲儿,弄得母亲直摇头,忍不住噗哧笑起来。

"你今天是怎么了?"母亲止住笑说,"要总是这样该有多好!千万可别招灾啊!要不,还是别让你进城吧?你可是我难得的好帮手哩。"

不过,母亲也只是随便说说罢了。她发好面,做了许多给他们路上吃的烤饼和其他各种吃食。还炼了一瓶黄油,也是准备给他们路上吃的。

傍晚,全家人围着茶炊喝茶,吃着热腾腾的烤饼和酸奶油。他们坐在院子水渠旁边的苹果树下,父亲坐在阿孜穆拉特和妹妹中间,母亲在一旁倒茶,苏尔坦穆拉特乐呵呵地递着茶碗,往茶炊里加木炭,心里却在想,明天就在城里了。父亲给他使了两三次眼色。不仅如此,还当着全家人的面把弟弟取笑了一番。

"怎么样,阿孜卡,"父亲边喝茶,边对弟弟说,"你还没有把你那个黑鬃驴驯好吗?"

"没有呢,爸爸,"阿孜穆拉特诉起苦来,"它坏透了。整天像小狗一样跟着我。我给它草吃,给它水喝,有一次它甚至跑到学校去了。就站在窗户下面,等我下课出来,全班同学都看见了。还不让人骑,你要骑上去,它就把你摔下来,还踢人呢……"

"怎么,就找不到人帮你好好地驯服一下?"父亲像是顺便地埋怨了一句。

"我来帮你,阿孜卡,"苏尔坦穆拉特自告奋勇说,"一定帮你驯好……"

"乌拉——!"弟弟腾地站起来,"走吧!"

"回来!"母亲把他叫了回来,"坐好,忙个啥?先像大人一样喝完茶,然后再去也不晚。"

他们说的是那头两岁口的小毛驴,阿孜穆拉特可心疼它了。还是那年春天努尔加孜大舅送给他们的。到了夏天,毛驴长得又高又壮实。现在该是好好地驯一下这个大耳朵家伙的时候了,得教会它驮人,教会它干一些活儿。家务活总得有一头毛驴——帮着上磨坊啦,驮柴火啦,运些旁的东西啦。所以,努尔加孜大舅就送给他们这头毛驴。但从第一天起,阿孜穆拉特就把它独占了。这个固执顽皮的孩子整天围着毛驴转,细心照料和看管,不许别人靠近一步。谁要是想插手,他就大叫大嚷:不许动毛驴!我自己给它喂料,我自己给它水喝。有一次,兄弟俩还为毛驴打了一架。苏尔坦穆拉特揍了弟弟,结果挨了母亲一顿好克。从此以后他就一直怀恨在心。等到该驯毛驴的时候,他把手一甩,根本不问不管:既然毛驴是你的,你就自个儿驯好了,别求我,才不干我的事呢。虽说苏尔坦穆拉特是驯牲口的好手,他从小就掌握了这套本领。他喜欢训练没有驯过的马。这真是一场谁胜谁负的斗争。街坊四邻的马驹呀,牛犊呀,小毛驴呀,总是由他来驯。驯服这些小牲畜,通常得找那些手脚麻利的男孩子。大人身子沉,干这种活是不适宜的。人们总是客客气气地来请苏尔坦穆拉特:"苏尔坦穆拉特,亲爱的,等你有空来帮我们驯驯那头公牛犊吧。"或者:"苏尔坦卡,亲爱的,请你把我们那头小叫驴整治整治吧。背上连挨都不叫挨一下,又咬人,又打架。只有你才能降服它……"

瞧,苏尔坦穆拉特享有多高的声望,而当自己的亲弟两次从他心爱的小毛驴背上摔下来,脑门儿上磕得青一块紫一块时,他却拒绝他的要求,讥笑他,挖苦他,故意气阿孜穆拉特说:

"让它像条狗一样老跟着你!往后可有你好受的日子呢!"

唉,当时真不该拒绝。当父亲给他暗示以后,他才明白。当哥哥的还报复自己的弟弟,用的又是最不体面的办法,他可真浑啊。而眼下,他就要进城了,弟弟却还蒙在鼓里,他真是既内疚,又后悔,很想请弟弟原谅自己,愿意为他尽力效劳。

喝完茶,父子三人一起来到菜园后面的一块草坪上,一起先把四周围的石头捡起来,把它们扔得远远的。然后给黑鬃驴(阿孜穆拉特替自己的小毛驴起了这样一个庄重的美名)戴上铁嚼子。父亲紧紧抓住黑鬃驴的两只耳朵,苏尔坦穆拉特灵巧地给它套上了笼头。

然后他紧了紧裤带,——这差事可不容易啊。于是,一场马戏表演便开始了。黑鬃驴因为在阿孜穆拉特的监护下自由放纵惯了,养成了不少毛病。苏尔坦穆拉特刚一骑上去,它就尥蹶子,颠屁股,左蹦右跳。这个长耳朵的家伙是最善于把背上的人摔下来的。可它那一套在这儿不灵了。苏尔坦穆拉特跌了下来,但他又立刻站起来,一个箭步蹿上去,身子紧紧地贴在驴背上,然后马上坐起来。驴又狂暴地跳起来,苏尔坦穆拉特又一次摔下来,又跃跃欲试地想法子了……

苏尔坦穆拉特干这个显得灵活自如,甚至非常高兴。

关键在于要懂得该怎么摔!为什么人们说,从毛驴背上摔下来要比从马或骆驼背上摔下来重得多呢?看起来好像应该是恰恰相反。这里面有一点诀窍:摔的时候要两手着地。从马背上摔下来,更不用说骆驼背上了,来得及判定方向。没有经验的骑手从毛驴背上摔下来就像一个麻包,还弄不清是怎么回事,就已经滚下来了……

苏尔坦穆拉特有这方面的亲身经验。完全不必为他担心。他们三人闹呀,笑呀,叫呀,父亲手捧肚皮,笑得眼泪都流出来了。不少男孩子闻声赶来,其中一个还带来一只小狗,它也想来凑凑这个热闹,于是汪汪叫着跟在黑鬃驴后面跑起来,吓得毛驴跑得更欢了。苏尔坦穆拉特呢,他却像一个后援会①的会员一样,给大家表演起"特级骑术"来,令人惊叹不已。他骑在黑鬃驴背上跑着,跳下来,再蹿上去,跳下来,再蹿上去。

战前后援会的骑手们就是这样在村苏维埃附近的一片草场上操练的。村里的骑手就在下工以后练。他们策马奔驰,挥刀斩树枝,还边跑边从马背上跳下来,再跳上去。给他们颁发了奖章。这些奖章都很漂亮,有的挂在链子上,有的是用螺丝固定的。孩子们看了真眼热。只要后援会会员们练习,他们总要跑来观看。如今,这些后援会会员在哪里呢?骑在马上,还是蹲在堑壕里?有人说,现在打仗用不着骑兵了……

---

① 即苏联国防航空化学建设后援会,系苏联公民自愿组成的群众组织,存在于一九二七至一九四八年,宗旨在于帮助军队对公民进行军事训练和培养他们的苏维埃爱国主义精神。

苏尔坦穆拉特向窗外瞟了一眼,心想,一到冬天马匹会冻坏的,坦克却不怕寒。不过,说来说去还是马好!

……那时候还真是挺开心的。很快黑鬃驴就被驯服了。它已经听吆喝了:要它慢就慢,要它快就快,要它绕圈不直走,要它直走不绕圈……

"现在你骑上吧,"苏尔坦穆拉特对弟弟说,"骑上走吧,保险没事了!"

阿孜穆拉特骑在驴背上很得意,满脸变得通红,他用脚跟磕了一下驴肚子,驴在草地上跑来跑去。大家现在都看见了,他亲哥哥多有本事,怎么能不炫耀炫耀呢!

已经是傍晚时分,但天还很亮,好久都暗不下来。他们回到家里都已精疲力尽,不过心里却感到很满意。阿孜穆拉特骑着毛驴走进院子,好让母亲看看。

后来,无忧无虑的阿孜穆拉特很快就倒下睡着了。苏尔坦穆拉特可总也睡不着。他在想着明天进城的事,他在城里会看到些什么,会有些什么在等着他呢。快要入睡的时候,他听到父亲和母亲在低声交谈。

"我本想把老二也带上,弟兄俩在一起会更高兴,"父亲说,"但就是这辆破车坐不下三个人。我们都是坐在车前边,紧挨着油桶。路又那么远,老二一打瞌睡就会栽下车去的。"

"那怎么行呢!"母亲吓坏了,"可千万不能带他去,无论如何也不行,"她小声说,"下一次吧。等长大了再带他去也不迟。苏尔坦穆拉特你也得好好看着。你以为他长大了,其实呀……"

苏尔坦穆拉特听着父母的悄声细语,想到明天大清早他和父亲就要进城,心里美滋滋的,香甜地进入了梦乡……

就在快要入睡的时候,他似乎感到一种在天空中翱翔的不可名状的喜悦心情,高兴得仿佛心都不跳了。奇怪,他是从哪里知道应该怎样飞呢。人能走,能跑,能游水。可他却在半空中翱翔,而且飞得和鸟儿全不一样。鸟儿鼓动双翅,他却只展开双臂,手指尖儿动动就飞起来了。他在寂静无声、"充满希望"的广袤空间里平稳地、无拘无束地遨游,不知是从哪儿飞来,也不知飞往哪里去……时而感到心往神驰,时而又觉得自己在梦中长大。

父亲轻轻碰了碰他的肩膀,嘴紧贴着他的耳朵小声说:"起来吧,苏尔坦穆拉特,该上路了。"

苏尔坦穆拉特顿时醒来。就在他腾地要跳起来之前的一刹那,他的耳郭触到父亲扎人的胡须,连同父亲对他说的这句话,使他心潮起伏,激起他对父亲的眷恋和感激之情。当时他并没有想到,有朝一日他将怀着忧郁和悲痛的心情回忆触到父亲的胡须和父亲说过"起来吧,苏尔坦穆拉特,该上路了"这句话。

母亲早就起来了。她把一件洗得干干净净的衬衫,把去年父亲从楚依运河带回来的一顶军官们常戴的绿色制帽和一双保存得很好的皮鞋递给苏尔坦穆拉特。

"穿上试试看,夹不夹脚呀?"母亲问的是皮鞋。

"不,不夹脚。"苏尔坦穆拉特回答说。虽说皮鞋有点夹脚,不过没关系,穿穿就会撑大的。

他们告别了母亲,赶车出了院子。当辘辘作响的拉油车驶过石砌的大水渠时,他的心怦怦直跳。一半由于兴奋,一半由于马蹄溅起的凉飕飕的水花,他哆嗦了一下,缩作一团。他明白,这不是做梦,而是当真往城里去了。

这是一个夏日的黎明,曙色初露,清澈欲滴。太阳还在远远的雪山背后,但却喷薄欲出,冉冉上升,越来越接近山顶,即将放射出万道霞光。大路上十分幽静,清新的空气里带有夜晚的凉意。真可惜,孩子们谁也没看到他和父亲驾车出村的情景。只有几只狗在村头半睡不醒地对着辘辘的车轮声吠了几下……

大路顺着小山岗向一片草原,向远处幽暗的、淡紫色的、低矮的群山伸展开去。远远的群山背后就是他们要去的江布尔市。

两匹膘肥体壮的马十分带劲地迈着均匀的步子在大路上小跑,它们只顾奔跑,习惯地打着响鼻,抖动着垂到眼前的额鬃,全然不顾马具对它们的束缚。它们拉着油车在这条路上来回走了不知有多少回,所以很熟悉这条路;主人还坐在原来的地方,手里握着缰绳,虽然旁边坐着一个孩子,但他也是自家人,所以这对它们丝毫没有影响……

就这样,他们坐着的那辆油车快速地向前驶去,并且和世界上的所有的马车一样,发出咯噔咯噔的响声。这时,太阳已从侧面的两座山之间冉冉升起。温馨的阳光像气浪一样怡然而又柔和地飘洒在汗津津的马背上,恰勃达尔如今变得一身杂灰色,像鹌鹑蛋的颜色一模一样,琼托鲁的身上更亮了,一身淡红颜色;温暖的阳光洒在父亲古铜色的面颊上,他眯缝的眼睛上皱纹显得更深了,握着缰绳的双手也变得更大,更显得青筋嶙嶙;温暖的阳光投到大路上,闪烁在马蹄下,随着奔驰的马车向前移动;温暖的阳光渗入身体,渗入眼睛;温暖的阳光使大地万物生机勃勃……

那天早晨,苏尔坦穆拉特一路上感到无拘无束,分外高兴。

"怎么样,睡醒了吧?"父亲开玩笑说。

"早就醒了。"儿子回答。

"那就拉着吧。"父亲把缰绳交给他。

苏尔坦穆拉特感激地一笑,他早就迫不及待地等着这一刻了。本来自己也可以提出要求,但最好还是等父亲认为可行时交给他为好,因为这不是闹着玩儿的,这是在大路上赶马车。两匹马察觉到缰绳已经易手,不满地耷拉着耳朵,边跑边互相撕咬了一下,似乎要利用主人放松监督的机会打一架。但苏尔坦穆拉特马上决定要给它们点厉害瞧瞧,——他使劲拉了一下缰绳,喝道:

"哎,老实点!看我收拾你们!"

如果一个人的幸福不是存在于过去和将来,而只存在于当时,那么苏尔坦穆拉特在那天进城的路上可以说充分领略了幸福的滋味。那天,他心里甚至没有过片刻的沮丧。他坐在父亲身旁,感到无限的自豪,一路上都是美滋滋的。换了别人,一定会被吱吱咂咂的油车搞得头昏脑涨,可这对他却宛如幸福的钟声,悦耳动听。马车后面高高扬起的尘埃,车轮辘辘辗过的大道,把蹄子踏得嘚嘚响的两匹齐头并进的跑马,一副油光锃亮、散发出汗味和油味的辔头,高高地在头顶上飘动的轻纱似的白云,周围已经成熟但尚未枯萎的黄色、蓝色和紫色花草,马车经过处往四处横溢的水渠和小溪,迎面而来的车马,在道旁箭一般飞来飞去,有时几乎碰到马头上的银燕,所有这一切都充满了幸福,显得那样绚丽多彩。但他并不去想这些,因为当人幸福的时候,他是不会再向往幸福的。他觉得这个世界是再好不过的了。他父亲就是世界上最好的人。

听,甚至那些黄肚黑头的野鸟一路上都在刺蓬和灌木丛里不停地啼啭,像是在反复唱一支十分熟悉的小曲。它们知道这是在为谁歌唱。它们是知道的,苏尔坦穆拉特多么喜欢它们啊。这种鸟叫萨拉依格尔①,因为它们一辈子都在用自己的啁啾催赶着黄骠马:"啾,啾,萨拉依格尔!啾,啾,萨拉依格尔!"这些萨拉依格尔还真是一些怪鸟。原来在不同的语言里,它们唱的意思就不一样。一次村里来了个放电影的,是个快活的俄罗斯小伙子。苏尔坦穆拉特老在他眼前打转,帮他搬胶片盒,因此晚上就让他第一个去摇手摇发电机。发电机里产生了电流,点燃了灯泡,灯光投射到白墙上,这就是银幕,而在银幕上出现了活动的画面。

这时电影放映员侧耳细听了一会儿,问道:

"这是什么鸟老在篱笆墙外聒噪?"

"这是萨拉依格尔。"苏尔坦穆拉特向他解释说。

"它在唱些什么呢?"

"啾,啾,萨拉依格尔!"

---

① 吉尔吉斯语:黄骠马。

"这是什么意思?"

"不知道。照俄语理解应当是:'驾,驾,黄鬃马!'"

"第一,马没有黄鬃的,不过就假定有这么一回事吧。那干吗老是'啾,啾,萨拉依格尔!'呢?"

"因为这只鸟以为,它是骑着黄鬃马去参加婚礼,走啊,走啊,可老走也走不到,所以它叫:'啾,啾,萨拉依格尔!'"

"我听到的却是另一个意思。好像是鸟儿在集市上玩牌。它差点儿就要把三卢布赢到手了。所以它就唱:'差点儿①,差点儿赢到三卢布!'它就这样一直唱呀,唱呀,一直唱到三卢布到手才罢休。"

"什么时候才能赢到手呢?"

"永远也赢不来了。正如它永远也赶不上婚礼一样。"

"真有意思……"

确实,看外表这种鸟一点也不起眼,没想到还有点名气呢。

萨拉依格尔唱了一路。苏尔坦穆拉特对它们笑着说:

"和我们一块儿走吧,到集市上我们去把那三卢布赢过来!"

鸟儿呢,老是这样啁啾个不停:"啾,啾,萨拉依格尔!"要不就是:"差点儿,差点儿没赢到三卢布!"

苏尔坦穆拉特急着想进城,快些,再快些吧。太阳已从山后升起来了。苏尔坦穆拉特催着马:

---

① 俄文的"差点儿"与前面的"啾"发音相近。

"啾,啾,萨拉依格尔!"这是他在对恰勃达尔嚷嚷。"啾,啾,托拉依格尔!"这是他在对琼托鲁嚷。

父亲阻止他说:

"你别赶得太快了。牲口自己心里有数。它们会悠着劲儿跑的。"

"爸爸,这两匹马哪匹好,恰勃达尔,还是琼托鲁?"

"两匹都好。能跑路,力气也大。干起活来像机器一样。就是喂料要准时,量足,还要留神马具。这样的马信得过,不会给你捅娄子的。就说去年在楚依运河工地上吧,干活的地方都是一些沼泽地。车装上东西以后轮毂都陷下去了。有时候,只要陷下去,那就怎么也拉不出来了,简直要喊救命了。没办法,大家只好跑拢来,帮人要紧。有人喊帮忙,怎么能袖手旁观呢?我把恰勃达尔和琼托鲁牵过去,给它们换好套,然后你就瞧吧:虽然它们是牲口,可非常懂事,它们知道换上别人的套不是无缘无故的,这意味着要搭救人了。我不怎么用鞭子抽它们,只是提高嗓门,它们就四条腿跪着拼命拉,把马车硬是从大水洼里拖了出来。在楚依运河工地上,这两匹马可算出了名,大家羡慕不已。都说,别克拜依,你真走运。也许这是走运,不过要会照料马,这样才会走运。"

恰勃达尔和琼托鲁踏着均匀而细碎的步子,平稳自在地齐头并进,好像对评论它们毫不在意。它们只顾跑,肚皮上沁出了汗珠,耳朵湿津津的,边跑还边抖动鬣毛,驱赶路上的苍蝇。

"爸,哪匹马岁口大呢?"苏尔坦穆拉特问父亲,"恰勃达尔,还是琼托鲁?"

"琼托鲁大,大三岁左右吧。我发现琼托鲁开始有些显老了,有时候顶不住了。而恰勃达尔正是身强力壮的时候。身体壮实,又跑得快。要骑它去参加赛马一定会名列前茅。过去人们把这种马称做好骑手的马。"

苏尔坦穆拉特为恰勃达尔感到高兴,因为他最喜欢恰勃达尔。你看它,毛色也不寻常,油灰闪亮的,还带斑点。再说它脾气好,英俊,力气又大。

"我更喜欢恰勃达尔,"他对父亲说,"琼托鲁太厉害。瞧它,老斜着眼看人。"

"不是厉害,是懂事,"父亲微微一笑,"它不喜欢有事没事招它讨厌。"父亲顿了一会儿又说:"两匹马都好。"

儿子也同意了。

"两匹都好,"他边赶着马重复道。

又过了一会儿父亲说:

"喂,把马勒住,让车停一停。"然后他安闲地吹起口哨,耐心地等候着。"马儿要撒尿了,可又不会说话。这要会看。"

真的,两匹马就在大路上撒起尿来,哗哗啦啦,泛起大量的泡沫,把脚下厚厚一层像香粉般纤细的尘土弄得湿湿的,鼓起一个个大泡。

后来他们又上路了。大路不断向前伸延,甩在身后的群山愈来愈远。

不久,城郊的果园已遥遥在望。路上车马行人也多起来。这时父亲又把缰绳接了过去。他这样做是有道理的。

苏尔坦穆拉特这时是既顾不上缰绳,也顾不上马了。城市就在眼前。他被这个喧哗热闹、五光十色和散发着各种气味的城市迷住了,就像置身于急流之中,在浪尖上起伏漂荡。

是的,那一天他可是世界上最幸福、最走运的人了。在阿特恰巴尔,在江布尔繁华的骡马市上,有个从外地来的动物展览。说来也真凑巧,生平第一次进城,可是各种珍禽怪兽的动物展览、旋转木马和哈哈镜就都让他看到了。

二

苏尔坦穆拉特去照了三次哈哈镜。笑够了,歇一歇,又再去照,脸在镜子里歪七扭八,一副丑八怪的样子。瞧瞧那副怪模样,笑煞人也!就是挖空心思,绞尽脑汁,也想象不出这种使人乐得前仰后合的怪模样来。

父亲把马车托给一个开茶馆的熟人看管,然后领着儿子逛市场去了。他们边走边跟父亲在当地的乌兹别克朋友们打招呼:"阿萨拉姆——阿列库姆!① 这是我的大儿子!"别克拜依介绍自己的儿子。乌兹别克朋友从坐位上欠了欠身,一只手紧贴着胸口,向苏尔坦穆拉特致意。"乌兹别克人真是礼貌周到呀!"父亲乐呵呵地说,"他们不问你年纪大小,一见面都要施礼的……"

后来父子俩又沿着一排货摊转了转,逛了一会儿商店,

---

① 乌兹别克语:您好。

不过大部分时间还是看动物展览。他们在人丛中挤来挤去，看遍了所有的兽笼和畜栏。那里面的大象、狗熊、猴子，各种动物无所不有……

大象给苏尔坦穆拉特留下了最深的印象。这个又高又大、活像一个野草烧尽的小丘的灰色动物，倒换着脚站在那里，长鼻子甩来甩去。这真了不起！人们站着，眼瞧着大象，嘴里还讲起各式各样关于大象的传说。有人说大象怕老鼠。有人说不能逗弄大象，要把它逗火了，它就会挣断铁链，把整座城市踏成齑粉。但只有一个乌兹别克老头儿说的故事苏尔坦穆拉特最爱听。这个老头儿说，大象是世界上最懂事的动物。伐树的时候，它用鼻子帮人们搬运大原木，要是一个没人照管的孩子遭到毒蛇袭击或其他危险，大象就会用鼻子把他从地上卷起来，帮他脱险。

父亲也爱听这样的故事。他站在那里，每次都惊异地摇着头，赞不绝口地对儿子说："你听见了没有，世界上竟有这样的稀奇事！"

当然，哈哈镜给他的印象也不会淡忘的。在那里可以对着自己的怪相笑个够……

苏尔坦穆拉特瞟了一眼坐在离自己有几张课桌远的梅尔扎古丽，心里浮起一个俏皮的念头："把你带去照照哈哈镜就好了！你这个美人儿！只要照一照这样的镜子，恐怕也就不会这样趾高气扬了！"但他马上又为自己的想法感到羞愧。梅尔扎古丽并没有做对不起他的事情，他为什么要老缠着她不放呢？姑娘当然很漂亮，班上就数她最漂亮了。但是，难道说漂亮也是她的过错吗？她有时候考试还不及格呢。

有一次上课的时候,老师没收了她手中的一面小镜子,还对她说,你这个年纪照镜子还早了一点。梅尔扎古丽羞得满脸通红,差点儿没哭出来。苏尔坦穆拉特不知为什么也替她难过。一面小镜子有什么了不起,说不定她是无意中拿起来的呢……

苏尔坦穆拉特又朝那个方向看了一眼,心里不免怜惜起她来。梅尔扎古丽冻得缩作一团,脸都发青了,两只湿润的眼睛像两颗滴上水的宝石在闪亮,也许是哭了吧。她父亲和哥哥也都上前线了……可他把她想得那么坏。真糊涂,真糊涂死啦!

班上很多同学都因为着凉咳嗽。是不是他也咳几声呢?于是他故意咳嗽起来,一边还装腔作势,不停地抖动肩膀。这有什么,大家都咳嗽,他就不许咳两声吗?英卡玛尔老师意味深长地瞟了他一眼,又继续讲课。

三

看过动物,照过哈哈镜,父子俩就到旧货市场上去了。他们在这里买了礼物。给阿孜穆拉特买了一只崭新的玩具手枪,手枪很漂亮,泛着金属的光泽,就像真的一样。给妹妹们买了带橡皮筋的彩色软皮球。拉一下橡皮筋,皮球就一上一下地跳。给母亲买了一条头巾,最后还买了一些糖果……

整个市场他们都走遍了,所有的东西也都看到了,就是没骑过旋转木马,父亲不让他骑。父亲对他说,这是小孩儿骑着玩的,而你都是小伙子了,再过两三年就该娶媳妇了。这当然是句玩笑话。不过,他们还是站到木马跟前看了看。后来父亲催促说,天已经晚了,应当赶快到石油供应站去装油,该回家了。的确,当他们赶到石油供应站的时候,太阳已经快要落山了。他们从这里出发,经过郊区,在路边茶馆里吃了点抓饭,就往回走。

黄昏,他们离开了城郊的果园,又踏上了白天进城来的那条路。傍晚也很暖和,空气里散发着夏季青草的幽香。青蛙在路边的水渠里呱呱地欢叫。两匹马迈着均匀的步子,拉着满满两桶煤油不能跑得太快。苏尔坦穆拉特慢慢地打起瞌睡来了。他累了。怎么不累呢,这一天玩得太痛快了。不过很可惜,马车上连个伸腿睡觉的地方也没有。可他又太困,靠着父亲的肩头就睡着了,还睡得挺自在的呢。遇到路不平时,苏尔坦穆拉特总要醒来。每次他入睡以前,都要想一想世上有父亲多么好,然后又沉入甜蜜的梦乡。他靠在父亲结实的肩头上睡觉,觉得又稳当,又牢靠。这时只听见车声辚辚,马蹄嘚嘚。

苏尔坦穆拉特不记得他们走过了多远的路程,只觉得马车突然停了下来,车轮也不响了。四下里一片寂静。父亲把他抱起来,要送到什么地方去。

"瞧长得多大个儿,抱都抱不动了,真够沉的。"他把儿子贴着胸口抱好,嘴里喃喃地说。

后来他把儿子放在干草堆上,用绒衣盖好,又说:

"你睡吧,我卸车,把马放一放。"

苏尔坦穆拉特睡得很香,连眼睛也没有睁。心里还在想:世上有父亲有多么好……

后来,父亲替他解开鞋带脱鞋,他又醒过来了。原来这双鞋穿了一整天,多夹脚啊。父亲怎么会知道这双鞋夹脚呢?

苏尔坦穆拉特又睡着了,浑身感到舒坦,犹如投进一条通行无阻的江流里,随意漂流。他梦见清风阵阵吹来,在开阔的青草地上掀起层层波涛。他在草地上奔跑,不时在这无边的草浪里出没,只见天上的星星悄悄地落在浪尖上。一会儿在这个地方,一会儿在那个地方,闪闪发光的星星无声地从天空猝然降落。然而等他跑过去的时候,星星已经熄灭了。苏尔坦穆拉特知道这是在做梦。他有时醒来,听见套上绊绳的马匹在齐根地啃吃地上的青草,它们在草垛子四周走来走去,把松开的嚼环弄得哗啦作响。他知道,父亲睡在自己身旁,他们在田野里露宿,他只要睁开眼睛,就真的能看到从天空坠落的流星……

但他睡得正香,不愿睁开眼睛。到后半夜觉着有些冷了。苏尔坦穆拉特朝父亲那边挪过去,紧紧偎在他身边,父亲蒙眬中把儿子紧紧搂在怀里。他们中途在田野里露宿,当然比不得在家枕着松软的枕头舒服……

后来他还经常想起这个星光缭绕的梦境……

在两三步开外的地方,有只鹌鹑一直叫到天亮……世界上所有的鹌鹑大概都很幸福吧。

四

"苏尔坦穆拉特,你怎么啦?"英卡玛尔走到他的课桌跟前。直到这时他才发现老师。

"啊,没什么。"苏尔坦穆拉特为了要证实自己的话,甚至站起身来。

教室里还是那么冷,那么静。这时传来孩子们的笑声和习惯的咳嗽声。

"你不是故意咳嗽,就是听不见提问,"老师冻得两肩哆嗦,不满地说,"最好还是去抱些干草把炉子生上吧。"

苏尔坦穆拉特很乐意地跑去完成这项任务。那还用说,上课时这种事是不可多得的。值日生都是课间休息时去抱干草烧火,上课的时候出去抱干草还真少见。

他跑到门廊上,风雪迎面扑来。嘿,这可不是锡兰啊!他穿过大院跑向堆放干草的草棚,看到集体农庄主席特纳里耶夫正跨下马来。他打过仗,负过伤,虽然还年轻,可走起路来总侧歪着身子。他身上少了好几根肋骨。原先他曾跳过伞,当过伞兵。听人说,战前他当过农艺师。不过,苏尔坦穆拉特记不得这些了。战前的一切都仿佛成了另一个世界,真叫人难以相信是不是有过战前的生活……

苏尔坦穆拉特抱了一大抱干草,用脚踢开教室门,走了进来。孩子们叽叽喳喳,空气顿时变得活跃起来。

"别说话,注意听!"英卡玛尔老师喊了一声,"苏尔坦穆拉特,你干你的事,也别弄出响声来。"

炉子正中的草灰里还隐隐地燃着一点火星,像婴儿微弱的呼吸。苏尔坦穆拉特在一把干草下面吹了吹,然后又将一把又一把的干草放在上面,火炉终于呼呼地响起来,干草燃着了。现在得赶紧往炉子里添草。教室里变得快活多了。

他很想回转身去对同学们扮个鬼脸,笑一笑,为防万一再用拳头吓唬谁一下,特别是对坐在后面一张课桌上的阿纳泰。要知道,班里就数阿纳泰最大,都十五岁半了,他专门惹是生非,而且还老缠着梅尔扎古丽。就该给他这个。①就说:给你吃,给你吃!不过不能这样做,老师太厉害了。再说也不能再让她生气了。她的独生子最近也不知为什么不来信。他是一名炮兵指挥官。老师为此感到很自豪。她的丈夫早在战前就不知去向,不知是遭到了什么不幸。人们对他们遭到的不幸甚至都缄口不谈。后来她到村里教书来了。她的儿子留在江布尔师范学校念书,从那里直接上了前线。英卡玛尔老师只要一看到骑着马的邮差,上着课也要派一个学生去取信。学生跑到大院里,要是有信,就拼命往回跑。班里甚至都排好了学生替老师取信的次序。

只要一接到信,就像过节一样!英卡玛尔老师一目十行地看完了儿子寄来的短信,一抬头,孩子们都觉得快认不出她了。眼望着满头银发整整齐齐裹在头巾里的老师喜上眉梢,怎么能不激动呢。看到她泪汪汪的眼睛,大家的心怎

---

① 一种表示嘲弄或轻蔑的手势(握住拳头,将拇指从食指与中指间伸出)。

能不发紧呢。

"孩子们,你们的叔叔要我向你们大家致以热烈的问候。他很好,正在战斗。"她抑制住颤抖的声音,却抑制不了孩子们的喜悦。他们都乐呵呵地望着老师,像是在同她一起分享欢乐。但她又马上提醒孩子们说:"好了,孩子们,我们继续上课吧。"

这时要算课堂上最美好的时刻了:她的每一句话仿佛都增添了无穷的力量,她像打开了思维的闸门,她讲述、解释和论证的一切都深深印入学生们的心中和脑海里。这是她精神最振奋的时刻,全班同学都全神贯注地听着……

最近几天,英卡玛尔老师的心里总有些不安,像是有什么提心吊胆的事……也许正是因为这个缘故,当她看到集体农庄主席特纳里耶夫在教务主任的陪同下来到教室的时候,不由得慢慢向黑板后退了几步。但她还是振作起来,对同学们说:

"孩子们,起立。苏尔坦穆拉特,你回到自己的坐位上去。"

苏尔坦穆拉特关好炉门,连忙回到自己的课桌旁。

集体农庄主席和教务主任向同学们问了好。

"你们好!"全班学生齐声回答。

随后教室里变得鸦雀无声。甚至连咳嗽声也听不见了。

"是不是出什么事了?"英卡玛尔老师问。她的声音显得很紧张。

"英卡玛尔老师,没出什么事,"特纳里耶夫赶紧给她宽心,"我来是为了另外一件事。我有话要对孩子们讲。很对不起,打扰你们上课,可我是得到允许才进来的。"他向上了年纪的教务主任点了点头。

"是的,有重要的话要对孩子们讲。"教务主任重复了一遍,"坐下吧,孩子们。"

同学们全都坐了下来。

特纳里耶夫是秋天从前线回来以后,才当上农庄主席的,时间还不长,但村里的人都认识他,他可能也认识村里的每一个人。他来这里当然不是为了认识孩子们。再说,这有什么必要呢?七年级的学生,在村里已是十分显眼的人了。如果有事,可以到他们家里、在路上或者叫到办公室里谈一谈。农庄主席亲自到学校里来讲重要问题,这可是破天荒的事。再说,又有什么可讲的呢?夏天嘛,每一个人都要去参加农庄的劳动,还有的可说,现在又有什么可谈的呢?

"我要讲的是这样一件事。"特纳里耶夫边说边注视着孩子们紧张的面孔,而且尽量把身体挺直,不让他们看出他倾斜的体型来。"你们学校里很冷,可我只能拨给你们一些干草。你们也都知道,干草很不经烧。学校过去烧的干粪块是从山里先用牲口驮,尔后用马车运的。去年就派不出一个人去干这种活,也没有时间。大家都上前线去了。我现在手里有两吨煤,是在江布尔从投机商那里买下的。这些煤是买给铁匠房用的。铁匠房用的铁也是我从投机商那里买来的。我们和投机商总有一天要算这一笔账。不过,我们目前暂时还有困难。前线也很困难。去年我们没能及时把两百多公顷冬小麦种下。这不能怪任何人,打仗了嘛。这总还算说得过去。但是,要是所有集体农庄和国营农场都像我们这样,都不能及时收割、播种,也不能做好其他事情,我们就战胜不了敌人。要战胜敌人,就得有粮食和炮弹。孩子们,今天我来,就是要告诉你们一件事。你们当中的一些人不得不暂时离开学校去参加劳动。时间不等人,需要在春耕以前把牲口准备好,而我们的牲口呢,——一匹匹都很瘦弱,站都站不起来,真是惨不忍睹;还要把马具收拾好,都坏得不成样子了;犁和耧也得修理好。可我们的农具还都埋在雪堆下面……我为什么要说这些呢?我是想说,没有来得及种上冬小麦的土地,我们应该种上春播作物。必须无条件地做到这一点,就像在前线那样!这就是说,要用自己的力量在计划外再翻出二百公顷地,然后播上春播作物。二百公顷!你们懂吗?到哪里去找人呢?我们决定,除了现有的人力和赶在春播前所做的工作以外,再组织一个用双铧犁耕地的突击队。我们考虑了很久。派妇女去干这种活是不行的。干活的地方离这里太远了。在阿克赛。可又没有别的人好找。所以,我们才决定来请你们学生帮忙……"

严肃而又沉默寡言的集体农庄主席特纳里耶夫就这样跟孩子们讲话,他老是穿着一件不挡风寒的灰色军大衣,戴着一顶灰色的护耳皮帽,挎着一只从不离身的军用挂包,下颏尖尖的脸上现出忧心忡忡的样子,但他年轻,还短几根肋骨,所以身子老是侧歪着……

农庄主席特纳里耶夫就这样站在黑板前跟孩子们说着

话。黑板上挂着一幅世界地图,在小小的地图上,人们竟能把包括像锡兰、爪哇、苏门答腊和澳大利亚等美丽宜人的热带地区的所有陆地和海洋都装了进去。在那些热带地区,人们可以无忧无虑地生活……

农庄主席特纳里耶夫就这样在烧着干草取暖的学校里跟孩子们讲话。教室里没多少热乎气,地板上却摊了一大堆灰。当他说要在很远的阿克赛额外开垦出几百公顷土地种春播作物支援前线时,从他嘴里冒出一股股哈气,像在户外一样……

农庄主席特纳里耶夫就这样跟孩子们讲了这番话……

而窗外风声呼号,雪花飞舞,寒气从窗缝往里灌。坐在窗口的苏尔坦穆拉特看到农庄主席拴在木桩上的那匹背上覆盖着白雪的马,在风雪中踏着四蹄动来动去,竭力不让风吹着头。马鬃在风中飘动,马尾被吹到一边去了。马也很冷……

"可不嘛,这不是什么锡兰呀……"

"我是没办法才叫你们放下学业去参加劳动,"特纳里耶夫解释说,"这是迫不得已而采取的措施。你们应该理解这一点。等仗打完了,也许还要早一些,如果我还活着,一定把你们这些孩子再送回学校,让你们再继续学下去。可目前只能是这个样子……"

接着是教务主任讲话。随后特纳里耶夫又讲起来。当孩子们举手,争先恐后要求去参加劳动,教室里又活跃起来时,特纳里耶夫立即又解释说:

"谁如果以为什么人我都要,那就错了。功课不好的人干起活来也稀松。再说,学习好的学生以后捡起落下的功课来也容易些。苏尔坦穆拉特,我看你好像是班上最大的吧……"

孩子们都嚷起来:

"我们班阿纳泰最大,他都快十六岁了。"

"我指的不是岁数,而是说他的个子长得最高。再说,这不是主要的。苏尔坦穆拉特,"农庄主席的两眼又盯住他,"你去年翻过菜园,是不是?"

"是的,"苏尔坦穆拉特回答了一声,从坐位上站起来,"我翻过阿拉尔斯克街的菜园子。"

"使的是双铧犁吗?"

"是的,使的是四匹马套的双铧犁,不过我只是打打下手。那是萨尔特巴依的犁,他正好参军去了。眼看菜都种不上了,切吉什老大爷才叫我去帮忙。"

"这个我知道,所以才先问你。"农庄主席说。

全班同学都把目光转向苏尔坦穆拉特。他发现梅尔扎古丽用一种奇异的目光看了他一眼,不过她与众不同,她的脸唰地变得绯红,就仿佛人家是在说她。苏尔坦穆拉特有点不好意思,心也怦怦地跳起来。

"我也翻过菜园子!"阿纳泰在自己坐位上叫了一声。

"我也翻过。"艾尔金别克也不甘落后。

接着又有好几个学生喊道。

但是特纳里耶夫却要求同学们安静下来。

"孩子们,事情很重要,我们一个一个地来。我们现在先问学习。你学习得怎么样?"农庄主席又对苏尔坦穆拉特说。

"马马虎虎。"苏尔坦穆拉特说。

"噢,什么叫马马虎虎?"

"就是说,不太坏。"

"但也不很好。"一直不说话的英卡玛尔老师插了一句,"我总跟他说,你本可以学习得更好些,好一百倍。他是个很能干的孩子。可就是有一点不好,太浮。"

"啊——"农庄主席若有所思地拖长声调说,"我还以为……好吧。你父亲在前线。那你就来给他种粮食吧。阿纳泰,你的学习怎么样?"

"也和他一样。"阿纳泰皱着眉头站起来说。

"就是说,你们的学习都差不多,"特纳里耶夫抿嘴一笑,沉吟了片刻,又说,"等你们以后再回到学校,就会懂得学习的意义。我在这方面有亲身的体会。有些人不爱学习,只要一有不顺心的事,他们就说,去它的吧,老子干活去。难道人活着就是为了干活吗?你怎么看,阿纳泰?"

阿纳泰本来想解释几句,但后来承认说:

"我不知道。"

"我也不是什么都知道,"特纳里耶夫说,"如果不是打仗,我也上学去了,还想再学习学习啊。"

教室里响起爽朗的笑声。真好笑,一个大人,都当农庄主席了,还想上学!可他们在学校都待腻了!

"这有什么好笑的?"特纳里耶夫也笑了,"真的,同学们,我真想上学。这往后你们会明白的。"

这当儿,有人利用这个空隙打断了农庄主席的话:

"巴什卡尔马大叔,你真的从飞机上跳下来过?"

特纳里耶夫点了点头。

小男孩又继续问:

"真棒!不害怕吗?有一次,我从放烟叶的棚子顶上跳到干草堆上,都吓得两只腿直打哆嗦!"

"是的,跳过。不过,当然是带降落伞跳的,"特纳里耶夫解释说,"这是吊在头顶上方的圆顶形的东西,张开来像帐篷一样……"

"我们知道,我们知道。"学生们齐声嚷道。

"我已经说了,我们是伞兵。跳伞是我们的工作。"

"什么是伞兵呢?"有人又问了一句。

"你们是问伞兵吗?这是一种机动战斗部队,他们常常被空投或被派到某个地方去完成特别重要的任务。懂了吗?"

教室里寂静无声。

"伞兵队伍可以是几个人,也可以是几千人。"特纳里耶夫做了进一步解释,"有一点很重要,就是他们都要到敌人后方单独行动。谁如果还有不懂的地方,等以后我再给你们说好了。现在还是来办我们的事吧。阿纳泰,你坐下,干吗老站着呀?你父亲也在前线打仗呢。"

"还有我父亲!"

"我父亲也在前线!"

"还有我父亲!"

"还有我父亲!"

特纳里耶夫举起一只手:

"我都知道,孩子们。你们别以为我从早到晚只忙农庄的事。谁在军队里,谁负伤住院,这我都知道。我了解你们,所以才来找你们。就这样吧,阿纳泰,你也去替你父亲种粮食,这样你一年之内,也许时间还会更长一些,不得不离开学校了。"

"我也去!还有我!还有我!"好几个孩子都要跳起来了。本来,在这种情况下每个孩子都想当英雄。现在又有了这种机会,整天骑着马干活,还不用上学,怎么能不报名参加呢?

"不,你们等一等!"农庄主席叫孩子们安静下来,"这样不行。我们只要那些使过犁的人。还有你,艾尔金别克,你也翻过菜园子吧?你父亲在莫斯科保卫战中牺牲了,这我知道。有很多人的父亲和哥哥牺牲了。艾尔金别克,我也请你来帮我们的忙。只有停学耕地这条路,没有别的办法。我亲自去跟你母亲说……"

后来农庄主席又叫了两个同学——艾尔盖什和库巴特库勒,并告诉他们说,明天早上在马场集合,听候生产队长派活。

夜已经很深了,快要睡觉的时候,苏尔坦穆拉特把农庄主席来学校的事告诉了母亲。母亲默默地听着,她在农庄畜牧场里干了一整天活,晚上在家还得伺候孩子,她精疲力尽地揉着额头,而傻里傻气的阿孜穆拉特却高兴地喊道:

"这才好呢!不用上学!驾辕犁地!我也想去!"

母亲板着脸问道:

"你功课做完了吗?"

"做完了。"阿孜穆拉特回答。

"睡觉去吧,不许你再说一句话!懂了吗?"

她对大儿子什么话也没说。

等安排两个女儿躺下之后,母亲刚要熄灯,可是又坐在灯下发起愁来,她大概以为苏尔坦穆拉特睡着了,就用手掩面哭了起来。她悄悄哭了很久,瘦削的肩头不停地抽搐。苏尔坦穆拉特心里难过极了,他想起来说几句好话安慰一下母亲,但又不敢打搅她,索性让母亲一个人坐一会儿吧。此刻她正在想着父亲(他在前线怎么样呢?),想着四个孩子和家里其他许许多多生活问题。

女人终归是女人。女人是经常哭的。农庄主席特纳里耶夫走出教室以后,英卡玛尔老师也很难过,甚至有些不知所措。下课铃都已经响过了,可她还坐在教室里不动。同学们也都坐着不动,一直等着老师起身向门口走去。在门口英卡玛尔老师终于忍不住流下了眼泪。她是含着泪水走出教室的。梅尔扎古丽把老师忘在教室里的地图送到教员室,回来的时候眼里也噙着泪水。是的,女人终归是女人。她们怜惜所有的人,所以老爱哭。这又有什么了不起的,也就一两年不上学嘛,战争结束以后还可以重新进学校……

苏尔坦穆拉特边想,边听着窗外风雪怒吼,渐渐睡着了。

第二天早晨还是风雪交加的天气。风低低地卷起地上的雪。天空乌云密布。苏尔坦穆拉特在去马场的路上可冻坏了。

农庄主席特纳里耶夫计划的这件活儿远比苏尔坦穆拉

特昨天想的要困难得多。首先,他们和农庄主席及生产队长切吉什老大爷来到旧马棚旁边的牲口栏里,这位蓄着一把火红胡须的干瘦老头儿发给他们每人四副笼头。牲口在铺满白雪的院子里无精打采地遛来遛去,在那些装得浅浅的秣槽旁嚼着吃剩的干草。众所周知,夏天牲口一般都长得膘肥体壮,到冬天就掉膘,而这里的马一匹匹都瘦得皮包骨头。用它们干了一年活,一到冬天就扔在这农庄马场里。没有人来喂料,也没有人照看。给的饲料也是刚刚够用。即使还富余一点,也得留到春耕的时候。

一看到这些牲口,孩子们一下子全都慌了神。

"喂,你们都傻待着干什么!"切吉什老大爷嘟哝道,"你们还想到这里来用钢绳套走马纳斯①的战马呀?就从边上挑起,可别搞错了。过上二十天,哪一匹都会像小公牛一样活蹦乱跳。你们就相信我的话吧!这些马都能变得膘肥体壮,只要草料给足,照料好就保险没问题!其余的事它们自己心中有数!"

"挑吧,孩子们,必要的东西我会发给你们。"农庄主席提醒他们说,"开始吧。每人挑四匹马,看中哪匹挑哪匹。"

这时候,发生了一桩意料之外的事,——父亲的恰勃达尔和琼托鲁也混杂在农庄马场的这支无人照管、瘦骨嶙峋的马群里走来走去。苏尔坦穆拉特首先认出恰勃达尔,是从它那油灰闪亮的毛色认出来的,后来又找到了琼托鲁。

---

① 吉尔吉斯神话中的英雄。

两匹马的头显得格外大,毛蓬松松的,显得很长,四只腿瘦得不能再瘦,稍稍一推就会倒下。见到这种情景,苏尔坦穆拉特真是又惊又喜。和父亲进城的情景一下子又浮现在他眼前。这两匹马在父亲手里的时候,拉起车来步子稳健有力,可是现在变成了什么样子。

"你们看呀,这就是我父亲的那两匹马!"苏尔坦穆拉特转过身对农庄主席和生产队长说,"那就是恰勃达尔和琼托鲁!那就是它们!"

"是的!不错!这就是别克拜依的那两匹马!"切吉什老大爷证实说。

"既是这样,你就把它们牵走吧!把你父亲的马牵走吧。"农庄主席说。

除了父亲的马以外,苏尔坦穆拉特又挑了两匹——白尾驹和深棕马,四匹拉犁的马就凑齐了。还配了一套拉双铧犁的马具。其他孩子也都挑好了马。

就这样,把孩子们从学校召来,开始干活了,那是一九四三年冬天的事……

要干的活儿多得很,比原来预料的还要多。马场里的活本来就够多的了,孩子们每天还得去铁匠房,帮助巴尔裴老爹和他的年轻跛脚助手修犁,他们正等着这些犁下地呢。过去被当成废铁扔掉的那些农具,现在都得拆卸下来,清除上面的铁锈和污垢。就连那些陈旧不堪的铧也得捡回来修好了再用。铁匠们要费很大力气才能把卷起的尖头拉直,然后再淬火。远不是每张铧都能重新锻造好的,要是成功了,巴尔裴老爹就万分喜悦。每逢这种时候,他总要叫年轻助手爬到铁匠房的屋顶上,把马场里的孩子们叫过来。

"哎,孩子们!"年轻的跛脚助手爬上屋顶喊道,"你们快来,师傅叫你们呢!"

孩子们都跑来了。于是巴尔裴老爹把那张重新锻造好还很烫手的灰黑色的、沉甸甸的犁铧从架子上取下来。

"给你,拿着试试看,"他对那个按次序该轮到领备用铧的孩子说,"拿去吧,拿去吧,拿着试试看。你瞧,多漂亮。快拿去安在犁上试一试,看它吃土怎样?是呀,真好看!真像天造地设的一对新郎和新娘!犁起地来这铧会变得比塔什干镜子还要亮。拿着这张铧都可以照你的尊容呐!还可以把它当成镜子送给姑娘哩,你说是不是?这件礼物可是够使一辈子的!现在你先把它搁回自己的架子上,下地的时候再来取。就这样吧。下一次我再给别人做,大家都会有的,谁也不会拿不到犁铧。给每人都准备三副。我就除了给自己打假牙不会干之外,其余的都能做得来。铧我一定给你们做。等你们耕地的时候,就会想起我这个老头子的。因为一张犁的好坏全在铧上,其余的都是铧的陪衬。俗话说得好:铧结实,犁沟深;铧钝,人也懒……"

巴尔裴老大爷是个好匠人,铁匠活干了一辈子。虽然有点神吹胡聊的,但对手上的活儿还是很内行。

生产队长还要他们经常到马具坊去看看。他说,你们去帮忙整理一下马具吧,没有马具事情也干不成。有犁有马,没有马具也是白搭。这话也在理。所以每个人都到马具坊去,帮助马具匠把自己那几匹马的马具赶修出来。

但最主要的、最基本的工作还是喂养牲口。他们一天到晚,甚至深夜都还在马厩里忙来忙去。等他们往秣槽里添上最后一道夜草之后,回到家时夜已经很深了。应该尽快做好一切准备工作!

时间非常急迫。已经到一月底了。这就是说,离使牲口的日子只剩下三十天,最多也就剩下三十五天的时间。这些牲口能不能赶在春耕以前恢复体力,全靠孩子们的努力了。马睡了,它们生来就是这样,秣槽里白天黑夜都得有草料……

照特纳里耶夫的估计,等二月底地里的雪一化,耕地的孩子们马上开赴阿克赛。过去,人们曾经在阿克赛耕过地,种过粮食。后来不知为什么那里的地又给荒了。这可能是因为阿克赛离村子太远,又荒无人烟。而且那里的土地大部分都在丘岗上,得不到灌溉……生产队长切吉什说,他父亲曾经讲过,在阿克赛种地的人要么穷得讨饭,要么富得运粮食还要雇人帮忙。切吉什老头说,在阿克赛种地首要的是下种及时,其次要看会不会下雨,收不收全看雨水多少。

"种庄稼的总是在冒险,但也总是充满着希望。"特纳里耶夫这么说。他本人就是怀着这样的希望配备了这班人马,指望阿克赛会下雨,也会打出粮食来……

时间一天天过去了。到周末牲口都显得肥实了些,变得活欢多了,情况正在好转。白天阳光很温暖。严冬好像见势不妙,准备溜走了。所以,白天他们就把牲口赶到棚外单栏滑秸泥秣槽那边去晒太阳。晒着太阳牲口胃口好,上膘也快。阿克赛伞兵队的五套总共二十匹马在长长的单栏秣槽旁边沿着篱笆站成一排。每个孩子站在自己配成套的四匹马旁边,等待着农庄主席早晨来检查。是特纳里耶夫给他们取了这个"阿克赛伞兵队"的名称。从此,生产队长、车把式和饲养员们就把他们叫做伞兵队、伞兵,把马匹、干草和犁叫做阿克赛的马匹、阿克赛的干草和阿克赛的犁。现在,人们只要从马场旁边走过,都要进去看看这支伞兵队。阿克赛伞兵队已经成了村里人的话题。而且大家也都知道,特纳里耶夫任命别克拜依的儿子苏尔坦穆拉特做这支伞兵队的队长。这一任命不能不受到阿纳泰的挑剔,他当时就说:

"为什么要任命苏尔坦穆拉特当队长?我们也许并不想让他当!"

这句话激怒了苏尔坦穆拉特。他忍不住说:

"我才不稀罕当这个队长呢!你想当你就当好了!"

艾尔金别克和库巴特库勒也说话了:

"阿纳泰,你这是嫉妒!"

"你怎么,觉得遗憾?既然宣布了苏尔坦穆拉特是队长,他就是队长!"

艾尔盖什出来为阿纳泰打抱不平:

"阿纳泰到底有哪一点不配当队长呢?他有力气,就是个头儿比苏尔坦穆拉特稍矮一点。我们在学校的时候,班长都是大家选的,队长也应该选,……要不,这里动不动就是苏尔坦穆拉特!"

特纳里耶夫默默地听着,然后笑着摇了摇头,脸色陡然变得严峻起来。

"不要吵了!"他命令道,"都到这里来集合,排成横队。

你们既然是伞兵队,就得像个伞兵队的样子。现在听我说。你们应该记住,队长不是选举产生。队长由上级首长任命。"

"那么上级首长又由谁来任命呢?"艾尔盖什打断他的话说。

"由更高的首长任命!"

大家都不说话了。

"听我说,孩子们,"农庄主席继续说,"现在是战争时期,我们就得过战时的生活。你们记住,我是用自己的脑袋负起你们的责任。你们当中有两个人的父亲牺牲了,有三个人的父亲还在前线。我在生者和死者面前对你们每一个人要负责任。我承担起这个重任,是因为信得过你们。你们即将带上犁杖奔赴遥远的阿克赛。你们将和肩负特殊使命的伞兵一样,在那里度过许多日日夜夜。如果你们一有事就乱吵乱嚷,那怎么在那里生活和工作呢?"

就这样,这位当过伞兵,老是穿着一件灰军大衣,戴着一顶灰色军用护耳皮帽,挂包总不离身的农庄主席特纳里耶夫在马场对站在他面前的孩子们发表了这番讲话。他还年轻,由于短几根肋骨而显得身体有些歪斜,消瘦的面容充满了忧虑。

农庄主席特纳里耶夫对着由他任命别克拜依的儿子苏尔坦穆拉特当队长的阿克赛伞兵队说:

"人员、牲口、犁杖和马具都由你一人负责,"他说,"阿克赛的耕地工作也由你负责。负责,就是要完成任务。你要担不起这副担子,我就另找别人来当队长。而现在,谁说什么反对意见我也不听。"

那天在马场里,农庄主席特纳里耶夫就是这样对这支小小的阿克赛伞兵队说的。

孩子们怀着忠诚和钦佩的心情注视着特纳里耶夫,决心去完成他交给的一切任务。农庄主席站在他们面前,俨若满头银发、威武严峻、身穿锁子甲的马纳斯,孩子们一个个都是盾牌在手剑在腰,很像他的忠实战友。不过到底谁是马纳斯所热切期望、委以重任的光荣勇士呢?

第一个光荣的勇士是苏尔坦穆拉特。论岁数他当然不算最大,但也满十五岁了。因为他聪明、勇敢,所以他这个别克拜依的儿子被任命为队长。他父亲是世界上最好的父亲,当时正在遥远的战场上英勇杀敌。他把自己的战马恰勃达尔留给了苏尔坦穆拉特。苏尔坦穆拉特还有一个小弟弟阿孜穆拉特。虽然有时弟弟爱惹他生气,但他还是很爱自己的弟弟。苏尔坦穆拉特还暗地里爱着一个人,这个人就是漂亮的梅尔扎古丽。梅尔扎古丽脸上的笑容比谁的都动人。她的身材就像土耳其白杨一样挺拔,脸庞白皙,眼睛像黑夜里高山上的两堆篝火……

第二个光荣的勇士是阿纳泰。伞兵队里数他年龄最大,快十六岁了。他除了个子稍矮一些,其他方面都胜人一筹,而且力气在孩子当中也是最大。他学勇士样,把自己的战马叫奥克托鲁——枣红箭!他父亲到遥远的前线杀敌去了。他也偷偷地爱着明月般美丽的梅尔扎古丽。他渴望着漂亮姑娘的亲吻……

第三个勇士是少年美貌的艾尔金别克。家里他是最大的孩子。艾尔金别克对朋友忠厚,很重感情。他常常悲伤地叹气,有时还暗暗地落泪。他父亲在保卫莫斯科的战役中英勇牺牲了。艾尔金别克也学勇士的样子,把自己的战马叫阿克拜帕克-库留克,意思是穿着白袜的快马!

第四个勇士是艾尔盖什。他也是一个好朋友、好同志。他已经十五岁了,喜欢发表自己的看法,也爱和别人争论,但干起活来毫不含糊。他父亲在前线打仗。他也照勇士的样把自己的战马叫做阿尔登-土亚克——金黄蹄。

在这些勇士中还有第五个——这就是库巴特库勒。他也十五岁了,在家里也是老大。他父亲在遥远的前线,在白俄罗斯森林中英勇牺牲了。库巴特库勒爱劳动,他和自己的同伴一样,很爱自己那匹战马热别克扎尔——丝鬃烈马!

站在特纳里耶夫面前的就是这五位勇士。而在他们后面,在他们瘦削的肩膀后面,在他们细长脖颈支着的脑袋后面,沿着一排长长的马槽,在拴马桩旁边站着他们一套套拉犁的战马,每套四匹,一共五套,二十匹。他们将给这些马套上双铧犁,到遥远的阿克赛去耕地……

到阿克赛去,等到积雪开始融化,就到阿克赛去耕地!到阿克赛去,等到大地刚刚开始喘息,就可以下犁!

虽然四周围厚厚的积雪还没有融化,但春耕的日子已经迫在眉睫。现在,一切都纳入了春耕的轨道……

五

春耕的日子渐渐临近了……

人们给去阿克赛耕地的马起了好些名字,有人把它们叫做伞兵的马,有人把它们叫做阿克赛马。但不管怎样,大约只过了两个星期,这些马和其他马就大不一样了。这些马一匹匹吃得饱,喝得足,刷洗得干干净净,肌肉发达有力,两眼有神地站在一长排伞兵安置的单栏秣槽旁边,不停地抖动着竖起的耳朵,看起来真叫人打心眼儿里喜欢。马的本性在它们身上复活了,每匹马都恢复了原来的样子。过去的脾气、嗜好又表现了出来。这些马已经爱上了它们的新主人。只要听到孩子们的说话声和脚步声,它们就掉过头来,翕动着软而光滑、表示信赖的嘴唇,嘴里低声发出阵阵柔和的声音,恰似情人的喁喁私语。孩子们也跟马处熟了,几乎钻到马肚子底下玩起来,用主人的口吻嚷道:"喂,抬脚,后退!站住,站住,笨蛋,急什么!老想过来,跟我凑什么近乎,老滑头!我才不买你的账哩,又不是光看你这一匹!"

最初几天,这些马到饮水的地方去,总是半睡不醒,走起来慢慢腾腾,后来就变得欢多了,特别是到河边饮水回来。孩子们各人骑着自己的战马,把它们一起赶到河边去。苏尔坦穆拉特骑着恰勃达尔,阿纳泰骑着奥克托尔,艾尔金别克骑着阿克拜帕克,艾尔盖什骑着阿尔登-土亚克,库巴特库勒骑着热别克扎尔。他们从四面把马群围住,往河边赶去。

冬天要找个合适的地方饮马,河边不能太滑。因为许多马匹抢着喝水。因此必须事先将河边的冰凿开,在容易滑倒的地方垫些干草。三九寒天还得挖冰窟窿。苏尔坦穆拉特在这方面也排了值日表,每人轮流负责做好饮马的准备工作。

马匹在孩子们照料下秩序井然、不慌不忙地喝着清冽的河水。河水从冰下流出来,漫过多石的浅滩,又从乱石中渗到冰下去了,在冰下还潺潺作响,不断冲击着冰面……

马匹沐浴在冬日的阳光里,喝几口歇一会儿,好像在谛听冰下的汩汩水声。等到都喝足了,它们才慢腾腾地上路。在回马场的路上,它们不停地打着响鼻,把鼻孔张得老大,一会儿尥蹄子,一会儿直立,松开尾巴跑前跑后地撒欢儿。孩子们在周围纵马奔驰,欢笑着,显示自己矫捷的骑姿。

又过了一些日子,人们才开始到马场来观看伞兵队的马匹。这些马变化太大了,仿佛获得了新生。老人们抓住机会就这件事纷纷议论起来。他们说,由勤劳的好人喂的马是世界上最知情达理的精灵。你给它一点一滴好处,它会百倍报答你。他们还讲了许许多多古时候关于马的传说!

只有农庄主席特纳里耶夫不轻易表扬人。他用苛求而挑剔的目光审视着牲口,而首先还是审视着伞兵队员们。他一遍一遍地检查犁杖和马具的准备情况。要是哪个孩子裤子膝盖的地方破了,他就问为什么没有补好,要是母亲没有工夫,难道自己就不能拿起针线补一补?马被什么时候才能做好?马棚可不能带到阿克赛去,夜里野外却很冷。他一个劲催促大家,说剩下的时间不多了,现在能做的事不做,到阿克赛可就晚了。有时候,看到没有及时运来专为耕马,首先是为阿克赛的马贮备的草料,他就骂骂咧咧地跟生产队长切吉什大吵大嚷。

孩子们的母亲并没有说什么特别赞赏的话。她们今天这个来,明天那个来,说这种搞法简直是活受罪,什么伞兵队,开天辟地还从来没听说过呢,她们的丈夫上了前线还不够,现在又叫他们的儿子过起士兵的生活来了,整天在马棚里泡着不回家,也不帮忙搞家务,连说个知心话的人也没有了……如果细细琢磨一下,她们的话还是蛮有道理的。

苏尔坦穆拉特是队长,所以他受的罪最大。他得对其余四个孩子负责,而最困难的是还要对孩子们的母亲负责。他母亲对他反正是大撒手啦,都懒得管他了:"只要你父亲平安无事从前线回来,让他来评理好了。我是够了。孩子啊,等我咽气以后,你再想起来就晚了……"可怜的母亲,太可怜了,不过苏尔坦穆拉特有什么办法呢,任何人要处在他的地位也是没有办法的。每个伞兵得看管四匹马,此外还有许多活要做。喂马、饮马、刷马、准备饲料,然后又是喂马、饮马、刷马、起圈,然后又是一切周而复始……而且还得给马洗身和医治身上的癣,还有肩头和耆甲上日积月累的擦伤。地段兽医给他们留下各种各样的药水和药膏,要他们自己给马治病。天天如此。否则是治不好的。就算把马喂肥了,马轭也不能套在伤口上。就是这个道理。没有一匹马身上没有一点儿毛病的,不是肩头上有个小疮,就是腿摔伤过。马不知道是在为它治病,根本不让人靠近。

马长膘以后,腿站麻了,每天要到外面好好遛它一两个小时,要不,就会像生产队长切吉什说的那样:"一拉起犁来,浑身出虚汗,马就完蛋了。"不巧,就在遛马这件事上出了一个很叫人气恼的事故……

一天,他们五个人骑上自己最好的"战马,"一同出去遛牲口。苏尔坦穆拉特骑上恰勃达尔,阿纳泰骑上奥克托尔,艾尔金别克骑上阿克拜帕克,艾尔盖什骑上阿尔登-土亚克,库巴特库尔骑上热别克扎尔。起初,他们绕着马场遛了一会儿,然后沿着大街来到村外,在白雪皑皑的原野上小跑起来。天气晴朗,阳光灿烂,空气中已经散发出春天的气息。白雪覆盖的高山阒寂而又明朗,就是一只苍蝇落到山壁上,也会听得清清楚楚,一目了然。冬天悄然隐退了,阳光已经有了暖意。

马匹很乐意跑。它们也想舒展筋骨,撒撒欢儿。孩子们松开缰绳,越跑越快,真恨不得痛痛快快跑上一阵。苏尔坦穆拉特跑在前面,阿纳泰在后边一再催促:

"跑快一点,干吗这样慢!"

身为队长的苏尔坦穆拉特不主张跑得太快。遛马还不是跑马嘛。遛马是一种工作,是对马的调练,好让它们日后拉起犁来不会那么吃力。这支伞兵队在田野上遛了一会儿马,刚要准备往回走,山岗那边突然传来一阵喧哗。原来是孩子们放学了。学生们看到伞兵,便手舞足蹈地嚷嚷开来。伞兵们也对他们呼唤,招手。在这成群结队、闹闹嚷嚷的学生中间,有他们七年级的同学,还有其他年级的同学。就在这群人中苏尔坦穆拉特认出了梅尔扎古丽,一眼就把她认出来了。他自己也说不上来是怎样认出她来的,反正里面有她。他是从她那在小披巾里闪了一下的面容,从她的身段、步态、声音认出来的。她好像也认出了苏尔坦穆拉特。

她也和全体同学一道从山岗上往下跑,边挥动书包边喊叫,好像还喊了一声:"苏尔坦穆——拉——特!"她伸开双臂向他奔来的情景深深地印在他的脑海里,他一下子意识到,这些天来他天天在思念着她啊……万分欣喜的苏尔坦穆拉特顿时像置身于波涛浪花之中,一起一伏地荡漾、旋转……

他们不知不觉加快步子,向同学们正在往下走的山岗奔去。他们急速地越过田野,策马上山。他们本来可以沿着山岗的斜坡,骑姿轻捷地从啧啧连声的同学们面前奔驰而过,然后返回马棚。苏尔坦穆拉特是这样打算的。但就在这个时候,阿纳泰一马当先,只身向前。他的奥克托尔跑得飞快。

"站住,你上哪儿,别跑!"苏尔坦穆拉特喊了一声,但阿纳泰毫不理会。

这时,苏尔坦穆拉特起了一个古怪念头:"阿纳泰这是想在她面前显显自己!"想到这里,他禁不住内心的气愤,放开马,身子紧贴着马鬃,呼喊着跟在阿纳泰后面追了上去。阿纳泰用力抽打着马,跑得更快了。于是,两人你追我赶,比着看谁第一个跑到她跟前,看谁勇敢,看谁胜过谁。他们跑得真快呀!不过,还是恰勃达尔更厉害,难怪父亲说过,它是一匹上等跑马。苏尔坦穆拉特狂呼着,像一阵旋风追上了阿纳泰。他用眼角扫了一眼同学们,他们已经不再往山下跑了,正停下来注视着这场猝发的比赛。他在他们中间还看见了她,他主要也是想着她啊。正是为了她,他才参加了这场决斗式的角逐。是他占了上风!在追过阿纳泰的时候,为了更靠近梅尔扎古丽,他跑在阿纳泰的上手,相互间稍隔一点距离。也是万幸,他让恰勃达尔跑在上手,否则真不知道会是个什么样的结局。因为就在苏尔坦穆拉特追上阿纳泰并向前冲出半个身子的一刹那间,阿纳泰出了意外,大家齐声喊起来。苏尔坦穆拉特连忙拉住缰绳,回头一看,阿纳泰没有跟上来。苏尔坦穆拉特好不容易勒住飞奔的骏马,掉转马头,才看见阿纳泰的奥克托尔栽倒了,滚下山坡,在雪地上留下了一道宽宽的、边缘参差不齐的痕迹。阿纳泰也被摔在一边,正从雪地上慢慢地勉强爬起来,大家都向他跑去。

苏尔坦穆拉特吓了一跳。他走过来,看见阿纳泰满手是血,心里更是害怕了。就在这一瞬间,他和梅尔扎古丽目光相遇了。她面色苍白,显得惊惶不安,但她还是那样美丽可爱……阿纳泰镇静下来以后,马上朝正在下面雪地里挣扎的奥克托尔跑去。马被缰绳绊住了。这时候,跑在后边的几个伞兵也赶了上来。大家一齐动手把马扶起来。苏尔坦穆拉特这时才听清人们说了些什么,明白似乎一切都平安无事了。

勇士们想在梅尔扎古丽姑娘面前大显身手的比赛,结果使他们出尽了洋相。他们都不好意思瞧她一眼。该返回马棚去了,勇士们急忙往回赶路,大家都一声不吭。一直到了村边,艾尔盖什才发现阿纳泰的马摔瘸了。

"站住!"他叫了一声,"你是怎么搞的,没看见你的马摔瘸了?"

"摔瘸了?"阿纳泰一下子慌了神。

"可不是嘛!而且瘸得很厉害!"

"你往前走走，"苏尔坦穆拉特对阿纳泰说，"我们一看就知道了。"

真的，奥克托尔的右前腿瘸得很厉害。孩子们用手摸了一下马腿，发现关节有些肿胀。真糟糕。大家都不知道该怎么办才好。多少天来一直备马迎春耕，现在却出了这么大的乱子。怎么能在雪坡上赛马呢，那里每走一步都有可能滑倒，滚下山去。结果真还发生了这样的事。幸好人还没有摔坏。

"这是你的不对！"阿纳泰憋得一脸通红，气呼呼地突然说，"是你追我来的！"

"难道你没听见我在叫你：'站住，你上哪儿'吗？"

"你就不应该追我！"

"那你为什么要跑呢？"

他们又闹又吵，几乎要动武了。但事后终于冷静下来，牵着一匹瘸马回到马棚。一个个垂头丧气，一言不发。他们不声不响把马拴到原处，把瘸腿的奥克托尔也拴到秫槽旁边的木桩上，下一步就不知道该怎么办了。只见他们个个一脸惊慌的样子，都想往后躲。他们知道事情关系重大。孩子们对阿纳泰说：你去把事情经过给饲养员说说吧，就说奥克托尔瘸了，问他怎么办？但阿纳泰说什么也不去：

"为什么要我去？又不是我的错。我们有队长，让他去好了。"

他们又是你争我吵地差一点没打起来。阿纳泰一点也不认错，这最使苏尔坦穆拉特气不过了。

"你这个孬种！"苏尔坦穆拉特骂他，"耍嘴皮子的英雄！出一点小事就躲得远远的！你当我害怕呀。既然出了事,那我自己去说好了。"

"那你就去吧。你是队长嘛。"阿纳泰还不服气。

苏尔坦穆拉特只好鼓起勇气,把事情一五一十地告诉了饲养员。饲养员一听也急了,慌慌张张赶到马棚来看瘸马。于是,又闹了一场好大的风波。眼看春耕就要到了,却摔坏了一匹拉犁的牲口,这可不是闹着玩儿的。这时,生产队长切吉什也突然来到马棚。他不知从谁那里听说的,有人已经告诉他了。饲养员正在察看奥克托尔的伤腿,想弄清关节肿胀的原因,是挫伤呢,还是骨折。这时突然听到身后得得的马蹄声,大家一同转过身去,原来是生产队长切吉什骑着马来了。他默默地跨下马,满脸愠色地来到他们面前,对他们大发雷霆:

"你们这是怎么搞的?"

"老爷子,我们不是正在琢磨,这到底是挫伤,还是骨折吗?"

"琢磨顶个屁用!"切吉什发火了,满脸涨得通红,"我现在要把他们统统押送军事法庭,就地正法!"

切吉什甩着鞭子,就去追那几个孩子。孩子们纷纷四下逃散。切吉什尾随着他们。老人一个也没有逮着,反落得个呼哧带喘的,脸色变得更青,火气也更大了。他用鞭子威吓着喊道:

"我们把耕马都交给了些什么人呀?这可都是些破坏分子啊!这些人统统都得枪毙!多少活白干了,多少饲料也白白浪费了!如今用什么来耕地呢?"

他对着整个马场大声叫骂,碰上了苏尔坦穆拉特。孩子们都跑了,就他留了下来。他吓得脸色苍白,站在那里眼睁睁地看着生产队长,不过他没有因为推卸责任而逃跑。

"噢——,这是你呀!你还有脸见我!"老人忍不住,用鞭子朝伞兵队长的肩头就是一下子。但再一次举起时,他改变了主意,跺着脚,扯起嗓子气势汹汹地喊道:"跑吧,狗崽子!跑吧,听见了没有!跑呀!要不我揍死你!"

苏尔坦穆拉特躲闪了一下,本能地用双手把脸护住,两只眼睛惊慌地盯住生产队长不放。他等着脊背上狠狠地再挨一皮鞭。他鼓足全力,一定不能逃跑,要顶住,站住……

"也罢!"切吉什突然说,小伙子的倔强劲出乎他的意料,"等你父亲从前线回来,再收拾你。就是当他的面,为这件事我也饶不了你!"

苏尔坦穆拉特一声不吭。切吉什好久还平静不下来。他来回地踏着步,两手不住地前后摆动:

"你对他说——跑呀,他却站着!你想,我怎么能追上你呀!我怎么能追得上你们!哪怕出于对我的尊敬跑掉也好,我心里也会好受一些!要揍你嘛,看你一身破衣裳,身子又那么单薄,哪里经得起一鞭子。本想揍你一顿的!算了吧!原谅我这个老头儿。等你父亲回来,你们再揍我老汉,就这样吧!现在你倒给我说说,你们这是怎么闯下的大祸……"

这就是那天的事情经过。苏尔坦穆拉特挨了好一顿训斥。活该。生产队长怎么能不赏给他几鞭子。多少劳动,多少努力付诸东流,一匹瘸马还能派什么用场?也许只有宰掉吃肉。但对这匹耕畜谁敢下手呢？唯一的希望就是，切吉什老人和其他一些懂行的人都说，伤势并不危险。后来只好把阿纳泰的奥克托尔送到一位老人的院子里去。他对调治马匹很在行。把干草和燕麦也送到这里来，每天还派人看守。还算碰上了好运气，五六天以后，奥克托尔就回到了马棚，事情才算平息下来。

总的说来，那个星期是够苦的。家里母亲又病了。起初她感到有点不舒服，后来烧得躺下了。苏尔坦穆拉特不得不留在家里照看母亲和弟妹们。这时他才发现家里变得多简陋，多穷困。父亲上前线的时候，家里还养有十来只羊，现在一只也没剩下：有两只宰掉吃了，其余的都卖掉了还债和交付战时税和其他税。好在还留下一头母牛，母牛的奶子已经发胀，快要生犊了，还有就是阿孜穆拉特喂的那头老在房子后面转悠的小毛驴。这就是他们家喂养的全部家畜。而且就这头母牛和毛驴也没有什么可喂的草料了。板棚顶上还存有一些玉米棒子。不过算计了一下，如果严冬不再拖长，看来这些饲料也只够母牛产犊时加些营养，要是拖下去，事情的变化就将不堪设想。毛驴倒是可以在庭院周围找些茅刺和杂草果腹。家里烧火更成问题，——干粪块已经烧完，柴草也只够烧几天的。再往后又该怎么办？看家狗阿克托什也不像过去那么精神了。苏尔坦穆拉特垂头丧气，深感惭愧。他白天黑夜老是在马场里忙于阿克赛伞兵队的准备工作，却把家里的事耽误了。父亲在家的时候，难道是这个样子吗？那时候，父亲割来的干草足够一冬一春用的，烧的也准备得绰绰有余。不用多说，反正有父亲在,生活就会是另外一个样子——稳稳当当、井然有序、和和美美。而且不仅家里,处处都是这样,也许全世界都是这样。比方说,他们家的院子就已经面目全非了。院子里总觉得有些空荡荡,就像秋后树叶已经落光了一样。村子和从前一样,街道和房舍依然如故,但和父亲在家的那个时候已大不相同。就连从院子后边路过的马车声,也不像父亲在家的时候了,同样的车,走的也是这些路,响声已不像父亲赶车时那样令人感到欢快了……

去过江布尔的人都说,城里物价昂贵,连买吃的东西都很困难,空气很紧张,到了那里就急着想回家。这就是说,城里也不是他和父亲那次进城看到的那个样子。

为什么会这样呢?原来,父亲不在家,生活也变得不好过了……现在他在哪里,怎么样了呢?他已经有一个半月没有来信。苏尔坦穆拉特劝母亲别发愁,说信是在半路上给耽误了,可她仍然老是唉声叹气。真的,信真可能在途中给耽误了,尤其是从前线来的信常有这种情况。也许是忙着打仗,顾不上写信?但是问题在这里:从楚依运河少来几封信不算什么,要是从前线不见信来,事情可就大了。无论是母亲,还是他们几个孩子,都在想着这件事。

前天天刚亮,狗突然叫起来,过了一会儿又高兴地吠起来,接着又听见有人敲窗户。母亲猛地坐起来,带病下了床。苏尔坦穆拉特也奔到窗口,看见有个人站在家门口。母亲一下就认出了是谁。

"是你们的努尔加孜大舅来了,"母亲对儿子说,"开门去吧。"她自己则又上了床,冻得牙齿直打颤。

母亲的哥哥努尔加孜大舅住在山里,在邻近一个国营农场放了一辈子羊。虽然他是上了年纪的人,不久前也应征入了伍,到江布尔才把他和几个羊倌退回来。放羊的人都没有了,羊群可不能没人看管呀。好在努尔加孜大舅住得不远,隔一段时间还来看看。就说这一次吧,他听说妹妹病了,羊群进栏以后,夜里就下山来了。他来待的时间不能太长,探望一下,还得早一点回去。

大舅风尘仆仆,大皮袄上蒙着一层霜花,他戴着带护耳的狐皮帽,脚上穿着过膝的毡筒靴子。他进屋时,魁伟敦实的身躯带进一股羊膻味和寒气,屋里顿时显得拥挤、热闹起来。他脱下皮袄,坐到妹妹床前,把她那发烫的手握到自己的大手里,默默地摸起脉来。他用自己那结实而不易弯曲的黝黑的手指握住她那纤细的腕关节,聚精会神地摸了许久。他一定明白了什么,看出什么名堂来了。他咳嗽了一声,若有所思地捋了一下胡须,面带笑容地安慰苏尔坦穆拉特说:

"不要紧。你妈是着了凉,寒气太重。我正好带来一点肉和羊尾油……喝一碗羊尾油、辣椒和葱熬的肉汤,好好地发发汗,"他对妹妹说。"苏尔坦穆拉特,你去把马鞍上的那个羊皮口袋拿下来,再把里面的东西拿进屋里,把口袋腾出来……我得马上回去照看羊群。"

趁着母亲和大舅唠家常的时候,苏尔坦穆拉特生起火,沏了一壶茶。这时候弟弟和妹妹也醒了。他们连衣服也不披,从床上爬起来就要找舅舅。大舅给他们裹上大皮袄,让他们坐在自己身边,他们呢,有的坐在他的膝上,有的搂着他的脖子。大舅特别疼爱的阿孜穆拉特虽然都上三年级了,这时完全变成了小孩子,像个小牛犊一样跟舅舅亲热得没完没了。他把大舅带护耳的皮帽戴到头上,手里拿着皮鞭,骑在大舅的肩上,好像骑士一样。

"你怎么不害臊!快下来!"苏尔坦穆拉特拖了他两次,但大舅却让阿孜穆拉特骑着:

"别拖他,别拖他,让他玩好了。"

那一天早晨真是又开心,又热闹。阿孜穆拉特已经到上学的时间了,但他却不想走。母亲不得不说几句,可他依然围着大舅转,不肯走。大舅看这番情景也劝了外甥几句。大家好不容易才劝他穿好衣服。最后苏尔坦穆拉特不得不手拉着手把他领出门,但到了门外他还是横竖不愿走,大声地哭起来,而且就这样哭着上学去了。大家都可怜起这孩子来。

努尔加孜大舅都生气了。

"这都是你惹他的吧!"大舅嗔怪地看了苏尔坦穆拉特一眼。

"不,大舅,我没惹他。"

"那他为什么哭得这么伤心?"

"他连动都没动他一下,"母亲躺着抬起头来,替苏尔坦穆拉特辩解说,"不,努尔加孜大哥,他这是想他父亲。孩子们老缠着你,也是这个道理。我们都愁死了,一直在盼他回来,哪怕来一封信也好。可是快两个月没有消息了……"

大舅劝母亲不要哭,为孩子们着想,也应该保重身体,还说有过这样的事,听说人都死了,可过半年以后又有信来了。打仗嘛,又有什么办法……

这次,坐在患病的母亲身边,苏尔坦穆拉特深深感到,家里没有父亲日子变得多么惨淡凄凉啊。要是比阿孜穆拉特年岁再小一点,他一定会大哭一场,然后哭着跑掉,走遍天涯海角。他只有一个小小的愿望。哪怕父亲一时还回不来,能知道他活着也好啊,也就宽心了,耐心地等到他的归来。到现在他才真正理解英卡玛尔老师的心情。

有一次,她来到马场,等车把式把上区里的马车套好,然后上路。她身上还裹着那条粗毛披巾,站在歪歪斜斜的大门旁,显得苍老、孤独,眼神呆滞而忧伤。过了一天,这位老教师回来的时候完全变了样。或者更确切点说,又恢复了原来的样子。脸上的皱纹也舒展开了。她亲切地询问起学生们的生活与工作情况。苏尔坦穆拉特领着她在马场里转了一圈,请她看了伞兵队的马匹。

"你看,英卡玛尔老师,那就是我们的马!都在秣槽跟前。"

"好马,一眼就看得出来,是下了功夫的。"英卡玛尔老师对他们的劳动倍加称赞。

"您没看见这些马原先的样子呢,"苏尔坦穆拉特说,"瘦得皮包骨,浑身长着癣,耆甲都擦伤化脓了,腿也直不起来。可是,现在连我们自己也认不出来了。英卡玛尔老师,那就是我的恰勃达尔。您看,长得多壮实!这是父亲使过的马。这是阿克巴卡侬,这是泽尔塔曼……"

后来他又领着老师到马具房看马具。马具几乎全都准备就绪,拿过来就可以用。接着他们又去看了犁具。万事俱备,现在就可以套马下地了……

英卡玛尔老师看了非常满意。分手的时候,她告诉苏尔坦穆拉特说,起初要他们停学搞生产时,她不放心,也不同意,可是现在看来,学生们作出这样的牺牲还是值得的。她还说,现在的主要任务是战胜敌人,好让亲人早日从战场返回家园,损失的东西以后会弥补的,一定会弥补的……

原来,英卡玛尔老师去找过一个远近闻名的算卦女人,这个算卦女人如果算好消息,就什么也不收,分文不取,因为别人有好事她也高兴,就像自己有好事一样。所以她不会撒谎。这个算卦女人摆了三次卦,才告诉英卡玛尔说,她儿子还活着,既没有被俘,也没有受伤,只是他有重任在身,不能写信。一旦他可以写信,她会看到,信就像雪片似的飞来……尽管这里面虚虚实实,真真假假,可和大家一同去过区里的那个车把式在马棚里就是这么说的。

听说老师去找过算卦女人,苏尔坦穆拉特当时只觉得奇怪,现在他才对她的恐惧和忧虑有所理解,他甚至想去劝劝母亲,要她在身体好些的时候,去找那个算卦女人一趟,问问父亲的情况。

是啊,一想起这些来是叫人感到痛苦和恐惧的。但有时也有一些高兴愉快的念头自然而然地掠过脑海,仿佛无声无息翻腾着的山泉眼里涌起的水流。那便是对她,对梅尔扎古丽的思念。他根本不想去勾起这些思绪,但这种思念之情却油然而生,像青草破土而出,其中有乐趣,有欢快,所以他舍不得甩开,只想思念她,思念她,思念梅尔扎古丽。

而且,只要一想到她,就想做些什么,想干起来,任何不幸、困难都不在话下。不过他特别希望,她能知道他思念她些什么,他如何思念她,这一切都能让她知道就好了。

他还不十分清楚自己身上发生的这种变化叫什么,但也隐隐约约地觉着,这大概就是爱情,爱情这玩意儿他听别人说过,也在书本里见过。上前线的小伙子们临走时,不止一次请他把密封好的信件转交给哪家姑娘或年轻媳妇。每次他都怀着一种自豪的心情去完成这些秘密的使命,而且从不对人透露片言只语。男子汉大丈夫岂能在这些事情上扯什么闲言碎语!甚至还有一次,一个远房亲戚请他写过这样的一封信。这个人就是扎曼库尔。他年轻,识字不多,终年在山里放羊,小时候没上过学。而现在却接到了入伍通知。小伙子很可能想跟心爱的姑娘话别一番,向她倾诉衷肠,即使是通过书信的方式也好,因为那时候还不兴约会尚未出阁的姑娘。这样一来,这位大字不识几个的扎曼库尔只好求助于亲戚的儿子。扎曼库尔口授,由苏尔坦穆拉特把他的话写下来。本来这种做法就使苏尔坦穆拉特觉得好笑,加之扎曼库尔又那么痴情,那么激动地寻章摘句,等两人把信写完,扎曼库尔的嗓子都干坏了,这更使苏尔坦穆拉特啼笑皆非。而在这之前苏尔坦穆拉特还不干呢,要别人一再求他,还收了人家一把羊角柄的小刀,他那时哪里想到,过了还不到一年,他自己也跟扎曼库尔一样无病呻吟起来。

阿克赛、柯克赛、萨雷赛——我走遍了这些地方,
哪里也找不到像你这样美丽的姑娘……

这几句诗是扎曼库尔的,是他独自一人在山里编出来的,苏尔坦穆拉特现在想起来了,心里默诵着。

他突然领悟了:他也给她写信!找到了这种能远距离诉说、表达自己感情,既不会丢面子,又不冒什么风险的方式以后,他决意马上行动,去做一番好事,让其他人也和他一样美满自在,让其他人也和他一样感到幸福。首先他要帮助母亲,让她的身体尽快康复,少为父亲担惊受怕,让她又能回到养畜场里工作,家里过得舒适、温暖些,还要让母亲多少能知道一点,她的儿子正在恋爱,而且正是由于这种爱情,周围一切都有了好转……

住在家里的这两三天,苏尔坦穆拉特做了恐怕一年也做不完的大量工作。他把家务事安排得井井有条,屋里屋外打扫、整理得干干净净。他一边干活,一边还常常到母亲身边问一句:

"你觉得怎么样?是不是想吃点东西?"

母亲苦笑着说:

"现在就是死也不可怕了。你别担心,我想吃的时候会告诉你……"

夜里,当人们都进入了梦乡,他才坐下来给梅尔扎古丽写信。虽然夜很静谧,没有人会打扰他,但他心里依然十分激动。他冥思苦想,不知从何下笔。他想出了好几种方案,但每次又都被自己否定了。他的思绪宛如乱石落水击起的层层涟漪,不断地向四外扩散。他想把积压在心头的一切都倾吐出来,但只要刚一提笔,要说的话又记不起来了。他首先想告诉梅尔扎古丽,她多么漂亮,她是村里,乃至世界上最美丽的姑娘。然后再告诉她,对他来说,世界上再没有比坐在教室里,久久地看着她那美丽的脸庞更能使他兴奋的事情了。可是现在生活发生了变化,他和他的伞兵队已经不能再上学,还不知道什么时候才能重新拿起书本。现在,他很少见到她,这使他很难过,想她想得都快要死了。有时真想大哭一场。关于哭的事他不打算告诉梅尔扎古丽,男子汉就应该像个男子汉的样子,不过有时确实喉咙被堵住,热泪盈眶。他想在信中向她解释一下,过去课间休息的时候,他好像有点鲁莽,走过去找她,这不是没有原因的,也不是偶然的,她完全用不着避开他。当时,他心里并没有什么坏念头。他还很想向她解释一下那次赛马的事,不讲理的阿纳泰想显示自己在伞兵队里最勇敢、最有力气,而且是最主要的人物。结果呢,梅尔扎古丽自己也看到了,阿纳泰什么也没有捞着。只可惜他的奥克托尔受苦了。但苏尔坦穆拉特想在信里告诉梅尔扎古丽的一件最主要的事情是,他从跑下山坡的一大群同学中间一眼就认出了她,而且马上意识到,他早就在热烈地爱着她;她伸开双臂呼唤着跑下山坡的时候,显得多么可亲可爱啊!当时,她像音乐,像瀑布,像火焰向着他奔跑过来……

窗台上的煤油灯结了灯花,苏尔坦穆拉特不得不起来两三次,往外拨灯芯。幸好母亲睡在另一个房间,没看见他在耗尽最后一滴煤油,要不一定会生气的。可是,他的信还是没有写出来,不是无话可说,而是千言万语,一下子都想倾吐出来。

村里的灯火早就熄灭了,狗也早就不叫了,在这个静谧的二月之夜,马纳斯雪岭下谷地里的人们早已进入了梦乡。窗外是漆黑的夜。苏尔坦穆拉特觉得,此刻世界上只剩下这茫茫的黑夜和怀念梅尔扎古丽的他。

最后他终于定下决心。信的标题就叫"情书",他在信里写了,这封信是写给村里的美人儿梅尔扎古丽的,她秀美的光华完全可以取代屋里的灯光。他接着写道,集市上有成百上千的人彼此相逢,唯有贴体知己的人才互致问候。这些他都是从扎曼库尔的信里抄来的。随后他又保证说,他要把自己的生命献给她,直至生命的最后一息,等等。在信的结尾部分他写下了扎曼库尔的诗句:

> 阿克赛、柯克赛、萨雷赛——我走遍了这些地方,
> 哪里也找不到像你这样美丽的姑娘……

六

第二天,阿孜穆拉特放学回来,便跟哥哥到地里去拾柴火。他们备好阿孜穆拉特的那头黑鬃驴,把捆柴火用的绳子、镰刀和手套拴在鞍子上,带上看家狗阿克托什,便上路了。狗欢蹦乱跳地跟在他们后面。阿孜穆拉特年纪小,理所当然地骑在驴背上,哥哥则跟在背后赶驴。不赶么,驴就不会快走。他们要去的地方离家不近。只有苏尔坦穆拉特一个人知道这块地方有许多干树枝。这是个很远的地方,在吐尤克-扎尔山谷里。春暖融化的冰雪和夏天充足的雨水,从四面八方汇入这条山谷。每当大雨倾盆,山洪暴发,雷电咆哮的时候,山谷轰鸣震荡;而一到入秋,谷地里硬茎

的山蒿便猛蹿到一人来高。很少有人到这里来看看,而一旦有人进来,就不会空手而归的。

附近的柴火早被割完了。所以他们只好到吐尤克-扎尔山谷里来。苏尔坦穆拉特对母亲下过保证,在去阿克赛以前一定把柴火备好。

起初,苏尔坦穆拉特心绪烦乱,没有心思和多嘴多舌的兄弟拉闲话。应该趁这工夫考虑一些问题。他们去阿克赛开荒耕地的日子越来越逼近,只剩下屈指可数的几天。在出发之前总会发现许多没有做好的事情。特别是那些琐碎小事。要知道在阿克赛那边,需要的时候,可能连一个钉子也找不到。幸好特纳里耶夫主席还到他们家里看了一趟。他来,一是看母亲的病,二是想了解一下伞兵队长的准备工作做得怎么样。农庄主席还叮咛了许多事。告诉他到了荒地上(人们决定在那里安营扎寨)生活如何安排,如何运去草料和粮食,要紧的是,他还跟母亲谈了谈。最近一段时间,母亲变得爱发脾气,这是让病折磨的,也是怪父亲不来信的缘故。说着说着她便跟农庄主席吵起来。她说:你要把这群孩子派到什么地方去?到草原上他们会丢失的。她说,我不能放儿子走,我自己有病,孩子还小,丈夫那边也没个音讯,家里没有草料,也没有柴烧。可农庄主席说:草料我可以给一点,多了可不行,因为春耕已经迫在眉睫。关于柴火的事,什么也没有答应。农庄主席似乎得了绞肠痧,脸色都发白了。他对母亲说:您说孩子到草原上会丢失,那您是瞎操心。尽管我很理解您,可您这些话我不能同意。这也是一项战斗任务嘛。既是这样,您愿意不愿意都没有任何意义了。都得执行,不能讲任何条件。就比方说,如果你们的丈夫在发起冲锋之前还哭哭啼啼地念叨家里的事:又是缺这样,少那样啦,又是没有烧的,没有喂牲口的啦,那我们还怎么去冲锋呢!这像什么话?谁能允许有人打仗时候还来这一套?而对我们来说,阿克赛就是我们的进攻目标。这次冲锋我们调动的是我们的后备军——上学的孩子们。别的人再没有了。

谈话的情况就是这样。苏尔坦穆拉特心想,母亲很可怜,但也应该理解特纳里耶夫,他也是被困境逼得没有办法才想出这么做的。他要求苏尔坦穆拉特尽快去上工。他说,季节不饶人呀。还说,只要等母亲的病稍微见轻,就一刻也不要耽搁,赶紧动手干起来……

从昨天开始,母亲感觉病有些好转,开始动手做一些家务了。这回苏尔坦穆拉特可以回到马棚找伙伴去了。不过无论说什么也得打好柴火,不能让家里没烧的,不暖和……

这是个初春的日子,正当温暖的正午时分。不像冬天,也不像春天。正处在寒暖交替的时候。没有一丝风。周围清静,安谧,广阔无垠。白雪开始融化,已经下陷的雪原当中,出现了一大片一大片的林中空地。远方高耸、巍峨的雪山,在透明的空气中闪着耀眼的光辉。四周的原野是多么开阔,又有多少事需要人们去为它操心啊!

苏尔坦穆拉特停住脚步。他想向西边张望一下大马纳斯山脉前边草原斜坡上的阿克赛的天地。然而在那遥远的人称阿克赛的方向,什么也看不见。看见的只是空旷的原野和阳光……到那里去要走好几天。到那儿以后会怎么样呢？在那片土地上等待他们的将是什么呢？心中忧虑得脊背都发凉了……

然而天气妙极了。阿孜穆拉特高兴得简直忘乎所以。这是多么自由自在的一天，哥哥就在身边，狗忠实地跑前跑后，在整个世界上，他们简直可以为所欲为，他们就这样去给家里打柴。他一直骑着驴，用细细的嗓音唱起战前的各种歌曲：

> 元帅们，发布命令吧，
> 我们将一起投入战斗。
> 敌人纵有成千上万，
> 也杀它个片甲不留。

唉，傻小子！不懂事的毛孩子……

可是阿孜穆拉特却若无其事。他依然自我陶醉地唱自己的歌：

> 一二一，一二一，
> 队伍要排得整整齐齐……

苏尔坦穆拉特也变得快活起来。他看着这位骑驴勇士，直觉得滑稽可笑。可是当走过去年的打谷场时，哥儿俩不由得都不吱声了。在这个僻静的地方，在这些东倒西歪的草垛之间，已经感觉到了春天的生机。田野里一片寂静。自从去年打过谷以后，这里就变得荒凉了。到处散发着潮湿的干草味、霉烂味和已逝去的夏天气息。沟渠里扔着一只没有铁箍的破车轮子。用脱过粒的麦捆搭的大棚子还在，打场的人曾在里面乘凉。在太阳晒着特别暖和的地方，在还堆着扬过的麦秕的打谷场中间,落下的麦粒已经长出密密丛丛的一片绿苗。

阿克托什忽前忽后地来回奔跑起来,在打谷场上东闻闻,西嗅嗅,惊起了一群野鸽。它们从结了冰的草垛的檐下飞出来,它们在这个避风的窝里整整过了一冬。野鸽密密麻麻地成群在田野上空唧唧喳喳欢快地盘旋,阿克托什毫无恶意地尖叫一声追赶上来,但没敢跑得太远。阿孜穆拉特也望着空中的鸽子喊了几声,但过了一会儿,也就不再去理会它们了。只有苏尔坦穆拉特却久久地凝视着这些鸟,欣赏它们灵活而疾速的翱翔,欣赏阳光撒在羽毛上发出的珍珠般的光华。他发现一对瓦灰色的野鸽离开鸟群比翼双飞,于是便想起参军走了的青年数学教师:

> 我是遨游蓝天的灰鸽,
> 而你呀,雌鸽,与我双飞比翼。
> 世间再没有更大的幸福,
> 比得上情侣永不分离……

大家在布渣酒①掌柜家为老师饯行时,老师喝醉了,坐上四轮马车出村的时候,他一直唱着,说他是遨游蓝天的灰鸽子,而她是雌鸽,跟他比翼双飞……当时苏尔坦穆拉特觉得这支小曲挺可笑,一向严肃的老师居然也变得如此滑稽。而现在,当他目送这对渐渐远去的野鸽时,却发呆了,感到一阵寒战。小伙子明白了,他正是那只翱翔蓝天的鸽子,而

---

① 一种带酸味略含酒精的饮料。

那只和他比翼双飞、形影不离的雌鸽就是梅尔扎古丽。此刻,他很想和梅尔扎古丽在一起,就像在这冬天的田野上空上下盘旋的两只鸽子那样。他想起给她写信的事,决定把这支吟咏鸽子的小曲——《阿克甫捷尔》也写到信里去……现在的问题是怎样把信交给她。苏尔坦穆拉特知道,当着孩子们的面,她是不会接他的信的。过去,课间休息的时候她都要躲开。再说,他自己现在也不上学了。她的家又去不得,管得太严……就是去了,说什么,又怎么解释呢?人家会问,都住在一个村子里,干吗还要传书递信的呢?

但是他越想越感到必须让她知道,他朝思暮想的就是她。要让她知道这个,这是十分重要的,是非常重要的,是再重要不过的了。

一路上,苏尔坦穆拉特一会儿想到梅尔扎古丽,一会儿又想到去阿克赛的事和上前线的父亲,不知不觉就来到了吐尤克-扎尔山谷。有人已经到过这里,打过柴了。但是剩下来的那种茅柴还多得不得了,沿着冰雪覆盖的小溪两岸的山谷里,蒺藜当中还有大量的醋柳,多得很。现在担心的不是能不能打到柴火,而是怎样运走。苏尔坦穆拉特和阿孜穆拉特稍加考虑,便动手干起来。他们把黑鬃驴放去吃从雪下露出来的隔年枯草。阿克托什不需要人看管,自己在谷地里到处跑,到处嗅。兄弟俩干得挺顺手,他们用镰刀把枯枝割下来,堆成一大堆,最后捆成捆。他们一声不吭地干着。

过了不多久,两人都感到热了。他们脱下衣服,把小羊皮袄甩在一边。干枝长得很密,枝茎也很硬,用镰刀割起来别提有多痛快了。村子附近是找不到这种干枝的。根本没有！可是这里的干枝可以一把一把地齐根割下来，割这样的干枝真是一件大快人心的事情。干枝沙沙直响，干籽儿在果荚里发出清脆的响声，密密麻麻地撒在雪地上。于是那苦涩的花粉气又扑鼻而来，仿佛回到盛夏的八月。弯腰干活很不好受。但是这里的干枝太理想了，烧起来火会很旺。母亲和妹妹们会满意的。每当家里的炉子着得旺的时候，大家的心情也会好起来。

他们已经割下不少干枝了，刚要喘口气小憩一下，突然听见阿克托什拼命狂吠起来。苏尔坦穆拉特抬头一看，丢下镰刀大声喊道：

"阿孜穆拉特，你看，狐狸！"

在山谷前面，一只被狗惊动的狐狸，正在冬天冻实了的冰凌上奔跑，一面跑，一面不住地回头张望，还不时停下来。狐狸跑得很轻快，就像在雪地上滑行一样。这只狐狸长得很大，两只黑耳朵竖着，背和长长的尾巴都是烟红色的。阿克托什发狂似的，不顾一切地在后面追，可是，它越是追得起劲，陷进雪里的次数就越多。

"抓住它！抓呀！"阿孜穆拉特喊起来。于是弟兄俩挥舞着镰刀，迎上前去。

狐狸发现对面有人追过来，猛地掉头向荆棘丛生的灌木林后面跑去，当看到阿克托什正顺着它原先的足迹扑过来，这时又猝然朝来的方向奔回去。狐狸本来可以轻易地躲过追踪者，可倒霉的是，它却跑进了像口袋一样的谷地尽头，这里像是些陡峭的、直上直下、不可逾越的大墙挡住了去路。狐狸显然是无处可逃了。要是没有这条狂吠乱叫的狗,它可以躲藏到醋柳丛里去,任凭再大的本事,也无法在荆棘遍地的灌木丛里捉住它。这条狗虽然不是良种,只是看家护院的狗,但很顽强耐劳。狗汪汪叫个不停,正是这种叫声使狐狸害怕了。

弟兄俩也被这突如其来的意外事件吸引住了,他们拼命追赶着狐狸,直追得身上冒汗,浑身燥热,他们的呼叫声震耳欲聋,追捕猎物的狂喜使他们忘掉了一切。狐狸现在只有一条出路:要么向狗求饶,要么从他们两人当中穿过去,奔向山谷的出口。

狐狸看了一下四周。它没有躲避人的追逼,而是直冲着他们,迎面跑过来。两个小伙子因为这一突变怔住了。狐狸不慌不忙地踏着谷底隆起的雪堆跑过来,对跟在后边已经气喘吁吁、不时陷入雪中的狗能不能追上这一点,它仿佛有充分的估计。可怜的阿克托什因为狂吠和奔跑都变得晕头转向了,一点也没察觉狐狸是怎样狡猾地把它引上深深的雪面上的冰凌。

其实,弟兄俩也没理会这一点。他们俩停下来,被这近在眼前的奇景迷住了:狐狸在奔跑时是这样美丽,宛如顺着急流而下的一叶扁舟。狐狸恰好从他俩当中穿过去,好像故意不偏不倚,以便谁也不得罪。但是后来稍稍向左拐了一下,并在离苏尔坦穆拉特两三步的地方跑了过去。在这短暂的一瞬间,他像是做梦一般,清清楚楚地看见了这只完整的狐狸,却又对眼前的一切将信将疑。狐狸从他身边跑过时,紧张地抬起头,一双闪闪发光的黑眼睛看了他一眼,使他对这充满智慧的兽类的目光惊叹不已。它昂着头,竖起松软的尾巴,淡白色的肚皮,四只飞快的黑爪和不停琢磨的目光,给苏尔坦穆拉特留下了难忘的印象……它知道,苏尔坦穆拉特不会碰它。

当阿孜穆拉特把镰刀投向狐狸,喊叫起来,他才如梦初醒,只听见:

"打狐狸!打呀!"

苏尔坦穆拉特还没来得及打,狐狸便钻进荆棘丛里去了,阿克托什追过去,它们飞快地顺着山谷跑下坡去。

"这太棒啦!"苏尔坦穆拉特脱口而出。

弟兄俩跑了一阵又停下来。狐狸已经无影无踪了。只有阿克托什在这里汪汪,那里叫叫。

"瞧你,"后来阿孜穆拉特说,"把这么好的一只狐狸给放跑啦。就知道站着,手也舍不得动一下!"

苏尔坦穆拉特无言以对。弟弟说的是实话。

"你要它干什么?"他嘟嘟哝哝地说。

"什么叫干什么?"弟弟没解释想说的话,只把手一摆了事。

然后他们一声不吭地把割下来的干枝拢成一堆。还需要再割一些才能堆成更大的捆。就在这时,阿孜穆拉特生气地说:

"干什么,干什么,瞧你说的!要不都能给爸爸缝一顶皮帽子,像努尔加孜大舅那样的,就怨你傻站着不动!"

苏尔坦穆拉特呆住了:原来弟弟追赶狐狸时想的是这个。他现在也后悔了,这样漂亮的狐狸没能抓到手,他想象得出爸爸戴上努尔加孜大舅那样的皮帽子,又柔软,又暖和。爸爸戴上这种帽子太合适了。苏尔坦穆拉特的遐想被弟弟的抽泣声打断。阿孜穆拉特坐在柴火堆上,哭得很伤心。

"你这是干什么?你这是怎么了?"苏尔坦穆拉特走近弟弟身边。

"没什么。"弟弟泪汪汪地说。

苏尔坦穆拉特没再深问。他回想起不久前努尔加孜大舅来的时候,阿孜穆拉特也哭过,就猜出了八九分。他明白了,这孩子是因为想念爸爸才哭的。狐狸和狐皮帽子只不过是个引子……

苏尔坦穆拉特不知如何安慰弟弟才好。他自己也很伤心。由于可怜和同情弟弟,他决定把自己隐藏最深的心事对弟弟讲出来。

"你别哭啦,阿孜克,"他说着,在弟弟身边坐下来,"不要哭。你知道吗,我想等爸爸回来以后就结婚。"

阿孜穆拉特止住哭,惊异地瞪着哥哥:

"结婚?"

"是啊。不过,你得帮我办一件事。"

"什么事?"阿孜穆拉特的兴致马上来了。

"不过你对任何人都不许说出去。"

"不说!对谁也不说!"

这时苏尔坦穆拉特又踌躇起来。说还是不说呢?他心慌意乱,默默地站在那里。弟弟却唠叨不休地说:

"唉,你说呀,什么事,说呀,苏尔坦。我担保对谁都不讲出去。"

苏尔坦穆拉特出了一身汗,眼睛不敢看着弟弟,好容易才说出来:

"要给一位姑娘送一封信。是学校里的。"

"那信在哪儿,是什么信?"阿孜穆拉特非常兴奋地朝哥哥跟前凑过来。

"以后我再给你看。信不在手里。"

"那在什么地方?"

"在应该在的地方。过后你会看到的。"

"是送给哪个姑娘的呢?"

"你认识她。我以后再告诉你。"

"你现在就说吧!"

"不,以后再说。"

阿孜穆拉特纠缠不休,非要哥哥说出来不可。苏尔坦穆拉特长叹了一口气,只得结结巴巴地说:

"这……这封信……是交给梅尔扎古丽。"

"哪一个梅尔扎古丽?是你们班里的那个姑娘吗?"

"是。"

"太好啦!"不知是因为高兴,还是调皮,弟弟喊叫起来,"我认识她,她呀,总以为自己挺美的!跟低年级的同学连话也不说。"

"你喊什么?"哥哥发火了。

"好啦,好啦!我不喊了!你爱她吗,啊?跟艾楚列克和谢梅婕依①一样,是吗?"

---

① 艾楚列克和谢梅婕依是史诗《马纳斯》中的主人公。——原注

"住嘴吧!"苏尔坦穆拉特呵斥了弟弟一句。

"怎么啦!连说也不许说?"弟弟挖苦他说。

"那你喊吧,跑到山上向全世界喊吧!"

"我就是跑去喊!你爱梅尔扎古丽!就是!就是!你爱……"

弟弟的蛮悍使哥哥忍无可忍。苏尔坦穆拉特举起手朝他后脑勺狠狠打了一巴掌。弟弟一撇嘴,喊得满山谷都听得见:

"爸爸打仗走啦,要你来打我?哼,等着瞧!等着瞧吧!跟你没个完!"他扯着嗓子喊起来。

现在倒是应该安慰弟弟了。瞧这个乱劲儿!他们和解了,阿孜穆拉特不住地用拳头拭着脸上的泪水,抽抽搭搭地说:

"别瞎想了,我对谁也不说出去,连妈妈也不告诉。可你还为这个要揍……不过,信我还是要给你送去的。我本来马上要说给你听,可你二话不说就打起来了……等课间休息的时候,我把她叫到一边,把信交给她。为了这个,我要求你,爸爸打完仗回来,到达火车站的时候,大家都跑去接他,到那时你可得把我带去。咱们俩骑上恰勃达尔,跑在大家的最前面。你和我。因为恰勃达尔现在是你的。你骑在马前,我坐在马后,就这样骑马跑去。我们当时就把恰勃达尔交给爸爸,咱们跟着跑,迎面走来的是妈妈和全村的人……"

他就这样诉说着,又是抱怨,又是委屈,又是哀求,苏尔坦穆拉特被感动得几乎也禁不住落下泪来。他刚才还生气,这时却为自己动手打了弟弟而万分羞愧。

"好啦,阿孜克,别哭啦。到父亲回来的时候,咱俩骑上恰勃达尔去接……"

他们把割下来的柴火拢在一起,捆成足足三大捆。苏尔坦穆拉特很会捆柴火。起初一看,堆太大了,像小山一样,他们都有些担心驮不走。可后来,要是用绳子勒得好,柴火堆可缩小三分之二。勒紧的柴火捆背起来又稳当,又牢靠,驮起来也方便。这次弟兄俩把两捆柴做成驮子,为了这个他们才牵来黑鬃驴的,剩下的那一捆,苏尔坦穆拉特决定自己背。背回家是够远的,可他巴不得给家里捡更多的柴火呢。而且把这些干柴扔下也太可惜了。他们在吐尤克-扎尔山谷打的都是一些好柴。

黑鬃驴驮着两大捆干柴,耳朵和尾巴都盖得看不见了。阿孜穆拉特牵着驴走在前面,苏尔坦穆拉特背着柴捆,弯着腰跟在后面走。柴火捆是用特殊的十字结拴在两肩上的——绳子从左腋下出来,通过胸前到右肩,在后脑勺右面一勒,打成一个活扣,活扣的头攥在手里。用这种方法捆绑,背东西的人可以在路上经常把松了的捆绳拽紧。

他们就这样走着——阿孜穆拉特走在前面,牵着黑鬃驴,后面是苏尔坦穆拉特背着柴火,为这支队伍殿后的是看家犬阿克托什,它已经累坏了,所以才走在最后。

背柴火最要紧的是歇脚的时间不能太长。第一次打歇后,中间间歇的时间就要逐渐缩短——第二次打歇是第一次间歇时间的一半,第三次是第二次的一半,依次类推。苏尔坦穆拉特懂得这一点,所以才量力而行,迈开大步,从容不迫地走着。现在他对四周的一切连看也不看一眼,只盯着自己的脚下。背东西走路时,为了不累,不要只盼着休息,最好心里想些与此无关的事。

他一边走,一边想他明天一早去马场上工的事,他又要执行伞兵队长的职责了。是该往前赶一赶,离去阿克赛只剩屈指可数的几天。马匹好像都很壮实,没什么毛病,犁和备用铧都准备齐了,马具也备齐了,可不管怎么说,到了下地干活的那一天,总还会发现一些问题。切吉什队长说得好:眼是兔子手是虎,应当大胆去干,在干的过程中就会看出活应当怎么干,干什么,事先不可能把什么都估计到。他说的或许是对的。

苏尔坦穆拉特也想到怎样帮助母亲减轻负担的问题。她简直忙坏了。又得去畜牧场挤奶,又要喂奶牛,回家连喘口气的工夫都没有。生火、做饭、洗衣服,什么都是她一个人干。妹妹们都还小。阿孜穆拉特也帮不了什么大忙。他自己现在倒是不需要再让人照管,可马上就要去阿克赛,也不知道什么时候才能回来。有多少地要耕,要耙呀……可他们总共才五套犁。其他的牲畜和犁杖都得留在老的耕地上用。那里的活还多得很呢。可那些地块总还在村子附近呀。实在没办法女人也能去扶犁。这根本不是女人干的活计。可现在齐腰深的渠也是她们挖,还往地里引水灌溉,还修堤筑坝……

怎样才能减轻母亲的生活负担呢?他想来想去,也想不出个究竟来……

可他想得更多的是,明天要把信送去,就差把《阿克甫捷尔》的歌词填进去了。他想象着梅尔扎古丽读他这封信的心情,她会有些什么想法。哎呀,原来写封情书是这么的难啊!想要写的东西,一写出来竟然面目全非,心里的话,无论如何也无法在纸上表达出来。真想知道,她会说些什么呢?她也一定会写封回信的。怎么会不写呢?他怎么知道,她答应还是不答应让他去爱呢?这可是个难题……假使她不愿意让他去爱呢?……那可怎么办哟?……

吐尤克-扎尔山谷已经远远地抛在后边。西斜的落日正好从前方和侧面照着半边脸。大地依然保持着冬天的静谧和壮观。这通常是风暴的前兆——平静、安详、寂静,一切都会顷刻之间相撞,摧毁,搅乱,化为齑粉。在这种时刻,应该悄悄地祈祷:"但愿一切顺利,大家平安!"——以便制止邪恶势力。有时这会顶事的。"但愿一切顺利,大家平安!"——苏尔坦穆拉特默默地念着,一面物色前边适于第一次打歇的地方。

打歇要挑选一个有土墩的地方,好再起身继续走的时候,容易站起来。背柴的人要先仰倒在柴火捆上,活动活动绳子,一旦背上柴火捆,就不能活动得太厉害,否则柴火捆就会滑过头,背柴的人就会像只青蛙一样栽倒。松完绳子,应当跪下,一只腿先站起来,然后另一只腿再站直,最后喊一声"真主保佑!"才挺直身子,当然这得看东西有多重了。不过最简单不过的是,打歇时要仰倒在柴火捆上。

苏尔坦穆拉特仰面躺在柴火捆上,眯了眯眼睛。啊,把胸前的绳子松开该有多痛快!他舒舒服服地躺着,搜寻着下次打歇的地点。什么时候他才能干完这项重活,一心一意地去思念她呢?

"你可要快点儿给我回信啊,听见没有?"他不出声地悄悄念叨着,暗自笑了笑,侧耳谛听起来。

无所不包的、优美的宁静已降临这依然明亮的大地,不知不觉间已是暮色苍茫了。

七

盼望已久的日子临近了……

从早起一直到深夜睡熟以前,他整天整天地在盼着梅尔扎古丽的回音,这是一种让人焦灼不安的等待……他不管到哪儿去,也不管是干什么,一直都在想着这件事。他跟自己的伞兵一起干活、谈心,对他们发号施令,可心里只惦着一件事,就是等阿孜穆拉特放学以后,手拿着那封盼望已久的回信跑到马棚来。他甚至和阿孜穆拉特想出了一个暗号。如果梅尔扎古丽有回音,阿孜穆拉特就一蹦三跳地跑,还要挥动双手;如果没有,就不跑,而是把两手揣在口袋里走过来。

苏尔坦穆拉特一直不停地张望阿孜穆拉特要来的那个方向。然而弟弟每天总是揣着手回来。苏尔坦穆拉特又苦恼,又纳闷。他再也忍耐不住,开始一个劲儿地盘问阿孜穆拉特,左打听,右询问,她跟他见面时讲了些什么,他是怎么朝她走过去的,前前后后都说了些什么。回到家一看,经常碰见弟弟早就睡着了。他想再问问清楚,还有些什么详细的情节。不过也没有什么值得问的了。用阿孜穆拉特的话说,这位梳着两个小辫的梅尔扎古丽姑娘真不怎么样,课间休息时什么都没有对他说,装出一副若无其事、无可奉告的样子,好像她什么信也没有收到。下课后还老站在那里跟女伴们聊天,要不是他阿孜穆拉特自己走上前去,拉住她的手,她连对他阿孜穆拉特也不理。

苏尔坦穆拉特真不明白这是什么意思。要是梅尔扎古丽不愿意跟他交往,她为什么不写信直说出来呢?为什么没有反应,莫非她一点也不体会人家等候她回信的那种受熬煎的苦闷心情吗?

他想着想着就睡着了,早上一醒来,想的还是这件事。时间已经不多,不能再等了。四周的雪很快消融殆尽。眼看就要解冻,大地复苏,即将破土开犁了,到那时就够你忙的了……

一次,苏尔坦穆拉特对弟弟说:

"你去告诉她,我马上就要去阿克赛了,要去很长时间……"

回答还是很简单。

"'我知道,'她就说了这么一句,再没有说什么了。"

他开始没完没了地揣测起来。有一次,他甚至想跑到学校里去,专等到下课去见她,亲自问她,这一切都是什么意思。不过他下不了这个决心。过去觉得最简单不过的事,如今却变得难以理解。像深山里变幻莫测的风云一样,畏惧、羞涩、尴尬和狐疑拨弄着他的心弦……

再说,工作也丢不开。要干的活有的是。当伞兵指挥员,担子是不轻的。每天从早到晚,不是干这就是干那,离去阿克赛的日子越近,各种各样的事就越多。

然而春天的到来,不仅使事情增多,还使人们的生活变得更美,更新,也更使人忐忑不安。饮马的地方也洋溢着盎然的春意,欢快而又舒畅。坚冰像烟一样消散了。河解冻了,河水在砾石满布的河滩上潺潺流动,唱着欢快的歌。河底的每块卵石都在碧澄澄的湍流中闪着光,妙影斑驳。马群喧闹着跑到河中心,蹄下溅起一簇簇水花。孩子们骑着马跟着跑去,河里顿时响起一阵阵欢笑声、叫冷的喊声和催马声……

苏尔坦穆拉特正是在饮马的时候看见了梅尔扎古丽。正当她迈步过河时,他看见了,就惊呆了。究竟为什么呆住了呢?梅尔扎古丽不是单独一人。是四个姑娘在一起。她们正放学回家。他完全有可能看不见她们。在这条路上来来往往,踩着石头过河的人有的是。可偏偏这回他走了运!他偶然一瞅,呆住了,再勒住恰勃达尔一看,马上认出了她。她正踩着石头过河,也认出了苏尔坦穆拉特。她身子摇晃了一下,伸出双臂平衡,等跳上岸后,停下脚步,朝他这里又瞟了一眼。跟女伴一起离去的时候,还回头张望了好几次。每当梅尔扎古丽回头看的时候,他真想纵马朝她奔去,把深藏在心底的爱情大胆地、毫不迟疑地向她倾吐出来,说没有她他简直没法活。然而,每当梅尔扎古丽回头看他的时候,他又鼓不起勇气这样做,只是神魂颠倒地站在那里。她和女伴们已经消失在阿拉里街头,可他还勒住马,一动不动伫立在河中央。马群早已饮足,上岸去了。孩子们把马赶到一起好往马场轰,可他还留在原地呆立不动,装作还在饮恰勃达尔的样子……

过后他一想起这个场面,就很不理解地骂自己,为什么不预先料到能在这条路上遇见她放学。是啊,在那儿,在河的渡口上,什么时候都可以装作和她偶然相遇。为什么从前脑子里就想不到这一层?自然不必说,应当亲自和她会面,了解她对他写的信有什么看法。

后来他才明白,只要他们伞兵队晚些时候赶马饮水,每天都可以相遇。苏尔坦穆拉特非常后悔,以前每当他们饮完马,把马赶走以后,梅尔扎古丽都要来到那里,可他连这么简单的事也没想到。一切都是这么简单,他感到懊恼、难过……

于是他决定等候她。第二天,苏尔坦穆拉特在河边待着不走,他对小伙子们说,要好好遛一下恰勃达尔,过一会儿就回去,还求他们先替他看好他那几匹饮过的马:拴好,添上草料。

又是阿纳泰多嘴!

他饮完马不忙着走,还拦住别人。

"我可是知道,你在这儿等着什么人呢。"他挑衅地说。

好一个讨人嫌的家伙!

可苏尔坦穆拉特也不是好惹的。他没有平心静气地去解释什么"你知道,那好呀。你可别弄错了"。而是出口就刺了阿纳泰一句:

"那你是法西斯间谍!"

"你说谁是间谍?我是间谍?"

"你是间谍!"

"那你说说明白!我要是间谍,就让军事法庭毙了我!要不是的话,我给你两耳光!"

他们就这样顶撞起来,两人都策马前拥,推推搡搡地在河当中打起转圈来。他们大声叫嚷,怒目相视,拼命想把对方拉下马。小伙子们在岸边笑呀,乐呀,撩逗着他们,可他俩却像斗架的公鸡一样,越来越起劲。四周的河水像沸腾了似的,水珠飞溅而起,马在水里跌跌撞撞,马蹄碰得石头嗒嗒作响,只听见艾尔金别克嚷道:

"嗨,我说你们又想把马弄伤呀!"

他们这才如梦初醒,甚至高兴起来,因为可找着台阶下了,于是两人二话不说便各走各的路了。

不过,无论怎么说,这简直是大煞风景。当小伙子们赶着马群回到马棚以后,苏尔坦穆拉特还气喘吁吁的。为了压下这口气,他纵马沿河奔驰,一边还不住地盯着路上。没跑多远,他又掉头往回走,就在这时看见了她。同昨天一样,梅尔扎古丽是和女伴们一路同行的。她们边走边谈,根本不会想到方才有人会为她们中间的一个人而打起来,为她而伤心,忧愁。不久前母亲看见儿子的这副样子都吓坏了:"你怎么啦?会不会是病啦?瞧你瘦得多厉害!"他安慰了妈妈,可自己拿起镜子来(好久不照镜子了,一直也没工夫照),这一看才发现,的确,最近自己的模样是变得很厉害。一双病态的眼睛显得无精打采,脸瘦多了,脖子也显得长了,好像眉宇间还增添了几丝皱纹,上嘴唇出现了细软的黑须。若不对着光看还看不出来呢。真不得了!他完全变了样,都认不出来了……就连父亲回来,一下子也会认不出来的……

他骑着马从侧面走过去,发现梅尔扎古丽朝饮马的方向看了两眼,好像在张望什么人。然而,一看见苏尔坦穆拉特又突然战栗了一下,停了片刻,又很快地跟女伴们走了。她们像什么事也没发生,从一块石头跳到另一块石头上,过了河便各自回家去了。他从旁边追赶过去,像是有什么事急着要做,骑着马从菜园绕道来到街上,想迎面碰上她。他在街的另一头看见了她。到这里他放慢了速度。他们离得越近,他就越感到害怕。他仿佛感到,满街都有人从窗口、从门缝里盯着他俩,人们都在等着他俩相会,听他对她说些什么。

梅尔扎古丽不紧不慢地向他迎面走来。苏尔坦穆拉特不明白出了什么事,为什么他这样激动。要知道,他们曾在一个班里上过学,那时候从她手中抢个什么东西,甚至让她受点委屈也不在乎,可是现在要接近她的时候,心里却感到颤栗,羞怯。这时,他真想回避这次会面,可是已经迟了。梅尔扎古丽可能也觉察到他内心的激动。就在快要走到苏尔坦穆拉特跟前的时候,她突然加快脚步,还没走到自己的家,便一转身进了邻居的院子。苏尔坦穆拉特轻松愉快地舒了一口气。他非常感激她。两人相会原来是这样可怕的事情……

可过后,他又责备自己,骂自己太胆小。他夜不成寐,天刚亮,醒来想的又是她,他暗下决心,今天无论如何也要朝她走过去,直截了当对她说出要说的话,严肃认真地问问她,打算不打算给他回信,什么时候回信。如果不打算回信,那也没有什么可气恼的,过两天他就去阿克赛,让他与她就此分手吧。对,就这么说。

下了这个狠心他才起床,心里怀着这个打算去干活,饮过马之后,就这么盘算着再一次向小河走去。他骑着恰勃达尔朝前走,沿着河岸走来走去。此时此刻,他不由得看了看自己的村子,屋顶上和背阴处的积雪都没有了,而冬天积雪很厚的小山上,只残留一片薄薄的暗灰色的斑点就跟他们过去上动物课时在练习本上画的变形虫一样。

昨天,特纳里耶夫主席和切吉什队长来到马场检查了阿克赛伞兵的准备情况。全部犁杖都编好了号,交给了扶犁手。苏尔坦穆拉特的犁是第一号。随后每个人都给自己的马套上挽具,让人看看是不是会干这种活计,然后再看看四匹马套一张犁的车子。于是五套犁排成一行。从旁边一看,这个场面挺像个样子,棒极啦!就像是一队"塔强卡"①,只是马拉的不是重机枪,而是犁杖。马匹都很强壮,马具拴得很牢,犁铧油光锃亮。扶犁手个个挺着胸脯,站在自己的犁旁边。特纳里耶夫俨然一副军队司令员的样子,神色严峻地走在伞兵队前面,走到每个人跟前说道:

"报告一下你的准备情况!"

"报告主席,我一切准备就绪:四匹钉好掌的马,四具结结实实的轭,四副皮马套,八条套索,一副马鞍,一杆马鞭,一套带三对备用铧的双铧犁。"

简直像在军队里一个样!只是切吉什队长皱了皱眉

---

① 苏联国内战争时期载有重机枪的轻便敞篷马车。

头。那当然了,他是个老人,哪里懂得这些!

检查进行得很顺利。可是有两点伞兵们没有及格。特纳里耶夫主席把大家叫到艾尔盖什的犁杖跟前。

"来,大家来看看马具哪儿拴得不对头。"他说。

大伙儿看了又看,摸了又摸,可谁也没能找出毛病。这时特纳里耶夫主席自己指了出来:

"看这是什么?你们难道看不出来,枣红色辕马肚皮上的皮条勒得过紧。瞧瞧!一干起活来,这根绷紧的皮条就会磨马肚皮的。马又不会说话。这样拉犁,第二天肚皮就会肿起来,马也不能套了。到那时我上哪儿去给你们找后备的马匹?我没有呀!这样一来,因为没有拴好挽具,犁就用不上了!喂,你们想想看,我们有没有权利允许这样马虎?我们忙活了一冬,究竟为的是什么?……"

大伙儿都很惭愧。真想不到在这点小事上会出问题!

"苏尔坦穆拉特,"特纳里耶夫主席嘱咐道,"你作为伞兵队的队长,应当在每次工作开始前,检查一下每人马套得怎么样。明白吗?"

"明白,主席同志!"

第二件让伞兵队受批评的事更为严重。队长为此也十分难受。特纳里耶夫主席问他们:

"你们回答我的问题:耕完地以后,夜间应当把挽具放在什么地方?"

他们想了又想,猜了又猜,回答是各式各样的,都说是放在地里,撂在犁杖旁边。

"那你是怎么考虑的,队长?"

"我也是这么考虑的。挽具就放在卸牲口的地方,撂在犁杖跟前。反正不会有人把它扛走的!"

"不对,你错了。挽具是不能放在地里过夜的。倒不是怕有谁把它拿走,在阿克赛是没人动它的。而是因为夜间会下雨或者下雪,会把挽具弄湿的。这些都是用生皮制成。地里的狐狸或旱獭也可能去啃挽具。明白我说的是什么意思吗?就是说,这样一来应当怎么办呢?犁杖撂在地里,卸了的马带着挽具牵到宿营地。给你们一顶帐篷,你们就住在那里。帐篷只有一顶,我这里再没有多余的了。每人都应当把挽具带回帐篷里,人在哪儿睡,挽具就应当好好放在哪儿。明白吗?应当枕着挽具睡觉!这是一条军令!挽具就是你们的武器!而每个战士应当最爱惜武器!"

特纳里耶夫主席那天对去阿克赛的伞兵队就是这样讲的,大家全副武装列队接受检查。

这就是特纳里耶夫主席在伞兵队去阿克赛前夕所讲的一席话。去阿克赛的日子就要到来了。为此大家都全力以赴地忙碌着……

特纳里耶夫主席就是这样对他们千叮咛万嘱咐……

就是这样……

是的,如果再过三四天天气不变坏,他们完全可能就要向阿克赛进发了,那样一来,要想再见到梅尔扎古丽就得等到夏天了。一想到这里,苏尔坦穆拉特着实惊慌起来。见不到她啦——这真是难以让人相信,简直不堪设想,哪怕只有一会儿,远远地看她一眼也好呀!他今天还想立刻就对她讲明,成还是不成,如果不成,那也没什么了不起,他没有时间再等了,在阿克赛有更重要的大事……

苏尔坦穆拉特骑马走在岸边,目不转睛地盯着那条路。他已经忐忑不安起来。时间已经快过了。瞧,那不是她们,姑娘们!可是她们当中没有梅尔扎古丽的影子。她的女伴们都过来了,可就是看不见她。苏尔坦穆拉特有些沉不住气了。既然这样,还有什么好说的。他懊丧地向马场走去。可是走在路上,他又不安地猜测:要是她突然生病或出了什么事呢。他的心情更加不平静了,他感到,在没搞清楚原因之前,他的心无论如何是踏实不下来的。他打算去问问姑娘们。于是他将恰勃达尔掉过头来,朝姑娘们追去。就在这时他看见了她。梅尔扎古丽是一个人回来的。她已经走到离渡口不远的地方。苏尔坦穆拉特轻轻策住恰勃达尔,好赶在渡口上与她相见。在这几分钟里,他真是又惊又喜,以至于情不自禁地脱口而出:"我亲爱的!"

他们在渡口相遇了。苏尔坦穆拉特跳下马来,手握缰绳站在那里等她上岸朝他走来。

她瞅着他,对他微笑着走过来。

"小心别摔着!"苏尔坦穆拉特对她喊了一声。其实,踩着铺有草皮的又大又宽的石块过河是不会摔倒的。她踩着石块过河,这多好啊!在这条任性的山溪上没有架任何大小桥梁,真是一件万幸的事!

苏尔坦穆拉特伸出手来迎她,而她喜气洋洋地向苏尔坦穆拉特走来,两眼还一直瞧着他。

"小心别摔着!"他再一次说道。

可她什么也不回答。她一个劲儿地对他抿嘴笑。他想要问的一切,都被这莞尔的笑靥说明了。他可有多怪,还写什么信,怅惘不已地等候回音……

她把手伸给他,他一把攥住了她的手。他们在一个班里学习了这么多年,他却未曾发现,原来她的手是善解人意的呀。"我就在这儿,"这只手在说,"我多么高兴呀!莫非你感觉不到我是多么高兴吗?"于是他瞧了瞧她的脸。使他惊叹不已的是,在她身上他看见了自己!和他一样,此时此刻她也完全变成了另外一个人,长大了,长高了,仿佛大病初愈似的,一对明眸闪烁着一种奇特的、心不在焉的光芒。她是变得跟他一样了,因为她也被缕缕相思萦绕,寝不安枕,因为她也被爱情所驱使,正是这种爱才使她变得跟他一样。这使她变得更加美丽,更加可爱。她简直是幸福的化身。这一切是他在一瞬间里茅塞顿开,亲身感受到的。

"我还以为你病了呢。"他对她说,声音颤巍巍的。

梅尔扎古丽没有回答他的话,而是说的另外一件事:

"喏,"她掏出一个事先准备好的小包,"这是给你的!"然后一步也不停留地朝前走去。

后来,苏尔坦穆拉特一次又一次地细看了这块绸子绣花手帕!从口袋里掏出来,又藏好,一会儿又拿出来瞧瞧。手帕像练习本一般大小,四边绣着鲜艳的图案和花叶,而在手帕一角的图案当中,还用大红丝线绣着两个大写字母和一个小写字母:"S. g. M.",意即"苏尔坦穆拉特和梅尔扎古丽"。这些拉丁字母,还是吉尔吉斯文字改革前他们在学校里学的,如今成了对他那万语千言的情书和诗句的回答。

苏尔坦穆拉特兴高采烈地返回马场，勉强抑制住满腔的喜悦。他深知这种幸福是不容他人分享的，只属于他一个人，任何别的什么人都不可能像他这样幸福。尽管如此，他还是想把今天的相会告诉给同学们，让他们见识见识梅尔扎古丽送给他的那块手帕……

今天的活也干得特别起劲。饮过马以后，小伙子们又是刷马，又是把一桶桶的燕麦提来，往秣槽里添干草。苏尔坦穆拉特一回到马场就干开了。他飞快地用刷子刷完了自己那几匹马的健壮的身躯，然后跑去提燕麦。同时他又一直惦着那块揣在经过改装的军服的胸兜里的手帕，好像那里有看不见的星星之火在微微燃烧，使他感到又欣喜，又不安。欣喜，是因为他的爱情得到了梅尔扎古丽的回应；不安，是因为这一爱情还只是个未来世界的开始……

最后，苏尔坦穆拉特又跑到马棚后面苜蓿草垛那里取干草。这里寂静无人，阳光灿烂，散发着一股浓烈的干草气息。他还想再看一眼自己那块手帕。他从兜里掏出来，看也看不够，在草的香味中他闻到手帕散发出的宛如香皂的馨香。记得有一次，在学校里他闻到了她头发所发出的香气。现在回想起来了，这正是她头发的那种香气。他就这样手捧着手帕站在那里，突然有人一把将手帕抢去了。回头一看是阿纳泰！

"哈哈——，你从她那里讨到手帕啦！"

苏尔坦穆拉特脸唰地红到了耳根：

"给我！"

"你先别急，得让我看看。"

"我可对你讲啦,给我!"

"好,你别嚷,我就给你。这是你的心肝宝贝嘛!"

"快拿过来!"

"你使劲儿喊吧! 就喊有人把你的宝贝手帕抢走啦!"说着,阿纳泰便把手帕装进兜里。

后来发生的一切,苏尔坦穆拉特已经记不清了。只记得,阿纳泰因为发狠和害怕而大惊失色的面孔在眼前闪过,接着苏尔坦穆拉特使尽全身气力,又给他一拳,可后来肚子上却被狠狠地推了一把,被推到一边去了。苏尔坦穆拉特一弯腰就栽倒在地上,但是立刻又蹿起来,又气又恨地从草垛后面朝着坏蛋阿纳泰冲了过去。小伙子们都跑过来了。苏尔坦穆拉特和阿纳泰已经扭打成一团。三个人用力把他们拉开,大家劝呀,求呀,强拽住他们的手,可他俩气在火头上,各不相让,一次又一次地冲过去,扭作一团。"给我!给我!"苏尔坦穆拉特不住地重复说,他认定这场恶斗的结局只有一个:要么被打死,要么把手帕夺回来。阿纳泰粗壮有力,动作沉着果断,可苏尔坦穆拉特占理得道,无所畏惧。他不顾一切地朝对方进攻,几次被打翻在地。最后一次他摔倒在草垛边乱扔着的铁叉上。于是他身不由己地双手抄起了铁叉。他跳起来,横端着铁叉。小伙子们闪开路大声喊着:

"站住!"

"住手!"

"不许胡来!"

阿纳泰站在他面前,气喘吁吁地猫下腰,看往哪里躲好,可是哪里也没法逃。这边是草垛,那边是马棚的后墙。到这时,苏尔坦穆拉特才气壮起来。他也知道这太过分,可不这样也不行。

"给我,"他对阿纳泰说,"要不没你好受的!"

"给你!给!"阿纳泰慌了手脚,还想把这场恶斗变成一场玩笑。"真没见过!开个玩笑都不行呀!傻瓜!"说着把手帕扔给了他。

苏尔坦穆拉特把手帕揣进胸兜里。一场可怕的风波总算过去了。小伙子们这才松了一口气,重又嚷嚷起来,直到这时,苏尔坦穆拉特才感到一阵天旋地转,手脚发抖。他把从嘴唇被打破的地方流出的血啐了一口,像一个醉汉,跟跟跄跄向草垛后边走去,一下子倒在干草上,然后仰面朝天喘了一口气,才算清醒过来……

八

直到天黑,他对阿纳泰的气也没消,可是为了共同的工作,他们又不得不重归于好。不过心里总是结下了一个疙瘩。他感到无地自容的是,为什么会干出这种蠢事来。然而,与此同时苏尔坦穆拉特懂得,他经受了一次重大的考验,假使稍有些胆怯,那他将首先失去对自己的尊重。而这样的人是不可能也不配当伞兵队长的。

对这一点,他还是那天傍晚特纳里耶夫主席和切吉什队长骑马来到马场的时候,就深信不疑了。由于长途跋涉,他们的坐骑已经精疲力竭,浑身沾满了污泥。原来特纳里耶夫和切吉什老人天刚亮就到阿克赛那块地去看过了,这时刚刚返回来,两个人都感到很满意。过两天就可以到阿克赛去了。草原已经复苏。那里可耕的土地有的是,要多少,就可以耕多少。他们已经把耕种的地段确定下来,田间宿营地的地点也选好了。就剩下去那里安营扎寨,开始准备了一冬的春耕工作。

"你们怎么样,孩子们?"特纳里耶夫问他们,"劲头足不足?有什么建议和意见?有的话,现在就提出来,等远离了村子再想起来可就晚了。"

孩子们没答腔,好像根本就不存在任何需要立即解答的问题,反正谁也不敢最后表态。

"我们有队长,"艾尔盖什吐出一句话,"他全了解,让他说吧。"

于是苏尔坦穆拉特汇报说,准备工作进行得很顺利,也没有别的要求,一切都考虑得周到齐全,衣服鞋袜都修补好了,用来作被子的皮袄也准备好了。一句话,人、马、农具都已准备就绪,只要土地一开冻,立即就可以投入工作。

后来他们还研究了各种各样的事,如做饭、烧火、搭帐篷等,最后做出结论,再过两三天,如果天气没有什么变化,如果不再下雪,就该出发了……

然而,尽管多云,太阳时而露头,时而躲藏起来,天气确实还不坏。冰雪覆盖的大地在开冻,水汽在蒸腾,空气中散发着潮湿的气息……

去阿克赛的日子越来越近了……一切都在朝着这个目标进发……

准备工作虽然做得很仔细,但在启程之前还是发现有不少小事没做好。还缺两条马被,现有的两条马被已经满是窟窿,旧得不能再往阿克赛带了。初春,特别是春耕刚开始的几天,夜里冷得像冬天一样……切吉什说过,从前用普通犁耕地的时候,开头几天得等到中午,得等经过夜寒的土地融化融化……而不披马被的马匹,整夜冻得发抖,就没法再去拉犁了。

苏尔坦穆拉特不得不一会儿跑管理处,一会儿找农庄主席,一会儿又找生产队长,一直到他们在村里再给集体农庄买两条像样的马被为止……

在这启程前的忙乱中,苏尔坦穆拉特迫不及待地等着牵马饮水时刻的到来。他还想在出发之前能和梅尔扎古丽再见一面,就像上次在河边渡口那样……每次他都盼着——但都没有盼到。苏尔坦穆拉特急了,没有多少工夫可等了啊。正因为如此,他一直感到在他们的关系当中,还有一些没谈妥的、没说够的话,同时也感到一种模模糊糊的、为出发之前他们不能再见一面而产生的不安的负疚心情。他知道,梅尔扎古丽也在思念着他,上次他从梅尔扎古丽送来的第一眼秋波里就看出来了,就在那一次他从她身上仿佛看到了自己。而他根本没有设想,她自己也会找机会跟他幽会。这是与少女的矜持和贞洁格格不入的。姑娘已经做了自己的允诺,她把绣花手帕亲手交给了他,而剩下的事应当由他这男子汉来承当了……

当然,他完全可能在启程之前再跟她见面,他本来是这样打算的,可惜后来又发生了预料不到的事。在去阿克赛的前夕,伞兵队员们准备赶着牲口去饮最后一次水,事后苏尔坦穆拉特打算等候梅尔扎古丽。可就在马场大门口撞上了切吉什队长。他皱着眉头,哭丧着脸,撅着暗红色的小胡子,帽子都快遮住眼睛了。

"你们到哪儿去?"

"去饮马。"

"站住。有件事,阿纳泰,你赶快回家去,你母亲病了。走吧,快走吧。下马。我说你们呢,孩子们,快去饮牲口,要快去快回。我在这里等你们!"

于是,苏尔坦穆拉特在去河边的路上,一边赶着马群大步飞奔,一边还盯着那条路,回来时还不住地回头顾盼:没有,没有梅尔扎古丽的影子。还不到她放学回家的时候。切吉什老头儿干吗要这么催他们呢?出什么事了?要不今天准能等到她!苏尔坦穆拉特多么想再与她在渡口相会啊……

当他们回到马场,把牲口拴好,切吉什老大爷把他们四个人叫到一起,嘟哝了一句:

"我有话跟你们说。"

他让大家坐下。几个人背靠着墙头蹲了下来。特纳里耶夫主席喜欢站着跟人谈话,自己站着,也让面前的人站着,可切吉什队长正相反——他讲话总喜欢坐下来,慢条斯理地讲。一句话,老人嘛。现在他们蹲好了,只见切吉什沉着脸,捋着翘起来的暗红色胡须,说起来:

"骑士们,我要给你们说的是,你们已经不是孩子了。你们都是很早就尝到了生活的辛酸。风餐露宿,寒暑不舍。

这就是命运的安排呀。看,今天大灾大难又降临到你们当中的一个人身上——阿纳泰的父亲萨塔尔库勒在前线阵亡了。你们也不小了,一人有难,大家都要同当。你们去准备准备吧,回去做一些迎送工作。照看客人的马匹。现在,阵亡的萨塔尔库勒家里来了不少人,你们也应当去看看。不要像小孩子那样在阿纳泰跟前哭哭啼啼,要哭就得像个大丈夫男子汉那样,放声大哭,也让人明白这是阿纳泰的好友在痛哭。现在跟我走吧,我就是为这才催促你们的……"

他们顺着小路,一个接一个地向位于村外的阿纳泰家走去。这时候,许多像他们这样三五成群的人,或骑着马,或步行,默默无言地从四面八方涌向阿纳泰的家门。

那天天气变化无常。一会儿太阳露出圆脸,一会儿乌云满天,一会儿朔风骤起,从下游吹来的风使人感到一种刺骨的寒冷。苏尔坦穆拉特朝阿纳泰家走着,心情十分沉重,恐惧和怜悯使他感到心如刀绞。可怕的是,再过一会儿,一场震天动地的悲恸犹如漫天的大火将在村子里爆发开来,又有一个在祖先留下的山峦下出生和成长的人再也盼不着从前线归来了,任何人永远也见不着他了……"那父亲是怎么搞的?至今也没封信,连点消息也没有。他出什么事啦?母亲害怕得要死。千万可别出这样的事,千万别这样!"

他们快走到阿纳泰家的院子时,从屋里传出一阵钻心的哭号,这哭声越来越大,回荡在院内,传遍全街,到处都有人聚在一起哭……

伞兵队员们跟在切吉什后面,正像他所告诫的那样,放

声痛哭起来,同时哭诉着:

"呜,我们的父亲萨塔尔库勒,我们光荣的父亲萨塔尔库勒,让我们到哪里去见你呀? 你在哪里抛下了你那宝贵的头颅?"

此时此刻,当人人悲痛欲绝的时候,阿纳泰的父亲萨塔尔库勒真的成了他们的至亲,此时此刻他是光荣的,因为每个人,只有当他离开亲人的时候,才能使亲人理解他的伟大……过去是这样,今后也是如此……

"呜,我们的父亲萨塔尔库勒,我们光荣的父亲萨塔尔库勒,让我们到哪里去见你呀? 你在哪里抛下了你那宝贵的头颅?"

伞兵队员们就这样哭号着,跟在切吉什后面穿过人群,走进院子,只见阿纳泰正站在门口。悲哀会使一个人心肠变软的。阿纳泰是他们当中最大的一个,平时盛气凌人,也很有力气,现在竟然成了软弱无力的小孩子。悲哀沉重地压在阿纳泰身上,他像孩子一样紧贴着墙哇哇直哭,就像天气不好时小马偎倚在墙根一样。他两眼泪汪汪的,把脸也哭肿了。旁边他的弟弟妹妹也在放声痛哭。

伙伴们走到阿纳泰跟前。阿纳泰看见他们,哭得更厉害了,好像是向他们诉说自己的哀痛,诉说这有目共睹的不幸。这也是他在请求大家的保护和帮助。阿纳泰的这种孤苦伶仃样子最使苏尔坦穆拉特感到震惊。他们都张皇失措地围住阿纳泰,不知怎么办好,也不知道怎样才能安慰自己的同志。看来,没有一个人能解去他的一丝忧伤。谁也不会怀疑,苏尔坦穆拉特会立即跑出院子,手执自动步枪,朝战火纷飞的方向跑去,连气也不喘地直奔最前沿,在那里怒不可遏地高声呼喊着,哭号着,为自己伙伴阿纳泰的父亲报仇,为解除给村里造成的灾难和痛苦,向法西斯开火,一梭子,一梭子,又一梭子,自动步枪的子弹永远打不光,枪声永不休止……

可惜的是,他没有一支自动步枪!

苏尔坦穆拉特只好对阿纳泰说些安慰话了(要知道他是伞兵队的队长呀):

"阿纳泰,别哭了。有什么办法呢。艾尔金别克和库巴特库勒的父亲也都在前线牺牲了。这你也知道。就连我父亲也很长时间不来信了。战争嘛,有什么办法呢。有事你只管说,阿纳泰,我们会帮你的忙,只要能减轻你的痛苦,什么事我们都可以替你做……"

但阿纳泰紧紧贴着墙,两肩不停地抽搐,一句话也说不出来。这些话非但没有安慰他,反而更触动了他内心的伤痛。阿纳泰泪如泉涌,上气不接下气,憋得脸色发青。苏尔坦穆拉特赶紧跑去用勺盛水给他喝。

这时,苏尔坦穆拉特才感到他对眼前发生的事是负有责任的。他意识到,应当立即行动起来,帮助这一家人。他们四个人开始到河里挑水,劈柴,点燃从四邻借来的几只茶炊,送往迎来,搀扶上岁数的人下马……

人来人往,川流不息。一些人来了,对阵亡烈士的家属表示慰问,一些人尽了自己的义务以后离去。而伞兵队员们在阿纳泰家的院子里足足忙了一整天。

女教师英卡玛尔老师的到来尤其使苏尔坦穆拉特心情

感到沉重。她是领着七年级的女生来的,梅尔扎古丽就在其中。英卡玛尔老师和阿纳泰抱头痛哭,哭得死去活来,谁看了也会潸然泪下。那个有名的算卦女人给女教师儿子算的卦并不灵验。她也根本不信这一套。就在她哭的时候,难免有一种担惊受怕的预感,她放声大哭,好减轻一下内心的苦痛。女孩子们也围在老师身旁哭着,梅尔扎古丽低下头站在那里不出声地啜泣,也许她也想起了自己的父亲和哥哥,她连瞅也没朝他那里瞅一眼。她即使在这悲痛的时刻,也比别人都美丽。他为她而自豪,对她也更同情。他多么想走近她,抱住她一起痛哭,把自己的悲伤与她的忧患结合在一起……

　　……啊,梅尔扎古丽,梅尔扎古丽姑娘,
　　我是翱翔蓝天的一只灰鸽,
　　你是雌鸽与我比翼双飞……

后来,在院子里做祈祷,所有的人都静下来,各自把手掌举到眼前,目不转睛地看着,像是在默诵一部命运之经典,静听着那谁都未曾见过的阿拉伯流传来的、至今已上千年的庄严而又感人的祈祷之声,这祈祷要为生存与死者宣告一个永恒的世界,今天则为的是阿纳泰的在战争中阵亡的父亲萨塔尔库勒。正在祈祷的时候,苏尔坦穆拉特把眼睛抬起来,从手掌上方偷看了她一眼。正和大家一起全神贯注地祈祷的年轻姑娘梅尔扎古丽还是那么美丽动人,脸上露出若有所思的神情。但她没有看他。

她没有跟他说一句话就走了,临走前只是忧郁地扫了他一眼,对他点了点头。啊,梅尔扎古丽,啊,梅尔扎古丽姑娘……

萨塔尔库勒烈士家里的哭声稍稍平息了些。等到一切都静下来,人们终于接受了这个不幸的事实。痛哭——这是一种抗议、反抗、愤懑,是更加可怕地意识到灾难已不可挽回。这时,人们就会产生许多最悲观的想法。

阿纳泰垂着头坐在墙根。苏尔坦穆拉特不敢看他。勇猛、强壮、厉害的阿纳泰被这场灾难摧垮了。真不如就由他哭喊,真不如就让他撕扯自己的衣服,在地上打滚。

苏尔坦穆拉特不知该怎样才能帮他消除这无穷的痛苦与孤寂。但是应当帮助他,无论如何也要让他感到他不是孤独的一个人,周围有准备为他出生入死的同志。

"咱们走吧,阿纳泰,我跟你个别谈谈。"苏尔坦穆拉特对他说。

阿纳泰站了起来,于是他俩走到另一个角落里去了。

"阿纳泰,你不要再想那件事了,"苏尔坦穆拉特十分激动,不知说什么才好,"因为这件事我……如果你想要的话,我可以把那块手帕干脆送给你。"

阿纳泰苦笑了一下。

"你说的什么呀,苏尔坦!不能,"他回答说,"手帕是你的,你什么人也不能给。我只不过……你就原谅我吧,我当时错了,你就原谅我吧,别记在心上。我再不这样了,苏尔坦。我现在什么也不需要……我父亲,他是……我们一直都在盼着……"于是阿纳泰又哽咽着,泪水纵横,失声痛哭起来。

现在,他们是在和他们生活和成长的时代一同哭泣……

九

在阿克赛这块地上耕种已经是第三天了。三天来,扶犁手们扬鞭催马干得很欢。阿克赛伞兵新开垦的地块,像一条深褐色的带子,波浪起伏地展现在坡地上。成绩已经很显著,看了让人赏心悦目。现在只要天气好,事情就好办。

在大马纳斯山脚下,在这辽阔的山前空地上,很早以来就是这样宁静,没有人来打破这种死寂。阿克赛草原就从这里伸延下去,与奇姆肯特和塔什干旱地连成一片。从这块从未开发过的广漠草原一端望去,马拉着犁杖看上去就像一些小得可怜的甲虫,在坡地上爬来爬去,身后拖着一条长长的翻松的土地的痕迹。

这里眼下是三张犁在耕地。艾尔盖什和库巴特库勒在村里要待几天,让他们帮忙把一遍越冬小麦,好起到保墒的作用。很清楚,这是应当的,刻不容缓的事,可是阿克赛这边也是农时不等人呀:为了抓紧时间在这块事先划出的三角地带上播下种,就必须要整个伞兵队从早到晚马不停蹄地干活,否则就会耽误农时,前功尽弃。苏尔坦穆拉特很不放心,天天盼着剩下的那两套犁快来。他们答应得蛮好,为此他还和切吉什队长吵了一架。吵得很厉害。

"我的队长,"他说,"请您转告一下,让特纳里耶夫主席自己来看看吧。三张犁在这里什么事也干不成。任务没法完成……"

切吉什老人呢？切吉什老人能说什么呢,他也只有干着急。苏尔坦穆拉特这才知道,在集体农庄里当一个有头脑、明白事理的生产队长是多么不容易呀。他想干什么都有条不紊,既不违农时,又按部就班,可农活到处都急如星火,一开春就做这件事,干那件事,要干的活儿多得很,只是心有余而力不足,没有人手,粮食也缺,真是顾了头,顾不了尾。昨天他就坐在这里,思量来又思量去。村里现在正是青黄不接的时候,贮存的粮食已经快吃完了,新粮还遥遥无期。因为草料短缺,牲口日渐枯瘦,甚至死亡,宰了吧又值不得。为了给病人买一公斤肉也得到集上去。如今一斤肉跟从前整胴肉的价钱一个样。可也还照样去。就是不骑马去,也得人走着去,步行三四十公里。因为供乘骑的马站都站不稳。骑它去半路就可能栽倒。春播前饲料只够耕畜的。耕畜倒是不错,但干这种重活也坚持不了多久。

只要考虑到这一切,就会使人不寒而栗。然而,最大的灾难还是战争,仗还不知道何年何月才能打完。只有一个可以让人宽慰的、永不泯灭的希望——战胜德国强盗,迫使他们退却,把他们赶出去……

今天一清早,天气好像要放晴了。天空虽然多云,但山顶上却有时露出阳光,头顶上出现了蓝天,但随即又阴沉起来,又被云层遮住了。到吃午饭的时候,天气骤然变冷,阴霾漫山遍野地覆盖下来,看样子就要下雪或下雨了……四周变得很晦暗。扶犁手们吃过午饭去耕地以前,都带上了一条麻袋,以备下雪或下雨时顶在头上。

他们接着已经开好的犁沟继续往下开。走在前面的是苏尔坦穆拉特,后面拉开他大约二百来步的是阿纳泰,最后面拉开差不多半俄里的是艾尔金别克。今天只有耕地的三个人下地。三个扶犁手和眼前巍峨的群山。三个扶犁手和甩在身后的大草原。特纳里耶夫主席只能在一开始到这里来看了看。他事情很多,留下切吉什队长安排一下耕地的事,自己先骑马走了。今天切吉什也回去要留在村里的艾尔盖什和库巴特库勒的两副犁。这样一来,第三天就只剩下扶犁手三个人了,再就是犁杖、马匹与他们应该耕和已经耕过的土地,有了这些地才能打粮食,人们才能吃饱肚子……

这块地离田间宿营地,离他们住的帐篷,离干草垛,离那几口袋燕麦,离如今他们称之为家的一切,都很远。宿营地只留下一个做饭的老太太。她总是唠唠叨叨,嫌柴火太湿,缺这少那,老是不能按时把饭做好。在地里,除了要吃张烙饼,喝碗热粥,别的也不要什么了。可她总是唠叨,咒天骂地,好像有人在责怪她什么似的。村里很少有人认识她。她是个外来户。别人都离不开家——有孩子和家务事,而她却愿意来阿克赛,跟着扶犁手们也有口饭吃。吃倒是可以随便吃,只是应当按时开饭才好。她整天忙忙碌碌,但还是误饭。耕地的人又没工夫帮她一把。因为马匹不是机器,不是拖拉机,拖拉机只要一熄火,人就可以走了,把油箱灌满以后又可以开起来。耕地的人在地里干起活来像马一样,收工后还得照料四匹拉犁的马,喂饱饮足,等回到帐篷,站都站不住了……天刚亮又得干……最难办的要算是黎明即起了。

耕地的人最关心的就是——犁要拉得动,马匹干起活来又不伤身体,不然就坚持不到春末。这是最要紧的,非常要紧。头一天开始耕地,每走十到二十步,马就得停下来喘口气。它们已经累得喘不过气来了。这时就得把犁铧提起些来,减少耕翻的深度。但就是这个迫不得已的办法,也还要看牲口是否往轭下钻。

今天的活显然干得很好。牲口配合得当,都习惯了,四匹马紧靠在一起,用起力来把脖子伸得老长,简直要挨着地,就跟课本上画的伏尔加河纤夫一模一样。马匹一步步,一步步拉着犁,铁铧劈开厚厚的土层向前移动。

可是天公不作美。天空纷纷扬扬下起雪来,稀疏的雪花白茫茫一片……这就是说,冬天还想抖抖自己的威风,还想在告别的时候让人们记住它。这是徒劳的。但对耕地的人来说,下得可真不是时候……

苏尔坦穆拉特立刻把口袋顶在头上,可还是挡不住纷飞的大雪。他骑在走在套中心、犁沟里的辕马背上,手执马鞭在头顶上挥舞,风忽而从这边,忽而从那边吹着他。雪下得很大,湿漉漉的,化得也很快。雪花令人讨厌地在身边飞舞。大雪纷飞,遮没了群山,大地一片白茫茫的。只有扶犁手们吆喝牲口的喊声,像遇上连阴雨的群鸟的啼声,在昏暗中回荡。

犁杖还在继续前进。黑色的犁杖,时而出现在土丘上,像在浪峰上翻滚,时而又消失在洼地里……

四匹马拼命地吐着气,身子紧贴在犁沟上,向坡上攀登,看上去像是从地里钻出来似的。雪片落在热气腾腾、绷得很紧的马背上,很快就化掉了,顺着肋侧流淌下去。马匹很吃力,吃力极了,地湿透了,马蹄踩上去很滑,湿了的挽具死沉死沉的,犁铧深深陷入荒原的黏土层里,拔不出来。可又不能把犁停下来,还得耕下去。明天早晨太阳一出来,这片犁沟一见风,地就算耕好了。正是机不可失的好时候。

犁杖不断陷进去,苏尔坦穆拉特时而从马背上跳下来,用鞭子柄刮掉粘在铧上的泥块,招呼一下后面的阿纳泰和艾尔金别克,听到他们的回音后再从湿津津的马具和马之间挤过去,重又爬到辕马背上,于是四匹马重又向前奔去。

雪一直下个不停。马拉着犁杖的黑影,像船一样漂浮在白蒙蒙的雾海中。在这万籁无声的大雪纷飞的寂静中,只有扶犁手们的呼唤在田野上回荡:

"阿——纳——泰!"

"艾尔金——别——克!"

"苏尔坦穆拉——特!"

脸上往下淌的不知是化了的雪水,还是汗水;拉着缰绳的手都磨肿了,湿淋淋的,冻得发青;两条腿被两边的马肚挤来挤去,都挤疼了,想挪开又办不到,但苏尔坦穆拉特明白,他后面有阿纳泰和艾尔金别克紧跟着,他们三人共有六张铧,只要天不黑,他是无权让翻耕阿克赛土地的六张铧停下来的。只希望牲口能挺住,只希望它们坚持到底。所以他心里才暗自向它们祈求:

"康巴尔-阿塔①的骄子们,齐心协力加油干哪。不是每天都干这么重的活。今天是下雪,明天就不下了。往前走,往前,驾,驾!要坚持下去,乔尔彭-阿塔②的骄子们,眼瞅着前面就是地头了,一到头我们就掉转头往回走。坚持下去,别放慢脚步。我是无权给你们卸下犁杖的。为了这个我们准备了整整一冬天呀。没有别的法子。我赶着你们既耕松软的,也耕坚硬的地,你们吃了不少苦,可是不这样就打不了粮食呀。切吉什老人说,这是天经地义、亘古不变的道理。他说,每块面包都浸透了汗水,只不过不是所有的人都懂得这个道理,也不是所有的人吃面包时都会想到这一点。而我们又是多么需要粮食。太需要了。就是为了这个,我们才来到阿克赛。

"恰勃达尔,你是我的兄弟,你走在犁沟里。你又拉犁,又驮着我。原谅我用鞭子抽你。这是不得已呀。你别生气,恰勃达尔。

"琼托鲁,你在左边,你脚踏着耕过的地,比谁都累,但是除了恰勃达尔,就数你力气最大了。我父亲别克拜依总是夸奖你,琼托鲁,你还记得吗?你还记得我们一起进城的事吗……好久没有爸爸的信了,这太可怕了,你们这些牲口是不会懂得这些的。只要前方好长时间不来信,这就令人担惊受怕。由于想念和担心爸爸,母亲瘦得不像样子了。哭阿纳泰父亲哭得最痛心、最悲伤的就是英卡玛尔老师和我母亲。她们知道出事了,有什么灾难要降临,但她们不讲

---

①② 吉尔吉斯神话传说中马的保护神。——原注

出口。她们一定知道出事了……驾,驾,琼托鲁,我不许你后退。向前,琼托鲁!加油!

"还有你,白尾驹,你也是我的兄弟。你在我的右边拉犁,恰好走在套的中间。你可要用力拉呀,你和恰勃达尔是辕马。你长得很漂亮,你有一条非凡的白尾巴。你可不要松劲,不要泄气。我不会让你累趴下的。驾,驾,白尾驹!别偷懒!

"我的兄弟深棕马,你是一匹纯朴的良骥。我挑你作我的驷马之一,就对你寄予很大的希望。你爱干活,脾气又好。我很器重你。你走在最外边,无论什么时候人家都能看到你。旁观者只需看看你的样子,就能判断我们的活干得怎么样,我的兄弟深棕马。我不会给你气受的,可你要一个劲儿地拉呀,拉呀,别松劲。我现在可以许个愿:等我们在阿克赛把地耕完,播下种,等我们凯旋回村的时候,你还拉外套,让所有的人都看得见你。我们走过她家,她跑到街上一眼就会看到你,深棕马,我的兄弟。动身前我连和她见个面都没做到。她的手帕我揣在身上,我永远随身带着。既不让它着雪,也不让它淋雨。我一直想念她,每时每刻都在想。我不能不想她呀。假使我一旦不再想她,那将万事皆空,我活着也没有意思了……

"驾,驾,你们这些康巴尔-阿塔的骄子!同心协力干呀,前进,前进!驾!驾!……雪花还一个劲飘呀,飘呀!多么湿的雪呀!我们从头到脚都湿透了。风也在刮。如果我们那位做饭的老大娘想起来用马被把草垛盖上就好了。要是她想不起来,那草就要淋湿,事情就糟啦。到时候可用什么喂你们这十二匹马呀?出工之前我该告诉她一下,忘记了,没想到突然会下雪。

"她是个奇怪的老太婆,只要看到人家的东西就爱眼红。她不停地夸我们的马,看也看不厌。她说,多么好的马,喂得多肥。肋上的膘,据她说得有两指厚。她说,像这样的马,早年都是用来作隆重的葬礼之后宴席上的祭天供品。她说,那年头肉都吃不完。那时候把马肉放进盛四十提桶汤的大釜里煮,就熬出'扎尔捷普①'来,那是多么好听的词儿哟,她说,人们用长柄勺,从上面舀满一勺,就给有病的人送去。给病人吃了这种马油,她说,病人便会汤到病除。因为老大娘吃不饱,所以就总是想着油。千万不能让她用毒眼把马瞅坏了啊。去她的!在学校里人们常说,毒眼能伤人的说法纯粹是胡说八道。就由她胡说乱讲去吧,只要她按时把饭做好就行。可昨天让人奇怪的是,她炖了黄羊肉给大家吃。肉是瘦了些,但毕竟还是羊肉。她说,不知哪儿来的两个猎户从山上下来,到帐篷里借火,就把他们的猎物留下了一些。没说的,得谢谢这些很懂规矩的猎人。他们要想下次出猎成功,就得把应分的猎物分给遇到的第一个过路人。而如果他们从山上下来,周围什么人也没有,我们当然就是他们遇到的第一批过路人了。去山里也好,到草原也罢,一个人也见不到。可雪还是下个不停。这就卸马……已经人困马乏了……"

马停了下来,已经疲惫不堪……苏尔坦穆拉特跨下马

---

① 吉尔吉斯语:热马浮油。——原注

鞍,两只浮肿、僵直的腿勉强支撑住身体,他像个醉鬼一样,马前马后一瘸一瘸地绕了一圈。他望着汗水淋淋、浑身打战、呼吸困难的牲口,难过和怜悯的心情不禁油然而生,他甚至呻吟起来。

可是雪不停地下,雪片落在冒着热气的马背上,又化成了水。苏尔坦穆拉特把湿透而变得沉甸甸的麻袋从头上取下来,两只手麻木得不听使唤了,他刚要把轭解开,竟控制不住,抱住恰勃达尔的脖子大哭起来,一边还抽抽搭搭地小声说:"原谅我吧,原谅我!"他的嘴唇感觉到马汗那又苦又咸的热气……

"哎,苏尔坦穆拉特!你在那里干什么呀?"传来阿纳泰的声音,他沿着犁沟走过来。

"卸马吧!"苏尔坦穆拉特对他喊了一声。

十

而第二天早晨,天气变得晴朗起来,万里无云。昨天的坏天气没有留下任何痕迹。有的只是湿润、舒适爽人的微寒,有的只是大地上一缕淡淡的红晕,有的只是深山里焕然一新的皑皑白雪。一轮朝阳从山后冉冉升起,带着春天日出那欢乐无比、占据大半边天的光华,向全世界宣告它的到来。整个广阔无垠的阿克赛,连同它那遥远的溪谷、平川、山丘、洼地,都尽收眼底。他们在这大马纳斯山下出生和成长,如今这群山却仿佛一夜之间移近了——这似乎是不可信的,但一夜之间群山确实朝着阿克赛,朝着他们迈进了一步,好让耕地的人一早醒来就对山川的雄伟、美丽和壮观惊叹不已。

群山在晨曦中闪烁,近在咫尺,又远在天边,可望而不可即……

是啊,无比壮观的早晨降临阿克赛了。他们没有急着去耕地,想等一等,让风吹吹大地。

趁着这工夫他们给马梳毛,把马具整了整,给马添些浸湿的燕麦。太阳很快就使人暖和起来。这时他们才向犁杖走去。他们各自站到自己的四匹马当中。犁都陷在昨天耕过的犁沟里了。他们三个人把犁一只只拖出犁沟,擦去上面的泥,给轮子上油,然后套上马,他们估计到晚上可以耕完一块地,明天一早就该向新的地段转移了。活干得很顺手。牲口休息了一夜,早上又精心侍弄了一番,干起活来劲头很足。现在才真可以说是拉上劲儿来了,对这种重活已经习惯了。而昨天下着雪耕过的地,看来耕得很好:风吹过以后,从雪里翻出来的土块,在阳光下变成了均匀的碎团。这就是说,土地没被"毁坏",没给"糟践"。这就是说,地耕得很好。

这一天活干得很顺手。常有这样的日子:一切都很顺利,生活合理,美好,简单。整整一冬的准备工作没有白费,干了不少活,学业没有白白放弃;阿克赛伞兵队在战斗,犁在不停地前进,今天艾尔盖什和库巴特库勒应该来了。到那时,他们将有五张犁,十面铧。那才够意思呢。真正的伞兵队!然后播种,耙地——就等着收庄稼吧!春播作物是相当不坏的庄稼。切吉什队长说,就产量而论,春播作物不如越冬作物,不过吃起来最香。事情会上轨道的。会风调雨顺的。花了这么大力气,天就不会旱,会风调雨顺的,只盼着在那里,在前线,我们的人能顶住,不停顿地进攻,好让这些庄稼幸运地长出来,可别半途而废……

他们就这样耕着一块地。苏尔坦穆拉特走在前边,阿纳泰在后面离开他有二百来步远,艾尔金别克拉开差不多有半俄里……

太阳越晒越暖。眼瞅着嫩草繁茂的小山岗泛起一片新绿,使人宛如置身于童话世界里:你骑着马朝这头走——右边一片绿,朝那头走——左边一片绿。大地散发着潮润、清新的气息。阿克赛的原野上,一套套犁不停地移动,身后留下一行行马鬃似的新耕的犁沟……

一只云雀惊叫着从地上飞起来,在不远的地方像铜铃般地啼啭,不知在什么地方还有一只云雀在歌唱,又有一只。苏尔坦穆拉特笑了。让它们唱个够吧,它们没有窝,头顶上连个树叶、树枝也看不到,单凭着自己的本事在这光秃的草原上安家落户。它们心满意足,春天使它们兴致勃勃,太阳给它们以欢乐。昨天那样糟的天气它们是怎么熬过来的呢?是啊,现在一切都过去了。

眼下春天不会再退让了。要干的活还多得很,这仅仅是个开始。干就干呗,怕什么!今天艾尔盖什和库巴特库勒就来了,到那时,整个伞兵队压上去,活就干得快了,快了……

正赶着马往前走,苏尔坦穆拉特看见一个人骑马而来。这个人离地块很远,不断朝他们这边张望,然后向山里走

去。他肩挎一支猎枪,头戴翻皮冬帽,骑的是一匹壮实而训练有素的枣红马。小伙子们也发现了这个人,他们一齐喊起来:

"喂,打猎的,上我们这儿来吧!"

可是猎人没有回答。他离得远远的,不住地朝他们这边张望,竟然走了。猎人的出现使苏尔坦穆拉特十分高兴,他让马停下来,踩着马镫子欠起身,朝那边喊道:

"喂,打猎的,谢谢您的犒劳!谢谢您喽!谢谢您的犒劳!"

可是人家还是不回答。好像没听见,也不懂他喊些什么。不一会儿,那人便隐没在山背后了。就是说,他在忙着奔自己的事,顾不上。

大约过了半个时辰,又来了一个猎人。这人也是骑马向山里走,也肩挎一支猎枪。但他是从另一头走过,在地块的另一边,他也从远处向他们这里张望,却一声不响,跟耕地的人连个招呼也不打,径自走了。可按照当地的风俗,他应该走过来向耕地的人祝福安康和丰收。切吉什老人常说,如今人都变了。也许,这位智慧的老人是对的。

后来,出现了一桩最激动人心的事。

第一个听到的是阿纳泰。真是好样的。他用尽全身气力大喊了一声:

"鹤!鹤飞过来了!"

苏尔坦穆拉特抬头一看:在那一碧如洗、深邃无垠的苍穹里,一群鹤正在翱翔,它们慢悠悠地盘旋着,边飞边重整队列,互相呼应。这是相当大的一群。鹤飞得很高,而青天更高。蓝天宛如浩瀚无际的碧海,鹤群好似漂浮在碧海中的一个活动的小岛。苏尔坦穆拉特仰头望着蓝天飞鹤,半天才恍然大悟地狂呼起来:

"乌拉——!鹤!"

他们三个人都看得清清楚楚,都知道是鹤在飞,可是却又当作一件重大的新闻互相传递,大声喊着:

"鹤!鹤!鹤!"

苏尔坦穆拉特想起来了,鹤飞来早,应该是好兆头。

"早来的鹤是吉祥之兆!"他骑在马背上回过头对阿纳泰喊道,"丰收,今年粮食要丰收了!"

"什么,你说什么?"阿纳泰没有听清。

"要丰收啦!今年的粮食要丰收啦!"

阿纳泰转过身来又对艾尔金别克喊道:

"丰收!要丰收啦!"

艾尔金别克回答他们说:

"听见了,听见了!要丰收啦!"

鹤从容不迫地扇动着翅膀,遨游在广阔的碧空,时而低啼,时而齐鸣,后来它们的队伍重又安静下来。那天,碧空如洗,鹤伸长的细脖颈、尖喙,还有一些鹤半缩和另一些鹤紧缩在身下的双腿,都看得清清楚楚。有时还能看见翅膀扇动时边缘上丰满的羽毛泛着白光。小伙子们眺望着这些大鸟,发现群鸟在缓缓下降。鹤群离地面越来越近,好像有一股风把它们吹向那远处的小山岗。苏尔坦穆拉特生来还没有从近处看过鹤。它们通常都是像幻影或梦境一样从高空掠过。

"看哪,鹤要落啦,要落啦!"苏尔坦穆拉特喊了一声。于是三个人都跳下马,把犁和马丢在一边,朝鹤降落的方向飞奔而去。

他们跑得很快,使尽了全身力气!都想走近前去看看鹤是什么样子。那才够意思呢!

啊,看苏尔坦穆拉特跑得多轻快!脚下的大地像是朝他迎面跑来。和大地一起,白雪皑皑的群山也迎面扑来,他目不转睛地盯着在空中盘旋的鹤群,鹤也朝他飞来。他跑得上气不接下气,兴奋得不知如何是好,一面追赶鹤,一面狂喊乱叫,心里却在想,如果鹤掉下一片羽毛,他一定拾起来,珍藏好,送给梅尔扎古丽,并把看见鹤的情景一五一十告诉她。要是能赶上去,到近处看一看鹤就好了。他满怀着对梅尔扎古丽的爱恋跑着。要是有可能的话,他现在就会拣起羽毛去找梅尔扎古丽,一直跑到她身边……

十一

他们奔跑着,可有一只残忍的眼睛一眨不眨地透过瞄准器的小孔紧盯着他们,从容地把准星从一个转向另一个,转向第三个。这只眼恶狠狠地看着孩子们从瞄准孔里跑向鹤。瞄准器外的天地显得那么大,而从准星的切口看去,他们却小得可怜……他们头上的天空在瞄准器里是那么大,而他们却是那么小。只须指头一动,他们就全完蛋……只须扣一下扳机,这一切就会在瞬间里烟消云散,再不会在瞄准器里出现了。

"哎,我真要把他们都干掉,一个个都撂倒,让他们连叫一声都来不及。"瞄准的那个人屏住气说。

"不许胡闹!不能拿子弹开玩笑,瞎瞄什么。"另一个抓着马嚼子下缰绳的人回答说,他待在小丘下像狼窝一样的深沟里,周围都是灌木丛。

瞄准的人没吭声,扮了个鬼脸儿,可是没移动准星。

"对你说,你别管闲事。"他训那个牵马的人,"他们跑过来,鹤就飞跑了。这你管不管?"

瞄准的人很不服气,卧在地上,把胡子拉碴的脸贴着枪托,得意洋洋地透过瞄准器的小孔盯着这几个被鹤的鸣叫迷住,拼命奔跑的小傻瓜。真可恶,他们一面跑还一面笑呢!一面跑,还一面笑!让你们高兴高兴!给你们三梭子,你们就老实了。一面跑,还一面笑!笑个什么劲儿呀?一面跑,还一面笑……

扶犁手们跑了好半天,可等跑到山岗上一看,鹤又腾空高飞了……这就是说,它们改变了主意。也许,鹤要降落只是个幻觉?

小伙子们气喘吁吁地住了脚。他们累坏了。可苏尔坦穆拉特又跑了一段才站住,他眼巴巴地看着鹤群飞去,一时竟热泪盈眶……

后来,他们回来了,又耕起阿克赛的地来。天气很好,好极了。快近中午的时候,集体农庄派来一辆大车,给马运来了草料。赶车人给他们送来土豆、肉、白面、柴火,并对他们说,切吉什队长让他带个话,明天他要亲自来,同时艾尔盖什和库巴特库勒的两套犁也来。他让转告苏尔坦穆拉特和小伙子们:不要不高兴,一切都解决了,明天伞兵队就会全部到齐的。说到肯定做到。再过两天特纳里耶夫主席也来阿克赛看他们。这些都是赶车人捎来的口信。他们一起吃过午饭,刚要出发去耕地,做饭的老大娘对苏尔坦穆拉特说,她想回村里去一趟,明天就跟切吉什队长一起回来,还说,她村里有什么急事要办,还要取洗衣服的肥皂。为了不让他们在她离开的时候挨饿,她给他们烙好了可以吃一整天的大饼,又做好了现成的汤,他们只要热一热就行了。苏尔坦穆拉特真不想让她走,可又不能不同意。不能跟上岁数的人抬杠,更不能阻拦人家。

就这样,耕地的人走向自己的犁杖。剩下来的半天要耕完一块地。到天擦黑就耕完了。现在举目远望,一大片荒地已经被他们开出来了。这是第一块耕地。今后不知要开垦多少呢。不过已经开了个头。没有这个开头,就不会有后来的结果。

黄昏时分,他们翻完最后一道犁沟,开始耕转弯处漏耕的地方。不大工夫他们就把犁拉到了附近的地块上,以便明天一早就开始耕一块新地。

他们卸下马来到田间宿营地的时候,天已经黑下来。宿营地空荡荡的。老大娘早就走了。就让她去吧,好在明天就回来。

整整一天了,已经累得够呛了。他们慢腾腾地解开轭套,从马脖子上取下来,把马具整好,放进帐篷里以后,便各自回到自己的铺位上。全部十二匹马也都拴在它们各自的槽位上,这是一个没有轮子的破旧马车,是拉到宿营地来作秣槽的。是的,所有的马都拴到马车上吃草去了。他们打算早上起早些,给马洗洗汗渍。他们摸着黑洗了把脸,然后在帐篷里燃起一小堆篝火,就借着火光啃起又干又凉的大饼,没有劲儿去热饭了。

他们躺下睡了。苏尔坦穆拉特最后才睡着。睡觉以前,他再一次走出帐篷去照看一下马。马很安静地站着,把嘴埋在草里,很熟练地、咯吱咯吱地嚼着干透了的三叶草,困得不时打个响鼻。是的,牲口安静地站在那儿,头挨着头,马车两面,一边六匹。

天气看去会不错的。一弯下弦月真像一把倒钩镰。

苏尔坦穆拉特走了不多一会儿,不知为什么害怕起来。四周寥无人迹,死一般的沉静,茫茫黑夜望不到边。他整天忙着干活做事,竟没发现,原来在这空旷的草原上,黑夜这样可怕。他急忙回到帐篷里,躺在自己的铺上,久久不能入睡。他睁着两只大眼睛在黑暗中躺着,想起杂七杂八的事,脑子里浮想联翩。忽然他想起家来,想得很难受。没有他在跟前,妈妈怎么行啊?看来父亲还是没有一点消息。要是有信来,赶车人今天就捎来了,还得向他讨赏呢。他那时会要啥给啥的。可是他能给人家什么呢,他在这里一无所有。他会答应给人家半袋麦子,等秋天集体农庄分粮食的时候兑现。想到这里,他伤心地倒抽了一口凉气,回想起他曾答应阿孜穆拉特,如果父亲从前线回来,他们一同骑上恰勃达尔去车站迎接,他做哥哥的骑在前面,弟弟坐在后面。一旦接着父亲,他们就让父亲骑上恰勃达尔,自己在两边跟着,迎面是母亲和许多亲人……是啊,只要这种幸福一旦降临,他立刻就把恰勃达尔从犁套上卸下来,飞奔而去……以后他多干一百倍的活也心甘情愿……

苏尔坦穆拉特不出声地哭起来,因为他模模糊糊地预感到,这样的幸福怕是永远不会来了……

后来,他想起在小河渡口与梅尔扎古丽见面的情景,他在黑暗中开心地笑了。就是现在,苏尔坦穆拉特还记得触到她那纤细的小手时,她的手发出了声音:"我真高兴!我高兴极啦!你莫非感觉不到我是多么高兴吗?"还有,苏尔坦穆拉特当时从她身上认出了他自己,他曾大为震惊,为此感到多么兴奋:她——就是他。想必梅尔扎古丽也已经睡着了吧。大概她此刻也在想念着他。因为她——就是他。苏尔坦穆拉特摸到藏在上衣口袋里的她的手帕,抚摩了一下……

苏尔坦穆拉特就这样不知不觉地睡着了。睡得很实。后来做了一个噩梦,梦见有人在掐他的脖子,扭他的胳膊。他醒过来,还没来得及害怕得喊叫一声,就有人用一只散发着浓烈的马合烟味的、有力而坚硬的大手捂住了他的嘴:

"要活命就别吱声!"那人呼哧呼哧地喷着马合烟味,紧凑到他耳根,声音沙哑地对他说。接着那人扒开他的上下腭,用铁一般的巴掌扒得他酸痛难忍,一边还往嘴里塞破布;等苏尔坦穆拉特清醒过来,知道发生什么事情的时候,他的双手已被反剪过来,结结实实地捆住了。他吓得出了一身冷汗,身不由己地颤抖起来。钻进帐篷里来的这两个是什么人,为什么要把他捆起来?

"喂,这家伙捆好了,"其中一人对另一人低声说,"该收拾那两个了。"

他们摸着黑,在阿纳泰睡的地方又闹腾了一阵。阿纳泰叫了一声,挣扎了一下,也被捆起来了。

艾尔金别克好像是被击中头部,呻吟了一声,便立刻不响了。

苏尔坦穆拉特到底也没弄明白,这究竟是怎么一回事。嘴简直要被塞住的东西撑破,他喘着气,双手被绳子勒得直抽筋。帐篷里漆黑一团。他们是些什么人,这些人来这里干什么,他们为什么要这样对付他们,他们想干什么,或许他们要杀害他们三人?为了什么呢?

苏尔坦穆拉特开始拼命挣扎,打滚,他们之中的一个人骑到他身上,用坚硬如铁的手指弹他的头,压低嗓门,却很清楚地说:

"别折腾了。听见没有?看来,你是个当头儿的。我们把你们绑起来了,这怪不得你们,你们不用负任何责任。记住没有?"他一边说,一边不时用坚硬的指甲捅他的头,"放聪明些,一切都会过去的。等找到你们的时候,你们就一五一十把事情的经过说出来。关你们什么事!可是,现在你如果胆敢折腾一下,就先宰了你们这些狗崽子。要你们的命!老老实实躺着,你们就死不了。"

他们瓮声瓮气地叫骂着,口啐着唾沫,气喘吁吁地走出帐篷。苏尔坦穆拉特听见他们在拴马桩旁边绕来绕去,不知干些什么,马匹惊得乱蹬乱踹,打着响鼻,急急退到一边。过不多时,就听见密集的马蹄声,甩鞭子的响声,又是一阵叫骂,随后马蹄声开始远去了,不一会儿就完全听不见了。

这时,苏尔坦穆拉特才发现事情有多么可怕。盗马贼赶走了他们的耕马!他愤恨至极,怒不可遏。他打着滚想把手解开,可半天也不济事。他呼哧呼哧地喘着气,摇晃着头,使劲用舌头去顶塞着的破布。嘴里热辣辣的,流着血。嘴撑破了。最后总算把这块倒霉的破布从嘴里吐了出来。他像获得了自由一样,猛吸了几口气,结果头都晕起来了。

"小伙子们,我在这儿!"他抬起头喊道,"我在这儿!你们听见我的话没有?"

但是谁也没有回答他。他听见阿纳泰和艾尔金别克在那里动来动去。

"小伙子们,"于是他说,"不要怕。我这就,我这就想法子。你们可要听我的。阿纳泰,你动一动,你在哪儿?"

阿纳泰吭哧了一声,动了几下,稍稍抬起身来。

"阿纳泰,等一等!你就在那儿别动!"苏尔坦穆拉特从一大堆衣服和马具上朝他滚过去,"现在背靠着我躺下,把手伸过来。听见没有,背对着我,把手伸过来……"

这时,他们背靠背躺着,苏尔坦穆拉特摸到了伙伴手上的绳子。他指挥阿纳泰如何躺下,如何翻身,摸到了绳结。他一边劝阿纳泰不要着急,不要怕手痛,一边找到并抓住了一个结儿,绳子就松开了。于是阿纳泰自己挣脱了双手……

十二

两个盗马贼不慌不忙地走了。他们骑着马,一会儿大步奔驰,一会儿慢步小跑,黑夜里不能跑得太快,况且也没有必要拼命跑。事情干得干净利索。干吗要跑,怕这几个毛孩子?百里之内没有一个人影。那几个孩子被捆绑着躺在那里,只能用两个鼻孔干喘气。算便宜了他们:碰上了好运气……

他们盗走了四匹马,打算一人分两匹。多了他们也带不走。上帝保佑,可别让这几匹到手的马再溜掉……路还很远,周围是荒无人烟的地带。要走三四天才只能到塔什干的郊区。不过,即使到了那里也还不保险。但愿能到达那里。到了那里事情就好办了。塔什干的阿拉依集市上,肉会一斤一斤、一两一两地卖光的,那里的人都很会做买卖。能脱手的。不过那是他们的事了。只是,这四匹膘肥肉厚的马,肉价贵似黄金,钱可怎么带走呀!这倒是件难事,可不是开玩笑!多少钱啊!这下子可发横财啦!只是得快些。干净利索!让他们连点蛛丝马迹也甭想找到。轻易到手的钱花掉也不难啊。而且也早该离开这里了,早该离开了,趁着还没有被发觉。一旦被发觉,就一切都完啦!就要送交法庭。不过他们要抓我们也得费点工夫!只要有了钱,生活就好过了!塔什干那边还有不少城市和土地……

难怪人们常说,凡事都命中注定。眼看就要完蛋了,整天整天冒着严寒,在山里追赶黄羊,就是打着了,在这种季节里黄羊肉讨厌透了:野味多筋,嚼都嚼不动。再说子弹也快打光了,维持不了多长时间。谁能料想得到,就像是福从天降,阿克赛出现了这几个带着犁杖的毛孩子。这真是上帝的恩典！真有上帝在,他就在天上,他主宰着每个人的祸福。

马匹是他们从边上一匹匹挨着偷的,没经过挑拣,可这四匹马却都像认真挑选过的一样,胯上有二指厚的肉膘,这样的马如今在世界上是找不到的。这样的肉炖好以后,简直会让人垂涎三尺。真有上帝在,他就在天上,真有！他送来了猎物,他送来了机缘！……

他们不慌不忙地走着,没有必要让马掉膘嘛。这样好的马,阿拉依集市上的肉贩子连做梦也见不到的。守财奴们,快把钱掏出来买吧！……

瞧瞧这些漂亮的马,一共四匹,拴着预先准备好的长长的皮条缰绳,它们大步跑着,不断地打着响鼻,哪里知道把它们往什么地方赶呢。这种赶法是经过周密考虑的。成群的马赶不走,它们会跑散。一个人把缰绳紧握在手里,骑着马走在中间,偷来的马拴着长长的缰绳分别在两侧,右边两匹,左边两匹。伙伴骑着枣红马跟在后面,不断用皮鞭抽打,不让它们停下来。只有这样才行。不慌不忙,但走得也不慢。干这种事就得动动脑子……

十三

恰勃达尔还在原地未动。苏尔坦穆拉特跑出帐篷,一跃骑上恰勃达尔,骑在马上绕了一圈,喊道:

"阿纳泰,快骑马回村里！不要耽搁！快去！把我们的人叫来！我去拖住他们！我去追上他们！可要快呀！艾尔金别克,你就待在这儿,一步也不要离开。懂吗?快上马,阿纳泰,上马!……"

而他自己根据马蹄印判断出盗马贼逃窜的方向,便骑着恰勃达尔飞驰而去。

向前,恰勃达尔,我的兄弟恰勃达尔,快向前,追上他们,追呀!我不会摔下来,我不会跌伤。你不用为我担心。向前,恰勃达尔!要死我们就死在一起,只求你快快跑,快呀,我知道,天太黑了。可怕呀,连你也害怕。可不管怎么样也得朝前跑。快呀,快!他们在哪里?前面是什么东西闪了一下?有东西在动。可不要放过去。向前,恰勃达尔,向前……可别摔倒,恰勃达尔,可别摔倒……

十四

"追来啦!"一个盗马贼听见渐渐逼近的奔马的蹄声,惊慌地叫起来。

于是他们起初策马大步奔跑,接着便飞驰起来。现在可没工夫凉快凉快了。如今是"成则为王,败则为寇"!现在只有逃跑了。现在要的就是快快逃脱。

为首的盗马贼,手里紧攥着缰绳,把偷来的马拉近一些,自己则全身伏在马鞍上。他的伙计在后面使尽全身力气抽着鞭子,急急地催马前行。大地被这许多奔马踏得咯咯作响。风在耳畔呼啸,夜幕迎着黑黢黢的、望不到边的、哗哗作响的大河飞快移动。

"站住！你们跑不了啦，站——住！"苏尔坦穆拉特对他们大声喝道，越来越逼近他们这一群。但是，在群马奔驰的轰鸣之中，只能断断续续地听到他的喊声。

恰勃达尔，伟大的骏马恰勃达尔！父亲的良骥恰勃达尔！瞧它跑得多快！它仿佛明白事理，知道非追上不可，就是在阿克赛的黑夜，在这令人心惊胆战的飞奔之中，决不能，也决不能摔倒。

苏尔坦穆拉特很快就追上了盗马贼，从边上绕过去，盗马贼牵着马是不那么容易跑掉的。

"把我们的马交出来！交出来！我们还用这些马耕地呢！"苏尔坦穆拉特大声喊道。

那个伙计勒马转身，像野兽一般直向他扑去，想把苏尔坦穆拉特撞下马。可是孩子的马躲开了。好样的，恰勃达尔，真了不起！

苏尔坦穆拉特避开追赶他的盗马贼，跃马前行，从斜刺里朝牵马的那个家伙冲去，想迫使他改变走向。

"回去！回去！"他喊道。

"滚开，要不打死你！"那家伙展开马队吼叫着，可苏尔坦穆拉特还是向前奔跑，再一次冲过去，拦住去路。

他们就这样跑着。那个伙计每次都把他挤开，而他忽而从这面，忽而从那面冲过去，切断去路，阻止他们把马赶走。

后来，枪声响了。苏尔坦穆拉特却没有听见枪响，只看见一道耀眼的闪光，在那一瞬间，他惊诧万分地看到了被照亮的阿克赛空旷的原野，疾驰狂奔的墨黑的马群和人影从他身边一擦而过……

而他自己从马上跌下来,被甩得老远,栽了一个跟斗,撞在石头般坚硬的地上。等他站起来以后,才明白过来,他的坐骑不是一般的失蹄跌倒。马是侧身摔倒的,头撞在地上,口喘粗气,四只腿还在拼命地乱蹬,仿佛还在奔跑……

苏尔坦穆拉特不由自主地朝盗马贼们奔去,由于疼痛和狂怒而拼命喊叫起来:

"站——住!你们跑不了啦!非追上你们不可!你们打死了恰勃达尔!打死了父亲的好马恰勃达尔!"

他不顾一切地跑着,满腔的愤怒和仇恨使他加快了脚步,他跟在他们后面跑呀,跑呀,像是能追上去,把他们拦住,并抓回来。马群逃掉了,黑暗中马蹄嗒嗒震响,马群逃掉了,他们之间的距离越拉越大,可他不能够,也不想罢休,他一直想追上去。他跑着,感觉到自己胸中怒火燃烧,全身火辣辣地刺痛,特别是划了一道道血口子的双手和脸。跑得越快,越远,就越感到脸和双手疼痛难忍……

后来他倒下了,在地上打了个滚,大口大口地喘着粗气,想尽量倒过气来。难忍的疼痛使他不知把脸和双手放到哪里是好。他抽搐着,号叫着,呻吟着,他恨这黑夜,恨这眼前炫目的火光……

他听见马群的蹄声渐渐远去,以至消失。大地的颤抖越来越微弱,远去的马蹄声已经再也听不见了,周围很快平静下来,死一般地沉寂下来……

这时他站起来,踉跄着朝后退了两步,放声痛哭起来。

他说什么也无法抑制自己的悲愤,而且在这荒无人烟的阿克赛的黑夜里,哪里会有人来给他一点儿安慰呵。他一边哭,一边想起他曾答应过阿孜穆拉特,等父亲从前线回来时,带弟弟一道去接他。都完啦,现在他和阿孜穆拉特再不能双双骑在父亲的好马恰勃达尔背上,去车站迎接父亲从前方回来。事到如今,他们再也不能按照原来的要求播种那么多的庄稼了。那个欢庆胜利的大喜日子也不会有了,在那一天,他们本应拉着套好的犁杖从阿克赛回去,在地里磨得锃亮的犁铧像一面面镜子一样闪着光。她呢,也再不会兴高采烈地走到街上来,再也看不见他进村,也不会来称赞他们了,他再也不会让她喜出望外了……理想都破灭了。他因此才哭起来……

十五

一只饿狼夹着尾巴连跑带蹦,边跑边嗅,越来越清楚地闻到随风飘过来的鲜血气味,便一步步逼近散发出浓烈气味、激起它贪婪食欲的地方。这是一只相当大的、长着像野猪一样粗硬鬣毛的老狼,尽管因为过冬而消瘦了。它好不容易才熬过了一冬,那时阿克赛还有羚羊,现在羚羊都离开阿克赛去大沙漠繁衍后代去了。成群成群年轻体壮的狼在山间小道上截获软弱无力的黄羊,而它却正处在难忍难熬的时候。它一直盼望旱獭在冬眠之后出来露面。等了一天又一天,挨过一个又一个时辰,眼瞅着旱獭就会出来晒太阳了。这回可要得救了。这些旱獭在地下,在它们深不可及的洞里待了多久呀！而狼在这些日子里,在阿克赛又是多么饥饿、多么苦闷啊！

狼朝着那诱人的血腥味奔跑,由于担心有别的什么东西会把猎物夺去,心中升起一股无名之火……这是一顿美餐,是马肉。马汗和马肉的气味使狼着了魔似的头晕目眩!它这一辈子只有三四次和狼群一起追赶过马群。

狼跑着,涎水从半张开的嘴里流出来;狼跑着,空荡荡的腹中发出一阵阵剧烈的抽搐。在黎明前灰蒙蒙的夜雾中,狼在奔跑,仿佛一个白色的幽灵。

不管狼如何想立即扑向猎物,本能还是在起作用:它克制住自己,从远处迂回过去。它突然呆住了:——一匹被打死的马旁边还有一个人。人恐惧地站起来。

"嗨!"苏尔坦穆拉特喊了一声,顿着脚。

狼跳起来,很不乐意地、胆怯地躲到一旁,把尾巴紧紧地夹在两腿之间。应当快快逃走。这里有人。人不让它占有猎物。狼逃了没多远,又猛地停下来,低声嗥叫着,转过身来看着人,那双发青的眼睛迸出凶光。狼把头稍稍缩回,露出獠牙,发狂似的开始慢慢移动过来。

苏尔坦穆拉特大喝一声,不让狼往前来,同时很快解下恰勃达尔头上的笼头。他迅速把笼头拧成一股绳辫,把缰绳缠在上面,露出沉重的铁嚼环。此刻马嚼环就是他的武器。

狼走得更近了些,趴在地上,脖子后面的鬃毛竖了起来,欲跳之前一动不动,活像一只压下去的弹簧。

苏尔坦穆拉特有生以来第一次如此清晰地听到自己的

心跳——他仿佛感到胸中有一团压得紧紧的东西……

苏尔坦穆拉特稍弯下腰,严阵以待,手擎笼头用力一击……

一九七五年五月,于拜季克村

粟周熊　高昶 译

(译自苏联《小说月报》1977 年第 17 期)